나는
오늘도
축제 같은
사랑을
꿈꾼다

김영아 지음

나는 오늘도 축제 같은 세상을 꿈꾼다

김영아 지음

미다스북스

차례

chapter 2 가난하지만 축제처럼 우아하게 산다

chapter 3 수많은 색들이 어울리는 불꽃놀이처럼

chapter 4 바로 지금, 축제처럼 사랑하라

내가 사랑하며 깨달은 것들

둥근 해가 떴다. 조금 더 일찍 일어난 사람이 주방으로 향한다. 두 개의 잔에(주로 보랏빛 색 유리컵이 단골로 잡힌다) 물을 채워 각각 양손에 들고서 밤새 한 방의 같은 공기를 주고받았던 상대에게로 간다. 물 잔을 마주치며 서로 다른 색의 눈동자를 본다.

"건배!"

"프로스트Prost, 독일어로 건배라는 뜻!"

냉수를 쭉 들이킨 독일인과 한국인은 거의 동시에 외친다.

"캬~~아!"

부스스한 머리, 떼지 않은 눈곱, 그리고 대부분은 속옷 차림 그대로, 우리는 오늘 축제의 개막식을 진행한다. 물론 가끔은 지치고 피곤해 아무 말 하지 않을 때도 있다. 몸의 컨디션과 감정에 상관없이 아침 축배는 든다. 물은 마셔야 하니까 말이다. 꿀꺽꿀꺽, 시원한 물이 식도를 내려가며 몸을 깨우는 순간 얼굴은 환해지고, 마음은 동그랗게 웃는다. 금 같은 아침 햇살이 선물처럼 이불 위로 쏟아진다. 오늘 내가 행복하지 않을 이유는 없다. 이 아침 눈을 뜨고 호흡할 수 있으니. 또 사랑하는 그의 미소를 보며 축배를 들 수 있으니. 참으로 감사한 일이다. 삶이란 그 자체만으로도 즐거운 잔치, 축제이다.

십년 전, 스물여섯 살의 나는 겁도 없이 이 저먼German을 사랑해버렸다. 말이 100% 다 통하지 못하던 나의 사랑은, 애틋한 두 눈에서 출발했으리라. 서로가 하는 말을 알아듣고자 두 눈을 마주치고 더 세심히 들어다 봐야만 했던, 그 다른 색의 눈동자로부터 말이다. 그리고 그때부터 축제 같은 사랑은 시작되었다. 축제, Festival, 기쁨과 화합의 향연.

그건 돈 많은 부자들만의 이벤트가 아니었다. 축제는 지금 바로 여기, 서울 달동네 사는 주머니 가벼운 우리 두 사람 사이에서 일어나고 있는 우아한 일상이다. 축제를 찾아 굳이 저 멀리 낯선 땅의 행사를 뒤지지 않아도 되었다. 삶이라는 극지에 그대라는 대륙을 여행하는 이 사랑이야말로 더없이 숭고한 취미가 되었다.

축제 같은 사랑은 3F(fun, family, feeling)이다. 재밌고, 가족적이며, 감성이다.

일단 처음은 재미다(fun). 축제가 즐겁지 못하면 그것은 죄다. 나는 일상 속에서 별난 아이디어를 열정적으로 추구한다. 4월 4일 4시에 결혼을 하고, 인도로 신혼여행을 갔다. 둘만의 수화를 만들고 교환노트를 썼다. 마당을 가꾸고, 자전거로 국토종주를 하며, 한강에서 카약도 탄다. 조금은 엉뚱하고, 명랑한 경험들이 우리의 축제를 풍요롭게 만든다.

그와 나는 한집에 살며 한솥밥을 먹는다(family). 때론 그 익숙함 속에 나를 맡기고 산다. 사랑하는 사람이 풍경일 때처럼 행복한 때는 없을 것이다. 내가 택한 가족, 남편이라는 사람. 부부라는 우리 두 사람의 공동체에 역사와 결속력은 우리가 스스로 만드는 것이다. 나는 다문화의 민첩성을 가지고 자연, 특산물, 예술, 전통문화 등을 활용하려고 애쓴다. 우리의 축제는 더 굳건해지고, 힘을 가지게 된다.

그러나 축제랍시고 무턱대고 그저 놀이와 쾌락만 추구한다면 금세 질릴뿐더러 결국에는 허무해져버릴 수 있다. 또 가족이라고 끈끈한 관계만 믿고, 남편의 사랑 안에만 의존한다면 그건 매력적인 여자일 수 없다. 진정하게 아름다운 축제는 내면의 느낌표(!)가 전해져야 한다(feeling). 나는 저면 남편을 더 알고 이해하기 위해서 독일어를 공부하고 서양문화에 관한 책을 더 읽었다. 외국어 공부는 문학으로, 역사로, 철학으로 더 확장시켜 주었다. 그러다 보니 기적 같은 일이 벌어졌다. 뒤늦은 책상 공부가 나에게 꿈을 주었다. 사랑을 즐

기고, 배우다가 나는 가장 소중한 '나'를 찾았다(내 인생의 진짜 축제가 시작되었다!).

그 위대하고도 보잘 것 없는 사랑 이야기를 차마 말로는 다 할 수가 없어서 쓰기로 했다. 한국인이나 독일인이나 가지고 있는 생명의 온기, 그 따스한 사랑의 품을 느낄 때마다 썼다. 때로는 개구쟁이 같은 한바탕 웃음으로, 힘찬 신혼의 맥박으로도, 또 때로는 빙하처럼 저 깊은 눈물로도 글을 썼다. 그렇게 쓴 글들이 모여 이 한 권의 책이 되었다.

우리의 사랑을 도와준 가족 친구들, 주위의 소중한 인연들, 하나님께 감사드린다. 또 흩어진 글을 모아 멋진 책으로 만들어 주신 미다스북스 출판사에게 감사한다.

그리고 내 사랑, My better half, Alex를 축복한다. 앞으로도 서로가 서로에게 축제 같은 존재가 되어주길 소망한다.

1

왜 축제 같은 사랑을 꿈꾸는가

내 운명의
문을 두드린 저먼

2006년 6월 20일 늦은 오후. 우리 이야기는 첫 만남부터 시작된다. 그날을 떠올리면 내 귓가에는 베토벤의 '운명교향곡' 전주가 흘러나온다. 빠바바밤~ 바바바밤~! 내 운명을 두드리는 소리. 그러나 너무 무겁지 않다. 경쾌하게 들어가 보자.

대학원 첫 시험이 있던 날이었다. 아침에 골라 입은 노란 쉬폰 블라우스는 화창한 날씨와도 잘 어울렸다. 아니 완벽했다. 공부도 제대로 해놓았던 터라 마음에 여유도 있었고, 덤으로 햇살까지 좋으니 발걸음이 가벼웠다.

나는 마음속으로 '사랑을 시작하기에는 이보다 더 좋을 수 없는

날이지' 하고 생각했다. 왠지 모르게 좋은 일이 생길 것 같은 기분 좋
은 예감이 들었다.

'짜식, 기특한 걸?'

엘리베이터에 비친 내 모습에 스스로 대견해했다. 대학원생이라
니. 나는 셀러던트Saladent가 되었다. 낮에는 요양병원에서 물리치료
사로 일하고, 오후에는 캠퍼스로 등교를 한다. 내가 선택한 전공, 그
토록 하고 싶었던 상담심리학 공부를 시작했다. 먹을 것 안 먹고, 입
을 것 안 입고 악착같이 마련한 학비로 시작한 나의 공부. 오랜 만에
물 만난 물고기처럼 즐겁고 신났다. 환자들에 둘러싸여 있던 병원을
벗어나 청춘의 캠퍼스를 걸으니 젊은 내가 진정 살아 있다는 것을
느꼈다. 산소 같은 오후 등교 길은 가슴이 설레다 못해 벅찼다. 이상
하게 학교만 오면 절로 온몸의 피가 씽씽 잘 돌아가는 것만 같았다.
기분이 좋았다. 저 멀리 농구하는 남학생들의 힘찬 점프를 보니 더
욱 더 그랬다.

경쾌한 콧노래를 흥얼거리며 가벼운 발걸음으로 강의실 문을 힘
차게 열고 들어섰다.

"엄마야!"

순간 화들짝 놀랐다. 일찍 간 터라 아무도 없을 것 같았던 강의실
에, 조각처럼 잘생긴 웬 외계인, 아니 외국인 하나가 나를 쳐다보는
것이었다. 그는 창가 자리에 모델 같은 포즈로 노트북을 보며 앉아
있었다. 빛나는 그가 나를 쳐다보자 순간 나는 '얼음'이 되고 말았다.

"죄, 죄, 죄송합니다…."

바보같이 말하며 어쭙잖게 인사를 하고는 살며시 문을 닫았다.

휴… 이런, 남의 강의실 문을 너무 벌컥 열고 들어가다니. 내가 오늘 너무 업 되어 있었나보다. 하지만 여긴 503호? 우리 강의실이 맞다. 여보세요? '아니, 익스큐즈 미! 여긴 우리 강의실이고, 한 시간 쯤 뒤면 우리 시험 볼 건데? 당신 뭐냐, 잘생긴 외국인이면 다냐!' 이렇게 다시 그 문을 열고 말하고 싶었지만 그럴 수 없었다. 그걸 영어로 어찌 말한담?

나는 그렇게 닫힌 문 앞에서 잠시 망설이다 아무 말도 못한 채 옆 강의실로 들어가 털썩 앉았다. 여기 좀 있다가 들어가지 뭐. 그런데, 그 남자 졸라 멋지다. 쩝!

아무리 생각해도 그 외국인에게 '죄, 죄, 죄송합니다'라고 더듬으며 말했던 내 행동이 자꾸만 떠올랐다. 'R' 발음에 신경을 쓰면서 '오, 아임 쏘리' 정도는 해줘야 했다. 새벽잠 줄여가며 영어회화 학원 다니면 뭐하나, 정작 필요할 때 영어 한마디도 못했다.

'에이, 시험공부나 하자.'

밥 대신 사가지고 온 빵을 뜯어 먹으면서 막판 시험공부에 열중하려는데, 방금 전에 보았던 그 외국인 얼굴이 내 심리학 노트 위로 안개처럼 떠올랐다. 그를 본 건 2~3초 정도의 짧은 순간이었지만, 그 느낌은 강렬했다. 숨도 쉬기 어려울 만큼 잘생긴 그는 어디에서 왔을까, 도대체 누구길래 우리 과 강의실에 주인처럼 폼 잡고 앉아 있는 것일까. 미치도록 궁금했지만 중요한 시험이 바로 코앞이기에 억지로 노트를 바짝 끌어당겼다.

'프로이트의 정신분석 사례연구 방법은…'

그때였다. 그 외국인이 문을 열고 내가 있는 강의실로 들어오는 것이었다. 힐! 그러더니 적당히 친절한 말투로 물었다.

"Could I stay here?"
"(헉! 여기 있고 싶다고? 어머, 어떡해!) ye, yes, oh please come in."
"Thanks."

그러더니 내 두 자리 건너편에 자기 노트북과 함께 앉았다. 콩닥거리는 심장. 이건 뭐, 공부를 할 수가 없었다. 아, 이 잘생긴 외국인과 내가 한 강의실에 나란히 앉아 있다니. 그런데 왜 여기에 온 거지? 아, 완전 떨려! 한 사람이 나를 이렇게 압도할 수 있다는 자체가 놀라웠다.

힐끔, 그리고 티 나지 않게 재빨리 그쪽을 쳐다보았다. 그는 무슨 레포트를 읽고 있었다. 그 당시 나도 내 첫 노트북이 가지고 싶었던 터여서 다른 사람들의 노트북에 관심이 많았다. '어두운 회색? 흠. 나는 저런 칙칙한 색은 별론데…' 기계랑 친하지 않은 나는 역시 노트북의 색깔과 디자인이 최우선이었다.

그와 눈이 마주쳤다. 어색했다. 나는 더 어색하게 웃으며 내가 먹으려던 빵을 내밀었다.

"Will you try this?"

"Wow, thanks."

먹더라도 조금 뜯어 갈 줄 알았다. 옆 자리에서 내가 부스럭대며 먹기 전에 예의상 물어본 것이니, 그냥 괜찮다, 노 땡큐 정도 말할 줄 알았는데, 내 착각이었다. 그는 빵을 냉큼 받아들더니 통째로 베어 먹었다. '뭐야, 배가 고팠나? 아, 그거 내 저녁인데….'

나에게는 아직 뜯지 않은 음료수도 있었다. 그 빵 덩어리가 목이 막힐 것 같아서 이것도 마시겠냐는 표정으로 건넸다. 그는 환하게 웃으며 건네받았다. 내 끼니로 사온 빵과 음료수는 그렇게 그의 배로 들어갔다. 그만큼 내 배에선 꼬르륵거렸다. 나는 왜 모르는 외국인에게 내 한 끼 식사를 줘버렸을까. 지금 생각해도 내가 왜 그랬는지 모르겠다. '겨우 빵 하나에 남자 하나 꾀게 된 건가?'

나는 대뜸 "Are you a professor?"라고 물었다. 그가 외국인이라서 영어강사 쯤으로 생각했기 때문이다. 속으로는 당신, 외국인 꽃거지 아니냐며 한 번 더 묻고 있었다. 나의 질문에 그는 놀랐는지, 내 억양이 웃겼던 건지, 그의 입에 있던 빵을 턱에 질질 흘렸다. 만일 다른 남자였으면 쳐다보지도 않았겠지만 그는 조각처럼 잘생겼기에 나는 이 세상에서 가장 착한 여자의 미소와 함께 티슈를 건네주었다.

오, 이런. 티슈를 받아든 그의 손은 정말 예뻤다. 여자인 내 손보다도 훨씬. 사실, 나는 직업도 물리치료사다 보니 손의 힘줄이 울퉁불퉁 살아 춤춘다. 순간 나는 손을 숨겼다. 내 몸에서 가장 못생긴 부분이 바로 손이기 때문이다.

그는 물 한번 안 묻히고 자란 왕자님처럼 하얗고 긴 손가락으로 내 빵을 다 드시고는 입을 닦았다. "What? Professor? Do I look so old?" 그러고는 그는 웃었다. 초면의 학생에게 교수님이냐고 묻다니, 내가 엄청난 실수를 한 것이다. 하지만 그 당시만 해도 나는 외국인들 나이를 잘 분간하지 못했다. 평균 한 17년은 더 성숙(?)해 보이는 노안의 외국인 얼굴들. 그가 웃기에 나도 따라 씩 웃었다. 그리고 우린 작은 첫 대화들을 이어갔다.

그는 독일 베를린대 생명공학과 석사과정을 밟고 있고, '교환학생 프로그램'에 참여해 한국에 오게 되었고 했다. 현재 학교 기숙사에 머물고 있으며 한국에 온 지는 10개월이 되었다고 했다. 독일로 돌아가려면 2개월이 남았단다. 그는 도서관이 싫어서 아까 그 강의실에서 앉아 있었는데 내가 다녀가고 잠시 뒤, 조교가 들어오더니 여기는 수업이 있으니 나가라고 했다고 말했다. 그래서 내가 있는 이 강의실로 들어왔다는 것이다. 사실 나도 도서관보다는 강의실에서 공부하는 것을 더 좋아한다. 그리고 이렇게 빵도 마음껏 먹을 수 있으니.

그런데, 지금 내 빵을 먹는 저먼을 가까이서 보니 그는 그렇게 잘생기지도 않았고, 얼굴도 왼쪽, 오른쪽이 짝짝이였다. 흠, 내가 잘못 본 거였구나. 역시 창가 조명빨에 속았구나! 그도 어쩔 수 없는 '10미터

미남' 외국인이라는 생각에 풉 하고 웃음이 나왔다.

청춘의 캠퍼스.
우리 두 사람은
아름다운
대학 캠퍼스에서
처음 만났다.

김밥은
예쁘다

그날 강의실 501호 안에는 오렌지 빛깔의 햇살이 길게 내려와 있었다. 그와 나 사이 2미터 정도 되는 거리에는 내 촌스런 콩글리시와 함께 조금은 어색하게 설레는 분위기가 몽글몽글 피어나고 있었다.

내 책상 위에는 완전히 딴 세상으로 건너가 멀뚱히 쳐다보는 기말고사 요약정리 노트가, 또 그의 책상 위에는 주인의 관심 밖의 노트북과 내게 건네받고 여전히 따지 않은 그의 음료수가 올려져있다.

부끄러워 조금 붉어진 내 볼과 긴장할 때 나오는 나의 손버릇을 인식하며 시계를 보는 순간, '아뿔싸! 시험 시간이다!' 후다닥 가방을 챙겨 그와 급하게 헤어졌다. 그는 시험 잘 보라며 "Good luck!"을 외치면서 그 예쁜 손을 흔들어주었다. 몹시 아쉬웠다.

"어, 굿바이! 그래, 굿바이…."

시험시간이지만 도무지 집중을 할 수가 없었다. 내 몸은 이미 501호에서 돌아왔건만 마음은 아직 그곳에 머물고 있었다. 시험지 칸에 이름 적는 란을 보니 생각났다. 아, 그의 이름도 안 물어보고 잡다한 얘기만 했다는 것을. 한숨이 나왔다. '이름도 모르고, 성도 몰라. 아, 아쉽다. 그래도 장학금이 걸린 이 시험이 더 중요하다. 최선을 다하자.' 이를 꽉 깨물었다.

복도 밖에서 문소리가 끽 들렸다. 내 몸의 세포들은 일제히 모두 한통속이 되어 그 문소리가 그가 있는 501호 소리인지, 아닌지 측정했다. 모르겠다. '그는 갔을까? 아직 거기 있을까?'

성격심리학의 까다로운 문제를 풀면서도 내 머릿속은 멀티태스킹이 진행 중이었다. '정신 차려야 해! 중요한 시험시간이야!' 그런데 공부한 게 생각나지 않았다. 아까 표현하지 못했던 영어단어는 이제 떠오르는데…. 그래도 나는 거의 마지막까지 남아 시험지의 앞뒷장을 빽빽하게 채웠다. 정답도 물론 중요하지만 일단 아는 거 다 적는 거다. 그럼 교수님께서 이런 나의 성의를 봐주셔서 점수를 좀 더 주시지 않으실까. 그동안 시험 준비를 잘했다고 생각했는데, 글씨만 제법 잘 쓴 거 같다.

시험지와 시험 시간을 꽉 채우고 피곤한 어깨를 기지개를 켜며 그 501호를 지나가는 순간, 여전히 혼자인 듯한 그의 머리가 얼핏 보였다. 마치 그가 나를 기다리고 있었던 것처럼 착각을 하며 좋아했다.

(이름도 모르는데, 완전 친한척하며!)

"You are still here!"

"Yeah, how was your test?"

뭘 잘봤겠냐. 너 때문에 달달 외운 것도 헷갈리더라는 속마음과 다르게 나는 "very good"이라며 엄지를 치켜 올렸다. 그 뜻은 네가 여기 계속 있어줘서 내 마음이 "very good"이라는 거다. 그도 싱긋 웃더니, 쿨하게 데이트 신청을 해주었다.

"Do you want to have dinner with me?"

오잉? 저녁? 오늘? 아니 지금? 그래, 뭐 나도 배가 무척 고팠다. 그에게 빵도 빼앗겼으니. 뭘 좋아하느냐는 물음에 난 진짜 다 잘 먹는 여자다, 라고 말했다. 그러자 그가 좋은 레스토랑을 알고 있다며 자신 있게 말했다. 그래서 나는 잔뜩 기대에 부풀어서 그 저먼을 따라 나갔다. 문을 열어주는 그. 작은 에티켓 하나하나가 나를 공주로 만들어주었다.

그런데 우리의 첫 데이트 저녁 레스토랑은 다름 아닌 '김.밥.천.국' 이었다. 사실 나는 독일 식당이라도 데려가는 줄 알았는데…, 김칫국 제대로 마신 순간이었다.

그는 익숙하게 참치김밥 두 줄과 군만두 하나를 주문했다. 대박이다! 참치김밥에 군만두라니! 역시 외국인, 느끼한 것만 골라 시키는 건가. 나도 익숙한 동작으로 물과 단무지를 떠왔다. 그러자 그는 이런 건 남자가 하는 거라며 극구 만류했다. 쳇, 김밥천국에 웬 젠틀맨인가. 꼴랑 여기에 오려고 저녁 먹자고 한 건가. 나는 입을 삐쭉거렸다.

잠시 후 참치김밥이 나오자 그는 '와~' 감탄사를 연발한다. 이 식당 김밥은 참 예쁘다고 말한다. 그리고 여기 계란 굵은 것 좀 보라고! 어, 그래. 너는 이게 별미겠지. 참 우스웠다. 한국 남자가 김밥천국 레스토랑에서 군만두를 먹으며 첫 데이트를 한다면 찌질한 놈이라 생각했겠지만 이상하게도 이 저먼과 함께하는 김밥과 군만두도 별미음식이고, 심지어 재미있기까지 했다. 희귀한 순간이다.

우리는 등받침도 없는 딱딱한 동그란 플라스틱 의자에 앉아 느끼한 참치김밥과 더 느끼한 군만두를 먹으며 한참을 이야기했다. 그의 이름은 알렉스. 나이도 나와 같았다. 우린 바로 친구가 되었다. 단순한 English Speaking 실력을 이해하며, 대신 나는 좋은 기술이 있노라 하고 내 연습장을 꺼냈다. 마치 퀴즈쇼라도 하듯 종이에 빠르게 그림을 그려가며 이야기했다. 제법 쿵짝이 맞았다. 나는 예전부터 지루한 수업시간에 교과서 귀퉁이에 낙서하며 그림 그리던 못된 버릇이 있었다. 그게 지금 요긴하게 쓰이는 거다. 그는 내 그림을 귀여워하며 좋아했다. '내가 공부는 못해도 그림은 좀 되지, 후훗.'

우리는 김밥천국에서 독일과 한국의 문화차이에 대해 쉴 새 없이 이야기를 나누었다. 음식부터 경제, 교육, 가족, 취미생활 등 어느 것이든 우린 거침없이 신나게 떠들어댔다. 신기했다. 처음 만난 낯선 남자와 이렇게 재밌는 저녁을 먹다니, 그것도 지구 반대편의 파란 눈의 남자와 말이다.

그런데 알렉스의 얼굴이 어딘가 모르게 부자연스러웠다. 그의 웃음은 영 어색했다. 식은 군만두를 하나 더 집어먹는 그를 정면으로 마주보니 확실해졌다. 내가 이상하게 여긴다는 것을 눈치 챈 그가 말했다.

"Facial paralysis안면마비…."

'아, 그랬구나.'

알렉스가 한국에 온 어느 날 아침, 갑자기 한쪽 눈을 뜰 수도 없고, 물을 시원하게 마실 수도 없는 심한 안면마비가 왔다고 했다. 한 달간 병원에 입원까지 했으며 현재는 통원치료 중이라고 했다. 어쩐지, 그는 물리치료사라는 내 직업에 아주 높은 호감을 보였다. 이제는 거의 다 돌아와서 다행이지만 당시에 그 얼굴로는 결혼도 못할 줄 알았다고(지금도 턱 근육은 차이가 좀 난다).

그는 힘들었던 병원생활에 대해 이야기해주었다. 알렉스는 6인실에 있었는데, 많은 환자와 보호자들이 (안면마비까지 걸려 더 신기한) 외국인을 동물원처럼 시도 때도 없이 구경 와서는 김치 좋아하느냐는둥, 이제 곧 독일 월드컵인데 알렉스는 축구 잘하느냐는둥 시시콜콜한 것들을 물어와서 참 난감했다고 한다.(난 아직도 알렉스가 그 상황을 어떻게 버텨냈는지가 미스터리다.) 오케이, 거기까지는 참을만 한데, 가장 최악인 것은, 뽀글머리의 뚱뚱한 아줌마들이 안쓰러워하며 얼굴을 만져주고 음식을 입에 넣어줄 때였다고 한다. 나는 한참을 웃었다. 하지만 이내 다시 미안한 마음이 들었다. 24살, 한참 외모가 물이 오른 나이에 안면마비라니! 그것도 말도 안 통하고, 가족도 없는 타국에서 걸린 안면마비라니, 그 모습을 상상하니 나도 모르게 마음이 짠했다. 아, 알렉스. 힘들었겠구나.

그는 말했다. 안면마비가 더 심했을 때 영아, 너를 만나지 않은 게 다행이라고.

군만두와 참치김밥. 우리의 첫 데이트 김밥천국 만찬의 식사 비용은 그 저먼이 냈다. 고맙다, 잘 먹었다 말하는 내게, 한국은 데이트 비용을 남자가 낸다고 들었다며 생색내는 알렉스가 정말 귀여웠다. 나는 아끼던 색볼펜을 선물로 주었다. 이 예쁜 색볼펜으로 공부 열심히 하라고, 그리고 이 펜 잉크가 다 떨어져 안 나오기 전에 또 한 번 보자고 애프터를 슬쩍 흘리며 말이다.

기말고사를 마치고 돌아간 집, 나는 컴퓨터 앞에 잽싸게 앉아서 폭풍 검색을 시작했다. 그의 나라, 그의 땅, 그가 나고 자란 '독일'에 대해서 말이다. 아침만 하더라도 피곤해서 오늘은 기어코 일찍 자야겠다고 생각했지만 나는 눈이 빨갛게 충혈될 때까지 한참을 찾으며 공부했다.

그리고 그날 밤, 나는 세계화에 눈을 떴다.

사랑은
돌아오는 거야

　김밥천국 첫 데이트 이후 우리는 이메일 친구가 되었고, 영화도 보고, 몇 번을 더 만나 밥도 같이 먹었다.

　2006년의 여름은 내 인생에서 가장 열정적이던 시간이었다. 우리는 매일같이 만났다. 해운대, 광안리, 태종대, 남포동 등 부산의 곳곳을 쏘다니며 아름다운 사랑과 추억을 만들어갔다. 사랑에 빠진 나에게 있어 하늘과 바다, 길가의 나무와 돌멩이, 정말이지 이 세상의 어느 하나 아름답지 않은 것이 없었다. 그건 분명 사랑의 힘이다.

　아침에 눈을 뜨면 그를 만날 수 있는 하루가 있음에 마냥 감사했다. 날아가는 참새의 '거시기'라도 본 것 마냥 병원에서 일하던 종일

히죽히죽 웃었다. 동료들은 그런 나를 보며 '얘가 뭘 잘못 먹었나?' 하는 시선으로 쳐다보곤 했다. 아무렴 어때? 그렇게 나의 스물여섯 살의 여름은 사랑으로 용광로처럼 불타올랐다.

그와 함께 했던 두 달의 시간은 쏜살같이 흘러 어느새 알렉스가 교환학생 프로그램을 마치고 독일로 돌아가야만 하는 그날이 다가오고 있었다. 앞으로 그를 못 본다고 생각하니 마음이 찢어질 듯 아팠다. 나는 먼저 힘든 마음을 보호하고 싶었다. 그래서 쿨한 이별을 준비하며 아파트 옥상에 올라가 연신 밤하늘을 보며 냉정한 다짐을 했다. 그러나 사랑을 해본 사람이라면 공감하다시피, 그게 어디 내 뜻대로 된단 말인가! 마치 식을 줄 모르는 열대야처럼 그를 향한 내 감정은 도무지 식을 줄 몰랐다.

우리는 가만히 있기만 해도 땀이 줄줄 흐르는 날씨에 부산의 명산인 금정산을 올랐다. 우리는 헤어지기 전에 무언가 특별한 추억을 만들고 싶었던 것이다. 하지만 지금 생각해 보면 그때 우리는 완전 또라이였다. 30도를 오르내리는 그 한여름에 등산을 가다니! 하지만 우린 정말 미쳐버리고 싶었는지도 모른다. 백인의 얼굴도, 황인의 얼굴도 모두 홍인종이 되었다. 그을린 얼굴과 팔다리는 우체통처럼 터질듯이 빨개졌다. 온몸에 비 오듯 땀을 흘리면서 산을 올랐다.

알렉스는 행여나 내가 넘어질세라 손을 꼭 잡아 주었고, 잡은 손이 땀에 끈적거렸으나 오랫동안 놓지 않았다. 사실 나는 어렸을 때부터 아버지에 이끌려 산에 자주 갔던 기억이 있다. 고등학교 때는 등산부로 활동했고, 첫 직장에서도 병원 산악회부터 가입했다. 내 튼실한 발목과 종아리로 800미터 금정산 정도는 가뿐하게 올라간다. 하지만 나는 마치 산에 처음 오르는 아가씨처럼 그의 손을 놓지 않았다. 여전히 나를 지켜주는 그의 손이 좋았던 것이다. 그는 나를 여자로 만들 줄 아는 남자였다.

한참을 올라 양산 신도시가 내려다보이는 큰 바위 위에 걸터앉았다. 아니, 대충 누워버렸다. "으어억!" 나도 모르게 남자의 목소리로 비명을 질렀다. 바위는 뜨겁게 달궈진 프라이팬처럼 너무나 뜨거웠기 때문이다. 하지만 나는 이내 조신한 여자 모드로 돌아왔다.

나뭇가지 사이로 내리쬐는 햇살은 슬프도록 아름다웠다. 마치 사랑이 한창 무르익었을 때 준비 없는 이별을 해야 하는 우리처럼 말이다. 두 사람 다 며칠 후면 헤어져야 한다는 것을 의식했기 때문일까, 잠시 어색한 침묵이 흘렀다.

나는 침묵을 깨며 짐짓 태연한 척 말했다.

"그동안 정말 즐거웠어, 알렉스. 우리가 좀 더 일찍 만났더라면, 한국에 더 아름다운 장소도 더 많이 소개시켜주고, 맛집도 더 많이 데려갈 텐데…. 그러지 못해서 너무 아쉽다. 독일에 가서 몸 건강하게 잘 지내고, 나 잊으면 안 돼. 알겠지?"

작별 인사를 하기 전에는 그나마 감정을 억누를 수 있었지만 막상 말을 내뱉고 나니 나도 모르게 코끝이 찡해지고 눈시울이 뜨거워졌다. 나도 모르게 눈물이 빗방울처럼 흘러내렸다. 무더운 날씨 탓에 저절로 인상이 구겨져 예쁘게 울 수도 없었지만, 알렉스는 우는 나를 말없이 꼭 안아주었다. 그 틈이 좋았다. 내 살과 그의 살 사이.

그때 나는 알렉스의 흔들리는 눈빛을 보았다. 그의 눈도, 정말이지 내가 있는 한국을 떠나기 싫어하는 감정이 담겨 있었다. 나는 그의 눈빛을 보면서 마음속으로 '알렉스, 독일에 가지 마. 나와 함께 한국에서 살자' 하고 중얼거렸다.

더 이상 알렉스의 예쁜 눈을 보지 못할 생각을 하니, 어지러웠다. 그만 계속 옆에 있어 준다면 나는 세상을 다 가진 듯이 행복할 텐데, 그때 나는 그에게 제대로 미쳤다는 것을 깨달을 수 있었다.

며칠이 지났다. 지하철역에서 그를 기다리고 있었다. 그는 나를 보고는 해처럼 웃으며 달려왔다. 쳇, 빠르지도 않으면서 뭘 그렇게 뛰어 오냐.

"Good news! Good news!"
그는 헉헉대며 잔뜩 흥분한 채 말했다.
"뭐!"
굿 뉴스 아니기만 해봐라. 약속시간에 좀 늦은 그에게 삐져서 부루퉁한 태도의 나였다.

"I will come back to Korea in a month. I can finish my project here."

"What? 진짜? 진짜?"

믿기 힘들만큼 너무나 기쁜 소식이었다. 그가 한국에 다시 돌아온다니! 나는 주체할 수 없는 기쁨에 가슴이 터질 것만 같았다. 하지만 이어 바로 드는 것은 의심이었다. '한 달 뒤에 다시 오겠다는 약속으로 날 어떻게 해보겠다는 거지? 난 그 따위 수법에 절대 속지 않아.'

그렇게 그는 한 달 후 다시 돌아오겠다는 말을 남기고 한국을 떠났다. 독일 생활을 정리하고 한 달 뒤쯤 돌아오겠다는 말, 끝내 믿지 않았다. 그게 말이나 되는가. 두 달여 동안 만난 여자 친구를 위해 그토록 그립던 독일의 가족과 친구들을 다시 뒤로하고 그 땅을 떠나오기가. '아무렴, 여간 쉽지 않은 일이지' 하며 고개를 저었다.

나는 알렉스가 독일에 가는 순간 바로 마음이 바뀌겠지, 하고 생각했다. 그리고 당장은 힘들겠지만 나도 곧 적응할 거야, 괜찮을 거라며 내 자신을 억지로 위로했다.

밤 12시가 넘자 신데렐라의 빛나던 황금마차가 썩은 호박으로 돌아간 것처럼, 나의 모든 일상은 알렉스가 독일로 돌아가 버린 뒤로 밋밋한 제자리로 돌아왔다. 허한 마음에 뻥 뚫린 일상이었다. 여전히 더운 늦여름이었지만 내 마음은 냉동고처럼 춥고 쓸쓸했다. 그가 빠진 일상은 견딜 수 없는 고문과 같았다. 그가 없는 빈자리를 견디는 내 얼굴은 부스스해지고 눈은 퀭해지며 다크써클까지 생겼다.

'확 독일로 날아가 버릴까?'

하지만 나는 용기가 없었다. 세 달도 채 안 되는 교제기간의 외국인에게 반해 일과 공부를 멈출 수 없었다. 독일항공 루프트한자 홈페이지만 마냥 쳐다보다가 닫아버렸다.

일주일이 흘렀다. 무심코 열어본 메일함에 알렉스로부터 온 반가운 이메일이 도착해 있었다. 순간, 지구 반대편 독일에서 이메일이 올 수 있는 이 시대에 살고 있다는 것이 눈물겨웠다. 그것도 비디오 메일이었다. 영상 편지를 받은 것은 난생처음이었다.

스크린 안에서 알렉스는 내 이름을 부르며 활짝 웃고 있었다.

"영아야, 나야! 여기는 주방, 나 먹고 싶었던 소시지를 먹고 있어. 맛있겠지? 히히. 여기는 내 방, 더럽지?(침대에 개지 않은 이불이 귀여웠다) 나 옷 별로 없지?"

알렉스는 자기가 살고 있는 집안 곳곳을 보여주고는 내가 보고 싶다고 외쳤다. 그리고 며칠 뒤 보내온 두 번째 메일은 그가 살고 있는 동네 킬Kiel에 대한 영상이었다. 빨간 지붕의 집들과 깨끗한 길에 서 있는 독일 차 등, 알렉스 손 안의 작은 카메라가 보여주는 독일의 모습이 마냥 신기하기만 했다. 그가 보내주는 비디오 메일을 나는 보고 또 봤다. 아마 백 번은 봤을 것이다. 어떤 TV 프로그램이나 영화보다도 재미있었다.

그리고 한 달 후, 정말 그는 내 앞에 마법처럼 '짜잔~!' 하고 나타났다. 아마 그때 내 귀에는 베토벤 '운명'의 첫 소절이 다시 한 번 더 흐르고 있었을 것이다. 조금 더 진하게 말이다. 빠빠빠빰! 이제 나의 운명은 정해진 것이다.

우리는 그때부터 보란 듯이 본격적인 연애를 시작했다. 한국으로 다시 돌아온 자랑스러운 내 파란 눈의 남자친구를 여기저기 인사도 많이 시켰다. 사랑은 항상 다시 제자리로 돌아온다. 여전히 강한 모습으로 말이다. 외국인을 사귄다니 주위에서 오만 가지 걱정을 자신의 일처럼 해주었지만 나는 크게 신경 쓰지 않았다. 오히려 내 곁에 있는 그에게만 신경 쓰면서 온전히 그를 믿었다. 나는 사랑이라는 선율에 몸을 맡겼다.

그렇게 3년간의 열애가 시작되었다. 나는 독일어를, 알렉스는 한국어를 배웠다. 독일에도 여러 번 놀러가고, 한국에 오신 그의 부모님을 만나기도 했다. 우리도 다른 연인들처럼 가끔씩 다투기도 하고, 삐지기고 하고, 상처 아닌 상처를 주기도 하며 서로를 이해하고 받아들이는 연습을 해나갔다.

내 일상에 알렉스라는 풍경이 있음이 행복했다. 사랑으로 두근거리는 가슴을 느꼈고, 서로의 얼굴을 보며 '희열'이란 단어를 몸으로 알게 되었다. 나를 뜨겁게 하고 움직이게 하는 사람. 그가 가진 신비한 비밀의 행성들을 얻었다.

낯선 영역으로 들어가는 여행. 예측할 수 없고, 통제할 수 없다. 나를 변화시키고, 풍요롭게 할 뿐이다.

히아신스는
아름다웠다

　외출을 하면 사람들은 알렉스를 쳐다본다. 요즘에는 거리에 외국인들도 흔하고, 스마트폰 세상에 빠져 옆자리 외국인에게 그다지 큰 호기심을 보이지 않는다 치더라도, 십년 전 부산의 분위기는 그렇지 않았다. 약간의 과장을 하자면, 알렉스는 희귀한 동물(!)이었다. 저 신기한 외국인이 바다 건너 어디에서 왔는지 똥그란 눈으로 쳐다보고, 알렉스가 무슨 소리를 내는지, 무슨 언어를 쓰는지 들으려 쫑긋해진 귀는 우리의 대화 쪽으로 세워져 있었다. 우리는 너무나 자주 사람들의 눈요기 또는 리스닝listning감이 된다. 그래서 간혹 피곤하거나, 혹은 마음이 어두운 날에는 '제발 그대로 놓아주세요'라고 써붙이고 싶은 심정일 때도 있다.

하지만 어김없이 누군가의 낯선 목소리가 갑자기 우리 대화에 불쑥 끼어들곤 한다.

"Where are you from?"

이럴 때, 알렉스는 한국 땅에 살고 있는 외국인으로서의 마땅한 의무를 해야 한다.

"Germany, 독일에서 왔어요."

"저머니? 독일? 오!"

한국 사람들은 독일이라는 나라를 참 좋아한다. 하긴 독일은 국가 브랜드 1위를 차지할 만큼 전 세계인으로부터 인정받는 나라다. 특히 나이 좀 있으신 어르신들은 '독일'이라는 말을 들으면, 파독 광부 이야기와 간호사 이야기로 출발해서 축구, 월드컵 쪽으로 기울기도 하고 아우디, 벤츠, 폭스바겐 등의 차의 세계로 가기도 한다. 간혹 몇몇 분들은 굳이 히틀러까지 언급할 때도 있다. 그들에게는 신선한 대화거리이나, 알렉스 뿐 아니라 옆에서 듣는 나도 이미 백만스물한 번째 듣는 이야기다.

그런가 하면, 학구열 넘치는 한국의 엄마들은 자신의 아이의 등을 밀면서 말한다. "외국인이다. 영어해봐." 아이가 눈치를 보며 부끄러워 쭈뼛거리면, 알렉스는 한국 땅에 사는 외국인의 의무인 재치와 다정함이 느껴지는 눈웃음 한번 지어준다. 그걸 본 우리네 엄마들은 목소리 톤을 좀 더 높인다. 쉽사리 그 기회를 놓치지 않는다.

"외국인 만나면 어떻게 해야 한다고 배웠어? 헬로, 하이, 해야지.

나이스미츄 하던가."

서양인이라고 졸지에 영어 선생이 되어야하는 알렉스 신세. 독일에서 어디에 적힌 한자 보고 내게 무슨 뜻이냐고 물어보는 것과 별반 다르지 않다.

이렇게 어르신들이 뜬금없이 알렉스에게 말을 걸어오고, 아이들 영어공부에 욕심내는 엄마들이 우리의 데이트를 방해하더라도 나는 미소를 잃지 않는다. 한창 달아오른 알콩달콩한 분위기가 깨어지고, 대화가 끊어져도 내가 사랑하는 사람이 누군가에게 관심을 받고, 주목의 대상이 되는 건 나로서도 기쁜 일이니 말이다.

그러나 한번은 달랐다. 정확히 말해, 대상이 다르다고 해야겠다.

데이트를 마치고, 돌아가는 버스 안이었다. 오늘 본 영화에서 무엇이 좋았는지, 아까 먹은 저녁은 어땠는지 우리는 이러쿵저러쿵 이야기를 나눴다. 덜컹거리는 버스 손잡이는 연애리듬에 따라 춤추는 듯했다.

"Oh! Bist du Deutscher? (오! 독일 사람이에요?)"

갈걍갈걍한 예쁜 목소리. 정확한 독일어였다. 돌아보니 긴 머리를 어깨 뒤로 획 넘기는 웬 아리따운 여신이 서 있었다. 순간적인 방해에 나도 모르게 인상이 찌푸려졌다. '뭐야, 이건.' 나는 경계의 눈빛을 갖추었다. 그녀는 내 남자에게 웃었다. 내가 동물이라면, 내 수컷을 지키려(?) '으르렁' 대었을 것 같다. 사실 그녀는 한 마리의 암컷이라기보다, 그냥 한 떨기의 히아신스 꽃 같았다. 예뻤다. 키도 늘씬하게 큰 데다가 나보다 한참은 어려 보였다. 버스 안은 그녀로 인해 주변 공기마저 상쾌하게 전해지는 듯 했다. 그녀는 히아신스 꽃향기를 풍기며 알렉스에게 좀 더 가까이 다가와 말했다. 독일어로 말이다.

"안녕하세요. 만나서 반가워요. 저 독일 무척 좋아해요. 저는 부산외대 독문과 학생이에요."

알렉스도 마다하지 않는다. 독일어 공부하는 학생을 처음 본 것도 아닌데, 괜시리 눈빛을 반짝이며 악수를 한다. 히아신스의 하얀 손이 알렉스의 손과 겹쳐졌다. 그들의 악수에 혈압이 높아지는 걸 느꼈다. 그녀는 옆에 앉아 있는 나, 여자친구는 본 체 만 체 하고, 알렉스와 친근하게 대화를 나눴다. 우리의 대화는 이미 뚝 끊어졌고, 히아신스를 대하는 알렉스의 수컷의 대답은 여느 때보다 길어지고 자상해졌다. 이런 식의 방해는 제법 익숙했는데, 그 언어가 영어가 아닌 독일어이고, 게다가 예쁜 여대생은 처음인지라 당황했다. 질투라는 것이 이런 감정인가 보다. 초초하기도 하고, 서글프기도 했다. 케익의 단면처럼 복잡한 감정을 단 몇 초 만에 다 느꼈다. 괜히 이 131번 버스를 탔다. 부산외대를 거치는 이 버스가 원망스러웠다.

대화가 더 오갔다. 내 짧은 독일어 실력으로 그들의 대화를 이해하고, 나도 한마디 보태 껴보려고 애썼지만 처참히 실패했다. 히아신스 여대생은 내가 알아듣지 못하는 독일어를 유창하게 구사했다. 나는 꿔다 놓은 보릿자루 신세가 된 것을 지각하지 않을 수 없었다. 그때 버스 안의 어떤 사람과 눈이 마주쳤다. 큭큭. 그는 실웃음으로 내 신세를 꼭 비웃는 것만 같았다. 갑자기 속에서 울컥 뭔가가 올라왔다. 감정을 추스르려 버스 안 창밖을 가만히 내다본다. 의미 없이 지나치는 가게 간판을 읽는다. 한숨이 나온다. 여기서 질투를 내며 눈을 게슴츠레 하자니 속 좁은 못난 여자가 된 것 같고, 가만히 있자니 속에서는 불이 났다고 사이렌이 울렸다. 미칠 지경이었다. 휴우.

그렇게 몇 분이 지났을까. 히아신스는 이제 내려야 한다며 아쉽다고 말했다. '듣던 중 반가운 소리. 그래, 빨리 가라. 가라.' 그러자 그녀는 나를 한번 힐끔 쳐다보더니 아랑곳하지 않고, 대뜸 알렉스에게 연락처를 요구했다. 자신의 핸드폰을 내밀며 말이다. 허걱! 아니. 이렇게 당돌할 수가 있나. 상도가 있지, 옆에 여자 친구가 버젓이 시퍼렇게 앉아있는데 대놓고 꼬리를 치다니 말이다. 일어나 머리채를 잡아야 하나. 하지만 배운 여자(?)답게 교양 있게 굴었다. 그러든지, 얼마든지 하는 눈빛으로 여유 있게 말이다.

알렉스는 자신은 핸드폰이 없다고 했다. 사실이었다. 그때만 해도 알렉스는 핸드폰이 없었다. 그 여자는 실망한 표정을 짓더니, 폰을 내게로 들이밀었다.

"언니한테 연락할게요. 알렉스와 얘기 더 나누고 싶어서."

"(세상에. 이런 미친년을 다 보았나. 언제 봤다고 언니래?) 아. 네? 네, 그… 그러세요."

얼떨결에 폰을 건네받았다. 이건 무슨 황당 시츄에이션인지. 히아신스의 핸드폰을 들고, 내 번호 하나하나 입력할 때마다, 마치 손톱이 빠져나가는 듯한 느낌이었다.

"나중에 연락드릴게요. 안녕히 가세요! Bye Alex. See you."

버스는 히아신스를 토하듯 내려주었다. 창밖에서 손을 흔드는 그녀를 보는 알렉스와 내가 남았다. 우리의 공기에 어색한 먹구름이 낀 듯 했다. 알렉스는 미안했던지, 내 손을 잡고는 괜찮으냐고 묻는다. 나는 쓴웃음을 지으며 대답했다.

"그럼, 괜찮아. 저 여대생이 독일사람 만나서 많이 반가운가봐."
"응. 몇 달 뒤에 독일로 여행도 간다고 하던데."라고 알렉스가 말했다.
"응. 그, 그래?"

그 당시 아직 독일 한번 가보지 못한 나는 더욱 질투가 났지만, 겉으로 웃으며 내 자신을 숨겼다. 당당하고 태연해지고 싶었다. 재로 변한 내 마음이었지만, 쪼잔한 여자친구는 되고 싶지 않았다.

내 걱정은 시작되었다. 알렉스가 독문과 히아신스에게 반한 걸까? 그는 나와의 교제를 후회하고 있을까? 한 여대생에게 그를 빼앗겨 내 사랑을 잃어버린다고 상상하니, 심장이 아려왔다. 많은 남성들의 이상형은 낯설고, 예쁜 여자라 했다. 더군다나 싱싱하게 나이도 어리고, 발랄한 성격에 환하게 잘도 웃는 히아신스는 나와는 다르게 독일어까지 유창하게 잘 하니. 내가 그녀보다 나은 것은 단 하나도 없어 보였다. 그러고 보니 히아신스가 입었던 옷도 가방도 모두 다 잘 어울려 어디하나 흠잡을 때가 없었다. 나는 더욱더 쭈글해졌다.

그날 저녁 아니나 다를까, 히아신스는 내게 문자를 보냈다. 알렉스와 한 번 더 만나고 싶은데, 자리 좀 마련해달라고 말이다. 적극적인 행동. 아무리 생각해도 괘씸했다. '둘이 만나게 해줘? 아니지. 절대 아니지. 어떻게 해야 할까?' 잠도 잘 오질 않았다. 내 머리는 딜레마에 빠져 허우적거렸다.

긴장이 되어 심장이 쿵쾅거렸다. 알렉스는 연예인도 아니고, 유명인도 아니지만 유럽에서 온 외국인이란 이유만으로 주위에서 관심이 끊이지 않았고, 이성에게 인기가 많았다. 그런 남자친구를 둔 것은 자랑스러운 일이었지만, 한편으로는 몹시 불안한 일이었다.

'내가 이런 식으로 외국인을 사귈 수 있을까? 내가 감당할 수 있을까? 그를 지킬 수 있을까? 어쩌면 헤어져야 하는 것은 아닐까?' 이런 생각들이 꼬리를 물자 우울해졌다. 비겁한 방법을 택했다. 며칠 동안 연락을 하지 않고 잠수를 타버렸다. 알렉스가 내 맘을 좀 알아주었으면 좋겠다고 생각했다. 그러나 그가 몰라준다면, 나는 이쯤에서 결단을 내려야 할 것이다. 용기를 내어야 했다. 가면을 쓰고, 쿨한 척 연기하는 것은 힘들고 어려운 일이다. 이런 상황이 오는 것 까지 막을 수는 없겠지만, 매번 내 자신을 숨기면서까지 알렉스 곁에 있고 싶지 않았다. 그래, 솔직하게 표현하자. 나는 용기를 내어 알렉스를 만나 비장한 각오로 진심을 말했다.

"알렉스. 얼마 전 버스 안 그 여대생 기억나지? 그녀가 너와 만나게 해달라고 문자를 내게 보냈어. 그리고 나는 끙끙 앓다가 잠도 잘 못 잤어. 나는 그녀에게 아직 답장을 하지 않았어. 네가 그녀를 만나러 간다면, 나는 어쩔 수 없이 이쯤에서 알렉스, 너와의 관계를 정리해야 할 것 같아. 내가 보수적이라고 말해도 좋아. 하지만 네 여자 친구로서 너를 독차지 하고 싶어. 그 누구와도 나눠 갖기 싫단 말이야. 내 맘 이해하겠니? 나와 계속 사귈 수 있겠니?"

너무나도 사랑하기 때문일까. 알렉스를 가지고 싶었다. 알렉스월드의 자유이용권은 나만 소유해야 하고, 나만 이용하고 싶었다. 외국인이라는 특이사항으로 다른 사람들과 나눠 갖는 느낌이 싫었다. 이성 친구는 더욱 싫었다. 알렉스에게 여자는 오로지 나 하나뿐이어야 했다. 이성 친구 관계가 자유로운 유러피언 알렉스가 이토록 보수적인 나를 이해해줄까. 그래도 할 수 없었다. 이렇게 표현하지 않으면 나는 나를 견딜 수가 없었기 때문이다. 그러자 알렉스는 내 손을 잡고 이렇게 말했다.

"영아. 많이 힘들었구나. 솔직하게 말해줘서 고마워. 네 맘이 어떤지 알 것 같아. 미안하기도 하고 이상하게 기분이 좋기도 해. 질투한다고 하니까 말이야. 염려하지 마. 아무 걱정하지 마. 내 마음 알잖아. 나는 영아 너뿐이라고. 독일에서 이렇게 너 하나 때문에 먼 한국까지 날아와 네 곁에 있는 것 보면 모르겠어? 우리는 절대 헤어지지 않아."

그렇게 알렉스는 나를 안고 토닥거려주었다. 질투로 상처 난 내 마음에 빨간약을 바르고 반창고를 붙여주었다. 그의 굳건한 눈빛은 우리의 사랑과 나의 자존감을 지켜주었다. 그날 이후, 나는 히아신스 여대생에게 연락해서 내 남자친구 알렉스가 아닌 다른 독일 친구가 있다고 말하고, 그 친구를 소개시켜주었다. 그리고 나는 그날 사건 이후 독일어를 더 열심히 공부했다.

국제커플이라고 남들이 걱정하던 둘 사이에 서로 다른 언어와 문화차이가 문제가 되는 것이 아니었다. 오히려 그런 굵직굵직한 것들은 내게 더 쉬웠다. 이미 우리는 다르다는 것을 전제로 하고 시작한 사이이므로 서로가 다르다는 차이점은 호기심과 흥미의 포인트가 되어주었다. 서양인이고 동양인이기 전에 우리는 먼저 한 남자이고 한 여자였다. 서로를 사랑해서 인정받고 싶고, 상대를 소유하고 싶어

하는 청춘의 남녀인 것이다. 내가 계속 쿨하게 굴며 억지웃음으로 적당히 포장한 뒤, 혼자 뒤에서 끙끙 속앓이 한다면 분명 문제는 커졌을 것이다.

우리는 큰 바위에 걸려 넘어져 아파하는 것이 아니다. 미처 빼지 않았던 신발 속 작은 돌 알갱이가 발을 아프게 만든다. 우리의 사랑도 마찬가지이다. 작은 질투와 사소한 서운함이 우리의 관계를 어렵게 한다. 우리는 때로 가던 길을 멈추고 신발 속 작은 돌 알갱이처럼 털어내야 한다. 냄새날지도 모르는 발을 보이는 게 부끄럽지만, 솔직하게 표현해야 먼 길을 아름답고 건강하게 여행할 수 있을 것이다.

이제 더 이상 쿨한 척 연기하지 않기로 했다. 적어도 그의 앞에서는 가면을 벗고, 진실한 나의 모습을 보여주려 한다. 나의 그 부족한 모습도 인정하고 따뜻하게 수용해주는 그의 태도에서 나는 강한 고마움과 사랑을 느낀다.

나는 다리가
부러져도 널
사랑할 거야

알렉스는 성형수술을 한 남자이다. 코를 살짝 세웠다. 알렉스의 코
에는 아프지만 아름다운 추억 하나가 묻어 있다.

그날은 동생 진희가 나보다 먼저 시집가던 봄날이었다. 내 동생을
훔쳐간 사내는 경민이. 나는 여전히 제부弟夫를 경민이라고 이름을 부
른다. 이 둘은 중학교부터 죽고 못 사는 같은 반 친구였다. 그 둘은 너
무도 사랑한 나머지 하나뿐인 언니인 나를 일치감치 따돌리고 스물넷
에 결혼식을 올렸다(신기하게도 그 후 다섯 달 만에 조카 유미가 태어났다).
그날 알렉스도 예비 처제 진희의 결혼을 축하하기 위해 참석했다.

우리는 결혼식장에서 불편한 얼굴을 만났다.

'헉! 저 자식은! 왜 온거야?'

그 얼굴은 바로 나의 전 남자친구 B였다.

알렉스를 만나기 전에 나는 한 살 연하의 남자친구 B를 사귀고 있었다. B는 나를 만나고 네 달여 만에 군대에 갔다. 나는 그때 새내기 물리치료사로 병원에 첫 발을 내딛은 상황이었다. 어느덧 2년이란 시간이 흘렀고 나는 기다린 여자(?)가 되었지만, 기대했던 것처럼 좋은 관계로 지내지 못했다. 헤어지는 이유는 모두가 상상하는 그대로이다.

B는 헤어진 후에, 내가 알렉스를 만나는 걸 알게 되었고 나를 찾아와 이런 말을 남겼다.

"기껏 저 배 나온 외국인을 만나려고 나와 헤어진 거냐?"

어이가 없었다. 그런 말 밖에 할 줄 모르는 그가 더 하찮게 느껴졌다. B는 만능 스포츠맨이었다. 수영선수이기도 했고, 태권도 4단의 유단자였다. 그는 운동으로 다져진 자신의 근육을 아주 특별하게 생각했었다.

그런 B는 나와 헤어진 이후에도 동생과 같은 교회에 다니고 있었기 때문에 교회 사람들과 버스로 함께 타고 동생 결혼식장에 온 것이었다. 그런데 그는 내가 알렉스와 함께 있는 것을 보자 화가 났다. 결혼식이 끝난 후, 그는 알렉스에게 다가와 잠깐 뒤에서 보자며 싸움 잘하는 문제 청소년처럼 시비를 걸었다. 알렉스는 그런 B를 무시했다. B는 알렉스 어깨를 툭툭 치며 일어나라고 했다.

"왜 이래요, 이러지마세요!"

옆에 있던 내 친구 미현이가 임신한 몸으로 B를 말렸다. 그러자 그는 만삭의 임신부인 미현이까지 벽으로 밀쳐냈다. 그걸 본 알렉스가 놀라서 벌떡 일어나자 B는 순식간에 알렉스 얼굴로 주먹을 날렸다. 웅성웅성 주위는 아수라장이 되었다. 내가 갔을 때는 알렉스는 얼굴에 피범벅이 되어있었고, 얼굴은 알아보기 힘들 정도로 부어 있었다. 옆에 계시던 아저씨 한분이 저 자식이 때리고 도망갔다며 가리켰다. 하지만 B는 이미 사라지고 없었다. 일단 병원으로 가야 했다. 놀란 나는 피를 철철 흘리는 알렉스와 임신한 배를 움켜잡는 미현이를 데리고 결혼식장을 빠져나와 택시를 잡아탔다.

"빨리 가까운 병원 응급실로 가주세요."

나는 다급하게 외쳤다. 벌컥 눈물이 났다. 동생의 결혼식에 이런 건 생각지도 못했던 일이었다. 시집도 안 간 언니는 결혼식장에 오는 것이 아니라고 하셨던 친척들 얼굴이 떠올랐다. 나로 인해 결혼식장에서 이런 황당한 일이 생긴 것이라 생각하니 결혼한 동생네 부부, 진희와 경민이한테도 몹시 미안했다. 알렉스는 코를 부여잡고 있었고, 미현이는 놀란 배를 쓰다듬고 있었다. 모든 게 내 탓이라고 자책 했다. 그런 옛 남친을 둔 내가 너무 미웠다. 만삭의 산모이던 미현이는 자긴 괜찮다며 오히려 놀란 나와 알렉스를 위로했다. 정말 고마웠다.

알렉스는 코뼈가 부러져서 수술을 받아야 했다. 퉁퉁 부은 알렉스 얼굴을 나는 미안한 마음에 똑바로 볼 수도 없었다.

"알렉스. 미안해. 괜히 나 때문에 이런 일을 당하고, 학교도 못가고."

알렉스는 우는 나를 꼭 안고 손을 잡아주며 말했다.

"울지 마. 영아. 나 많이 안 아파. 코뼈 하나 부러진 건데, 뭘. 나는 다리가 부러져도 널 사랑할 거야."

너무 고마웠다. 알렉스 수술은 잘 끝이 났지만, 나는 동생이 결혼하는 기쁘고 좋은 날에 B가 부린 행패를 도무지 용서할 수 없었다. 소식을 들은 주위에 다른 사람들은 B를 고소하라고 했다. 태권도 4단 유단자가 사람을 때렸다면 그건 살인미수에 해당한다며 신고부터 하라고 했다. 그곳이 어디라고 결혼식장에 와서 그렇게 주먹을 휘두르고 사과도 없이 도망을 갔느냐며 신사답지 못한 행동에 모두들 화가 났다. 나는 정말이지 그런 사람과 교제했었단 사실이 부끄러웠다.

이틀 후, B는 연락도 없이 자신의 엄마와 함께 우리 집을 찾았다. 그 때 집에는, 나의 온 가족과 얼굴이 퉁퉁 부은 알렉스가 함께 있었다. B는 한발 뒤에 고개를 숙이고 서 있었고, 그의 엄마는 자신이 아들을 잘못 키운 탓이니 부디 용서해달라고, 나와 알렉스 손을 번갈아 잡고 머리를 숙였다. 정말 불편한 상황이었다. 엄마까지 데려온 B. 우리 가족은 황당해했다. 알렉스는 B의 엄마의 사과는 필요 없고, B의 진심 어린 사과문과 함께 앞으로 다시는 우리 앞에 나타나지 않겠다는 각서를 쓰라고 했다.

진희와 우리 가족은 모두 알렉스의 선택에 맡겼다. 경찰에 신고를 하고 B를 벌을 받게 할 것인지, B를 용서할 것인지 아닌지 모두 알렉스 뜻에 따르기로 한 것이다. 알렉스는 법과 친한 저먼이다. 독일이 어떠한 나라인가. 법치주의 국가이다. 독일은 법을 수출하는 나라이다. 뭐든지 법대로 처리하는 게 껄끄럽지 않은, 아니 그게 오히려 미덕인 나라이다.

게다가 알렉스 아버지는 변호사이다. 나는 당연히 그가 법대로 할 줄 알았다. 그러나 알렉스는 그렇게 하지 않았다. B의 사과문을 읽고, 남자답게 그 사과를 받아들였다. 그러고는 깨끗하게 없었던 일로 해줄 것이니, 다시는 우리 둘 앞에 나타나지 말라며 힘주어 말했다.

나는 알렉스의 침착함과 신중함에 다시 놀랐다. 그는 그 상황에서도 감정적으로 굴지 않았다. 자신이 진정 원하는 것을 얻었고, 그리고 사랑하는 사람과의 관계를 유지했다. 그는 코뼈가 부러지고 수술까지 해야 하는 상황에서도 오히려 나의 마음을 편안하게 해주고자 애썼다. 그리고 한국 땅이니, 법이 아닌 한국식대로 해결하고자 했다. 많이 아팠을 텐데도 농담도 하며 진희의 결혼을 몇 번이나 축하해주었다. 우리 엄마는 그런 알렉스를 보고 많은 점수를 주었다. 또 알렉스는 혼자 오기 겁이 나서 엄마를 데려온 B와는 다르게 자신이 코를 다쳤고, 성형수술을 해야 한다는 것을 독일 부모님께 말하지 않았다(아직도 시부모님은 이 사실을 모르신다). 입이 무거운 남자이다.

날씨가 궂은날에는 무릎과 허리가 아프다는 외할머니의 말을 배워서 따라하는 알렉스. 비만 오면 코가 아프다며 윙크 하며 웃는다. 알렉스는 겨울철만 되면 코감기가 잘 걸리는데, 코를 풀며 엄살을 피워댄다.

"아이고! 코야! 이 수술한 비싼 코!"

나는 그의 코에 '호~' 해준다.

"알렉스. 그때 코뼈가 뭐야, 다리가 부러져도 나 사랑하겠다고 한 말 진짜야?"

"당연하지. 난 운도 좋게 이렇게 예쁜 사랑을 얻었는데! 코뼈 정도는 뭐! 이 정도는 뭐!…."

하면서 코를 팽하고 시원하게 풀었다.

알렉스는 정말 내게 최고의 남자이다. 그리고 나는 그의 비싼 코를 사랑한다. 코뼈가 부러지면서까지 지켜낸 사랑, 우리는 더없이 행복하다.

Will you marry me?

언젠가 타임머신이 발명된다면 나는 이날로 떠날지 모르겠다. 내 인생에 로맨스가 극에 달하던 그날. 어느 근사한 영화의 아련한 장면처럼 나의 기억에 남아 있는 보물의 순간이다.

어느 가을밤. 유난히 별이 빛나던 밤이었으리라. 학교 기숙사 식당 스카이라운지 난간에 기대서 멋진 야경에 취해 멍 때리며 서 있는 내게 알렉스는 조금은 어색한 듯한 미소를 지으며 다가왔다. 나는 알렉스의 부자연스런 발걸음을 보며 '왜 저러지? 어디 아픈 걸까?' 하고 잠시 생각했다. 그런데 갑자기 그는 내 앞에서 무릎을 탁 꿇었다. 그러더니 부끄러운 미소와 함께 작은 반지 케이스를 열어 건넸다.

"Will you marry me?"

청혼이다. 헉! 그 순간이다. 내가 꿈꾸어 오던 낭만적인 순간! 나는 숨이 탁 막혔다. 내가 한 여자로서 결혼 프로포즈를 받는 순간. 어디에서 보던 장면들이 스쳐지나갔다. 꽃과 촛불이 장식되어 있던 고급 레스토랑, 차 트렁크에서 풍선이 막 올라가는 또는 어느 공연장에서 멋진 노래와 춤과 함께 공개 프로포즈하는 뭐 그런 화려한 프로포즈는 아니었다. 프로포즈도 역시 알렉스다웠다. 그저 우리의 일상 한 공간에서 별다른 것 없지만 진심이 느껴지는 청혼. 하지만 오히려 나는 그게 더 좋았다. 진심이다. 프로포즈를 다시 받더라도 나는 이렇게 변함없는 소박한 모습으로 받고 싶다.

알렉스가 청혼을 할 것이라고 전혀 눈치 채지 못했기에 나는 아무것도 준비하지 못했다. 게다가 어떤 말을 해야 할지도 몰랐다(더군다나 영어로는). 반지를 보는 순간 얼어붙은 나는 주체할 수 없는 기쁨과 놀람에 그 자리에서 어린 아이마냥 울음을 터트리고 말았다. "으앙!~"(기적 같은 희귀한 몇 개의 순간에 가끔 나는 변신을 한다)

내가 청혼에 오케이 하기는커녕 반지도 받지 않고, 그대로 서서 울어버리자 알렉스는 당황했다.

'일어나야 하나? 계속 무릎 꿇고 불편한 자세 그대로 있어야 하나? 이건 좋다는 건지, 싫다는 건지….'

"영아. 나 무릎 아픈데, 예스 안 해줄 거야?"

"예스! 예스! 고마워. 알렉스. 일어나."

나는 알렉스를 일으켜 세우고 힘껏 안겼다. 밤하늘의 별빛들이 총총한 박수를 쳐주었고 내 심장은 밤바람에 더욱 부풀었다. 새롭게 내딛을 나의 이 길에 무엇이 기다리고 있을까. 무엇이라도 알렉스와 함께 한다면 행복할 수 있을 것 같았다. 나는 주저 없이 이 사람과 함께할 것이다. 꾸준한 애정을 보여준 그에게 진심으로 감사했다.

나중에 알았지만 알렉스는 프로포즈를 준비하며 한쪽 구석에 몰래 비디오카메라를 설치했다. 그 순간을 오래도록 간직하고 싶었다는 알렉스. 그 영상에는 놀란 감동에 못 이겨 바보같이 울어버린 내 목소리가, 마스카라로 얼룩진 내 못난 얼굴이, 우리의 진하고 뜨거운 포옹이, 또 카메라가 거기 숨어 있는 줄 알고 나서 알렉스 등을 때리는 내 주먹이 모두 고스란히 담겨 있다.

카메라가 거기 있는 줄 알았더라면 나는 눈물에도 번지지 않는 초강력 방수 마스카라를 하고 나갔을 것이다. 또 그렇게까지 콧구멍을 크게 벌려 앙 하고 울음을 터트리지도 않았을 텐데…. 청혼하고 우는 여자에게 두들겨 맞은 남자는 나밖에 없을 거라면서 너스레를 떠는 그를 미소 지으며 바라본다.

영원한 사랑은 없다고 한다. 시끄러운 세상 속에서 살아가다 보면 때로 우리는 본의 아니게 사랑은 저쪽으로 팽개쳐두고, 눈동자에 빛을 잃고 지내다 어느 순간 자신을 발견하고는 깜짝 놀란다. 그런 때가 오면 나는 가끔씩 알렉스가 내게 청혼하던 날의 이 프로포즈 영상을 다시 본다. 늘 가까이 있기에 잊고 있었던 그의 사랑을 오롯이 느낀다. 고요한 별빛 아래 풋풋하게 젊은 우리 두 사람. 최고의 여자였던 나의 그 감정을 다시 포착한다. 순수한 환희의 순간. 시간의 풍토작용을 핑계로 나는 사랑을 싸구려 혼합물에 담근 건 아닌지.

그 영상 속에 기적과 같이 나에게 주어진 이 사람이 지금 내 곁에 있는데, 매일이 기적이다. 사랑만이 우리를 온갖 악에서 해방시켜주는 유일한 요새다. 나는 그를 더 사랑해도 괜찮을 것이다.

학교 기숙사
스카이라운지 야경.
이 불빛들은 그의 프로포즈에
응원의 박수를 보냈다.

4월 4일,
그리고 4시

주위 어른들은 네가 교회를 다니고 아무리 외국인이랑 결혼한다고 하더라도 그래도 궁합은 봐야 한다, 아홉수에는 식 올리는 거 아니다, 결혼식 날짜 받아줄 테니 그날에 결혼해라, 또 예식 시간도 중요하다며 조언과 충고를 아끼지 않았다.

하지만 나는 그런 충고들이 귀에 들어오지 않았다. 좋은 날을 골라 결혼들 하면서 이혼들은 왜 하느냐고 따지고 싶었다. 나는 믿고, 확신했다. 내가 결혼하기로 선택한 이 남자와는 어떠한 사주나 궁합 따위에 상관없이 행복하게 잘 살 것이라고.

나보다 먼저 결혼하게 된 동생, 진희의 결혼 때에도 그랬다. 아직 미혼의 언니였던 나는 그때 겨우 27살이었는데도 불구하고 별안간 집안의 천덕꾸러기, 노처녀 신세가 되어 버렸다. 할머니는 시집 못간 언니가 동생의 결혼식장에 가면 시샘을 하여 동생의 복이 달아날 수 있다고 하며, 나를 못 오게 하셨다.

"영아, 너 오려고? 그럼 넌 식장에 들어오지 말고 밖에 있어라."
"싫어요. 왜? 내가, 뭐 문제 있어? 그리고 요즘 세상에 그런 게 어디 있어요?"
나는 맨 앞자리에 앉아서 박수도 제일 크게 치며 하나뿐인 내 동생 결혼을 그 누구보다 축하해줄 거라며 소리쳤다.

내 결혼식을 앞두고, 좋은 날로 받으라는 어른들의 말에 세게 받아쳤다.

"1년 365일 어느 날이든, 다 귀하고 소중한 날이야. 우리가 편한 날로 잡을 거야. 자꾸 그러면, 나 확 4월 4일에 결혼해버릴 거야. 죽을 '사'에!"

한국의 숫자 '4'는 서럽다. F학점이다. 죽을 사死랑 발음이 같다고 어디 뜻까지 같을까. 하나는 한자이고, 또 다른 하나는 숫자여서 의미도 다르기만 한데. '죽음'이라는 두려운 별명을 턱 붙이고는 욕같이 F라고 표기해놓기도 한다. 특히 병원의 엘리베이터에는 4층 버튼은 아예 없다. 알렉스는 처음에 여기 이상한 병원의 3층과 5층 사이에 뭔가 숨겨진 비밀의 방이 있는 건 아닐까 생각했단다.

우리는 거짓말처럼 4월 4일, 그것도 4시에 결혼식을 올렸다. 우리에게 4라는 숫자는 '죽을 사'가 아니라 '사랑할 사'였다. 참으로 아름답고 눈부신 4월에 알렉스와 나는 눈부신 햇살, 향긋한 봄 향기 속에서 새 출발의 첫 걸음을 내디뎠다.

나는 종종 먼저 시집간 친구나 언니들이 결혼을 앞두고는 현실적인 금전 문제로 많이 다투며, 스트레스로 힘들어하며 이 결혼을 하느니, 마느니 그런 말까지 하는 것을 보았다. 그들을 보며 연애의 결실인 결혼이 왜 그렇게 어렵고 힘든 걸까, 하고 이해가 가지 않았다. 나는 그들과 달리 비록 화려하진 않더라도 진정한 행복 속에서 웨딩드레스를 입고 싶었다.

대부분 결혼식을 한 번만 하지만 저먼과 결혼한 나는 두 번의 결혼식을 치렀다. 한국에서 한 번, 독일에서 또 한 번. 두 번이나 하는 특별한 결혼인 만큼 제대로 하고 싶었다. 혼수니 예단이니 하는 겉치레는 모두 생략하고, 본질에 제대로 충실한 결혼을 하기로 했다. 우리는 실반지 하나로도 충분히 멋지고 행복할 수 있다고 믿었기 때문이다.

한국은 결혼식에 앞서 이것저것 준비할 것이 많지만 정작 결혼식은 길어야 3시간 안에 마친다. 축의금을 건네고, 형식적인 기념사진 찍고나면 약속이나 한 듯이 손님들은 썰물처럼 빠져나간다. 한국의 이런 썰렁한 결혼 문화를 독일 시부모님은 신기해하셨다.

알렉스와 나는 결혼식 날짜를 사랑해 '4'로 정한 후 장소에 대해 고민했다. 우리 둘 다 판에 박은 듯한 평범한 예식장은 싫었다. 부잣집으로 시집간 친구 덕에 최고급 호텔에서 열리는 결혼식에도 가보았으나 별 다른 건 없었다. 뷔페음식 대신 스테이크가 나온다는 것 외에는. 한 시간도 채 안 걸리는 의미 없는 결혼식에다 소중한 돈을 쓰고 싶지 않았다.

결혼식 장소에 대해 고민한 지 단 하루도 채 지나지 않아 알렉스와 나는 의견 일치를 보았다.

"그래, 학교에서 하면 되겠네!"

그렇게 캠퍼스에서 하기로 결정했다. 우리가 처음 만나 사랑을 만들어갔던 곳, 프로포즈도 거기서 받았으니 나름 의미도 있고, 캠퍼스 안에 작은 교회도 있으니, 금상첨화였다. "딱이야! 거기서 하면 되겠네." 학교에서 하게 되면 결혼 주례도 교수님께 부탁드릴 수 있고, 축가도 같이 공부했던 우리 동기들한테 부탁할 수 있기 때문이다. 피로연 역시 넓은 학교 식당에서 할 수 있기에 결혼식 장소로 이보다 더 좋을 순 없다는 생각이 들었다. 물론 결혼식장에서 하는 것보다 많은 비용을 아낄 수 있는 이점도 있었다.

주머니 가벼운 학생커플인 우리는 스튜디오 웨딩 촬영이나 한복, 꽃길 등 모두 생략하기로 했다.

"친구들이 찍어주는 자연스러운 스냅사진으로 가는 거야. 전문가의 스킬은 아니더라도, 더 많은 스토리가 들어있는 사진이 될 거야."

"청첩장이랑 결혼 예배 순서지는 다 내가 직접 만들 수 있어. 알렉스 내 실력 믿지?"

그렇게 나는 어떻게 보면 일방적으로 순식간에 결혼식에 대한 모든 것을 끝내버렸다. 알렉스의 의견을 묻지 않은 것에 미안해진 나는 "다 끝났네? 풉! 미안해. 그럼, 독일 결혼식은 알렉스 마음대로 해."라고 말했다. 그러자 오히려 알렉스는 머리 아픈 거 다 처리해줘서 고맙다며 역시 영아라며 웃었다.

"알렉스, 넌 정장 입으면 되고, 신부인 나는 웨딩드레스 하나 빌려볼게."
"renting? 무슨 소리! 웨딩드레스는 사야지! 그건 내가 사줄게!"
알렉스가 큰소리 쳤다.
"그걸 산다고? 꽤나 비쌀 텐데…."
"아니야, 그래도 웨딩드레스는 옷장에 걸어두고, 우리의 결혼을 추억하면 좋잖아. 그건 빌리지 말고 사자. 우리 두 번이나 결혼하는데."
그가 힘주어 말했다.

나는 알렉스를 따라 기대와 설렘을 안고 독일로 날아갔다. 우리는 알렉스의 부모님에게 결혼을 하겠다고 말씀드렸다. 그러자 예비 시부모님은 흔쾌히 허락해주시며 진심으로 축하해주셨다.

시부모님은 나와 알렉스를 독일 브레멘의 작은 드레스 가게에 데리고 갔다. 시부모님과 같이 고르는 웨딩드레스. 왠지 모르게 부끄러운 나머지 나는 웨딩드레스를 자판기에서 캔 콜라를 뽑듯이 단 번에 골랐다. "저, 이걸로…" 하며 가장 가까운 마네킹이 입고 있는 걸로 가리켰다. 어깨가 살짝 드러나 보이는 하얀 실크빛 드레스는 심플하고 깨끗해 보여 딱 내 눈에 들어왔다. 그러자 "아니, 몇 벌은 입어보고 사야지!" 하시며, 시어른들은 오히려 나보다 더 신이 나서 좁은 가게 안을 분주하게 다니며 이거 입어봐라, 저것도 입어봐라 하시며 마치 인형놀이 하듯 드레스를 입혀 보게 했다.

역시 한국이나 독일이나 어르신들이 예쁘다며 고르는 건, 내 눈에는 모두 촌스러웠다. 하지만 그래도 기분은 좋았다. 왜냐하면 하나씩 입고 나올 때마다 박수를 쳐주시며 사진을 찍어주시고, 우리 며느리는 몸매가 마네킹이라며 엄지손가락을 세우셨기 때문이다. 순간 나는 모델이 된 듯한 착각에 입이 귀에 걸렸다.

그렇게 여러 벌의 드레스를 입어보고 나서 결국에는 내가 처음에 골랐던 그 심플한 드레스를 250유로한화 약 36만 원에 사들고 왔다. 그 드레스는 아직도 안방 옷장 안쪽에 고이 걸려 있다.

우리는 한국에서 결혼식을 한 후 두 번째 결혼을 위해 독일로 날

아갔다. 한국에서는 결혼식을 앞두고 있는 신부들은 피부 마사지를 받으러 다니지만 나는 음식 만들기에 바빴다. 다행인 것은 독일의 결혼식 초대 손님은 그리 많지 않다. 누군지도 모르는 얼굴까지 몇 백 명의 손님이 왔다가는 한국에 비하면 정말 조촐하게 열린다. 독일은 교회에서 예식을 끝나면 그 손님들을 초대해 점심, 저녁까지 대접하는 전통이 있다. 이때 신랑 신부의 젊은 친구들은 며칠씩 함께 묵으면서 축하해주기도 한다.

나의 독일 결혼 부케는 알렉스네 이웃집 아저씨가 자신이 직접 가꾸던 정원의 꽃을 따다가 만들어주셨고, 알렉스 외할머니가 웨딩드레스와 어울릴 것 같다며 하얀 머리핀을 내 머리에 꽂아주셨다. 손님 모두가 웨딩 플래너가 되어 함께 만들어 가는 결혼식, 정말 색다르고 소중한 경험이었다.

결혼식은 둘째 치고 밥부터 먹기 바쁜 한국의 결혼식과 달리 독일의 결혼식은 거의 모든 하객이 함께 어우러져 파티 형식으로 하루 종일 열린다. 친정엄마는 외국인 손님들을 위해 한복을 입고, 100줄의 김밥과 수정과를 만드셨다. 한국 손님들에게는 독일식 스테이크와 소세지가 인기가 좋았고, 독일 손님들에게는 친정엄마의 한식이 인기가 좋았다. 식사 후에는 느긋하게 함께 차도 마시며 이런저런 얘기를 나누고, 게임도 하고, 춤도 추며 꽤 오랜 시간 동안 함께하며 자리를 지킨다.

여러 가지 게임 중 가장 기억에 남던 것은, 한국 손님들과 독일 손님들이 섞여 앉아서 영어로 369 게임을 한 것이다. 친정엄마와 알렉스 친구 요나스가 걸렸다. 그들은 벌칙으로 커플 댄스를 추게 되었다. 그건 분명 요나스에게는 벌이었겠지만, 엄마에게는 벌칙이 아닌 상이었을 것이다. 젊고 잘생긴 남자와 함께 블루스를 추었으니까 말이다.

한국의 결혼식에서는 아무개가 다녀갔다 하며 그의 이름 적힌 '돈 봉투'로 축하를 전했지만, 독일 결혼식에서는 손님들 한 사람, 한 사람이 선물을 직접 건네주는 시간을 가졌다. 손님들은 내가 알아들을 수 있도록 영어를 섞은 독일어를 천천히 말하면서 자기소개를 했고, 자신이 그 선물을 준비한 이유와 선물의 의미와 함께 우리에게 미리 준비한 결혼 축하의 메시지를 함께 전했다(현금 선물을 가장 많이 받았지만, 봉투에 덜렁 돈만 주는 경우는 없었다). 특별하고 정성이 가득한 결혼식이었다.

그렇게 우리는 2009년, 4월과 5월에 한국과 독일에서 두 번의 결혼식을 올렸다. 한국의 결혼식은 문제가 많다고들 말한다. 고작 몇 시간의 결혼식을 위해 엄청난 금액을 지불한다. 명품 드레스에 호텔 피로연, 완벽한 조명에 어울리는 최고의 메이크업과 포토샵. 사실 이런 것들은 행복한 결혼생활을 하는 데 있어 그다지 중요하지 않다. 물론 경제적으로 넉넉하다면 일생의 한 번뿐이라는 결혼식을 위해 욕심 부려도 괜찮겠지만, 경제적 사정이 여의치 않다면 굳이 그런 무리수를 둘 필요가 있을까.

결혼식은 왜 할까. 본질이 옵션보다 중요하다. 결혼하는 두 사람에게 가장 중요한 것은, 가족과 친구, 진심으로 축하해주는 사람들과 신 앞에서 영원히 변치 않을 사랑을 맹세하고, 예쁘게 사랑하며 행복하게 사려는 약속이고, 그 날을 축하하는 예식이다. 본질에 충실하면 식은 소박해도 괜찮다. 진심어린 축하가 가득하다면 손님이 많지 않아도 괜찮다. 우리의 결혼식은 두 사람을 아름답게 하나로 묶어주기에 충분했고 풍성했다.

개똥 밟은 _____

허니문 _____

신혼여행.

가장 먼저 무엇이 떠오르는지. 첫날밤의 그 짜릿하고 로맨틱한 추억? 고급호텔 또는 풀빌라 패키지? 에메랄드빛 해변가에서의 나눈 뜨거운 키스? 열대과일과 비치드레스? 나는 허니문 하면 가장 먼저 '똥'이 먼저 떠오른다. 신혼여행지에서 소똥, 개똥, 쥐똥을 다 밟았기 때문이다.

우리는 한국과 독일을 오가며 두 번의 결혼식을 올린 탓에 시간과 경비가 완전히 바닥나고 말았다. 마음은 여느 신혼부부들처럼 멋있는 곳으로 신혼여행을 가고 싶었지만 현실은 그럴 수 없었다.

나도 한비야 씨처럼 배낭 하나 메고, 세계 오지를 다니며 곳곳의 모험과 스릴을 느껴보고 싶었다. 인도에 가보고 싶다고 늘 노래하던 나였다. 인도의 길거리 음식을 먹고, 버스에 매달려보기도 하는 '생고생'을 해보고 싶었다. 그런데 때마침, 인도 친구 비네이가 결혼을 한다고 자기 결혼식도 구경할 겸 오지 않겠느냐며 제안했다.

"India?" 알렉스와 나는 서로 마주보고 웃었다. 친구 결혼식 핑계로 그 집에서 며칠 좀 묵게 되면 경비도 절약할 수 있었다. 이런 생각을 하자 나도 모르게 행복한 비명을 질렀다.

'그래, 인도로 가는 거다!

자유로운 신들의 나라, 영혼의 나라, 천의 얼굴을 가진 나라, 내 안에 나를 발견하고 나를 채우고 오는 나라. 그래, 항상 나를 매혹시켰던 것은 화려함보다는 신성함이었어. 나는 영적인 뭔가와 어울렸어. 좁은 길 인도로 가는 거야.'

기대와 설렘은 오븐 속의 빵처럼 부풀어 올랐다. 내친김에 인도 이름을 만들어 달라고 인도 친구, 댄에게 졸랐다.

"가만있자, 영아. 아르티? 어때? 그건 힌디어로 '기도'라는 뜻이야."

"아르티? 좋은데?"

댄은 아르티가 나와 잘 어울린다고 말했고 나는 그 이름이 좋았다. 그 이후로 나는 인도사람을 만나면 이렇게 인사한다. 나마스테, 메라남 아르티 헤이안녕하세요, 제 이름은 아르티에요.

알렉스와 나는 한두 푼씩 열심히 모아서 10개월 뒤, 우리는 4,900원짜리 지마켓표 커플티를 맞추어 입고 늦은 허니문 비행기를 탔다.

하지만 인도에 도착한 아르티. 기대감과 설렘은 절망과 좌절로 무너져 내렸다.

"오마이갓! 이게 무슨 신혼여행이야!"

길에서 만난 슈퍼자이언트급 쥐떼를 보며 나도 모르게 목울음이 나왔다(난 이 세상에서 쥐가 가장 무섭다). 그렇다. 나는 한비야가 아니었다. 아르티는 무슨. 나는 그냥 나, 김영아였다. 좀 전에 돈 주고 사 마신 생수는 썩은 물이라 한 모금 마시고는 바로 토했고, 헤어드라이기가 없어 미쳐 덜 말리고 나온 내 머리에는 온갖 똥먼지들이 다 붙었다. 우웩~! 이 나라는 도대체 '위생'이라는 개념이 있긴 한 건가. 여기저기 널려 있는 똥오줌에 치이다 보니 인도에 도착한 지 고작 몇 시간도 채 지나지 않아 한국이 그리워지기 시작했다.

게다가 만만한 외국인에게 바가지 씌우려 들러붙는 델리의 인도 잡상인들은 단 이틀 만에 지긋지긋 해졌다. 서울 신림동에서 악착같이 살며 허기진 영혼을 채울 줄 알았던 인도는 나를 '후회'와 '좌절'과 '욕'으로 채우게 했다. 더럽고, 어지럽기만 한 곳이 바로 인도였다.

'여기서 뭘 얻겠다고!'

인도의 모든 것이 싫었다. 내 아까운 신혼여행. 짜증이 났다. 화가 난 내가 투덜거리자 알렉스가 사과를 했다.

"내가 잘 지켜주지 못해서 미안해,"

그때부터 알렉스는 눈에 불을 켜고 보디가드 노릇을 톡톡히 했다. 남편이란 사람의 존재가 이런 거구나! 그의 든든한 어깨 그늘 아래 있다는 것이 흐뭇했다.

며칠 후 우리는 정신없는 도시를 떠나 기차를 타고 친구의 집으로 향했다.

'그래, 친구 집에 가서 편하게 지내면서 인도의 그 영적인 위대함을 느껴보는 거야.'

친구 집은 사라한푸르 시내에서 아주 가깝다고 했는데, 기차역에서 차로 2시간 반도 더 걸렸다. 맙소사! 우리나라보다 면적이 서른 배쯤 넓은 인도에서는 차로 5시간 정도거리면 그냥 옆 마을이라고 했다. 인도 사람들은 내가 생각하는 그런 류의 사람들이 아니었다. 화성인 바이러스에 나갈 부류들이었다.

고생고생해서 도착한 친구 비네이가 사는 마을은 내가 그렇게도 그리던 미지의 세계인 깡촌이었다. 구멍가게 하나 안 보이는 이 신석기 같은 곳에서 비네이는 그동안 어떻게 살았을까? 그 순간 친구가 성인처럼 보이기 시작했다.

반갑게 맞아주는 인도 어른들에게 허리를 구부려 그들의 발을 만지며 존경을 표하는 인도 전통 인사방식 인사를 드렸다. 어른들은 내 얼굴을 쓰다듬어 주시고, 복을 빌어주며 내 이마에 빨간 빈디를 찍어주셨다.

120살 정도 되어 보이는 노아 할아버지 같은 분이 친구 아버지셨다. 나중에 들었는데 연세가 60대라고 하셨다. 그야말로 서프라이즈였다. 내가 본 중에 최강 노안 얼굴을 가지고 계셨다. 친구의 사촌뻘

되는 언니는 내 손을 계속 만지셨다. "어찌 손이 아기처럼 이렇게 부드럽냐"며 내 손을 한참 잡고 계셨다. 그녀의 손은 정말 딱딱한 거북이 등껍질 같았다. 하루 종일 고된 집안일을 하고, 매일 짜파티를 구워내는 그 손에 괜히 죄송하고 미안했다.

알렉스와 나는 직접 우물물을 길러보고, 사탕수수도 꺾어 씹어 먹었다. 신기했다. 비네이 동네 사람들이 서양인, 동양인 세트로 온 우리 커플을 구경삼아 놀러와 온방에 빙 둘러앉았다. 말이 통하지 않는 우리는 신기한 듯 서로를 쳐다보며 말없이 웃고, 또 웃었다. 그들의 맑은 눈과 밝은 미소를 보니 기분이 묘했다. 그곳은 정말이지 서울에서도, 베를린에서도 정말 먼 곳임이 분명했다.

자극적인 음식을 너무 많이 먹은 탓인지 힘을 줄 때마다 참을 수 없는 고통이 밀려왔다. 마치 그곳에 불이 난 것 같았다. 그런데 문제는 화장지가 없다는 것이었다. 그때 마트에 가면 널려 있는 하찮은 휴지가 얼마나 소중했는지 모른다. 내가 공주병을 앓고 있는 그런 스타일의 왕재수녀는 아니다. 그러나 한번은 휴지로 시원하게 닦아보고 싶었다.

비네이에게 살짝 물었다. 그 친구는 한국에서 유학 경험이 있으므로, 내 마음을 알아줄 것 같았다.

"진짜, 너무너무 미안한데, 휴지 좀 구할 수 없을까?"
"아, 휴지! 우린 없는데 많이 불편하지."
"아니야. 괜, 괜찮아."

그때, 최강노안 친구 아버지가 차분하게 말씀하셨다.

"아르티, 종이는 공부할 때만 쓰는 거야."
"(헉) 네…."

어쩔 수 없는 노릇이었다. 집안의 어른조차 화장지를 쓰지 않는데 어떻게 내가 감히 쓸 수 있단 말인가. 이런 생각조차 죄스러웠다. 나는 그저 매번 찝찝한 뒤처리를 해야 하는 내 왼손에게 미안했다.

그날 밤, 알렉스에게 물었다.

"알렉스. 어떻게 닦았어?"
"뭘?"
"그거 말야. 똥. 흑! 나 집에 가고 싶어. 화장실도 너무 무섭고, 샤워도 잘 못하고! 거봐, 우리 명색이 허니문인데 사랑도 안 나누잖아! 이건 진짜 신혼여행이 아니야! oh, no~."

말을 그친 나는 서러운 나머지 울음을 터트리고 말았다. 알렉스는 떡이 진 나의 머리를 가만히 안아주었다. 울음이 그칠 때쯤 나는 중얼거렸다. 알렉스는 이 말은 절대 잊지 못한다고 지금도 놀리듯 말한다.

"흑흑…, 그리고… 알렉스, 나있지…. 고기도 먹고 싶어. 삼겹살 말이야! 너무 먹고 싶어. 지지직 불판에 구워먹고 싶어."

비네이의 결혼식은 장장 3일 동안이나 열렸다. 나는 비네이가 그 성대한 결혼식을 위하여 그동안 일해 왔던 건 아닌지 하는 의심이 들 정도였다. 3,000여 명의 사람들이 다녀가는 결혼식은 두 사람의 결혼이 아닌 한 나라의 축제인 듯했다. 신나는 타블라 리듬의 인도 음악이 스피커를 찢어 놓을 기세로 흘러나오면, 남녀노소 손님 모두가 각자의 팔 하나씩 들고 보란 듯이 어깨를 털어대며 이 세상에서 가장 촌스러운 듯한 막춤을 추었다. 고기도, 술도 한 잔도 마시지 않은 인도인들은 어떻게 쉴 새 없이 흔들 수 있는지. 저 끊임없이 나오는 에너지는 대체 어디서 다 나오는 걸까.

그것이었다. 에너지! 나는 무릎을 쳤다. 모든 게 살아 있는 인도. 여기저기에 생의 에너지가 가득했다. 프로이트가 말하던 리비도가 흘러넘친다. 리비도는 인간이 태어날 때부터 갖추고 있는 본능에너지를 뜻한다. 하늘의 새도, 웅장한 나무도, 길거리의 소도, 개도, 원숭이도. 이 허름하고 낡은 집들, 천년 묵은 지린내와 소똥 냄새가 가득한 이 땅 위에 빨주노초파남보 다양한 색깔의 사리인도 전통 여성 옷처럼, 그렇게 모든 신과 인간과 동물이 살아 있는 나라가 바로 인도였다. 그리고 그것이 인도의 매력이었다.

내가 본 인도는 상상했던 것보다 더 지저분하고, 더 가난하고, 더 규칙 없고 정신없는, 그래서 어쩌면 더 자유스럽고 행복이 가득한 나라였다. 인도는 살아 있는 듯 하지만 사실은, 반쯤 죽어있는 나를 보여주었다(그때서야 내 몸에서는 설사가 멈추었고 제법 카레 냄새가 났다). 그리고 그때쯤에서야 나는 비로소 그 하나를 깨닫게 되었다. 나는 그동안 내가 특별하고, 꽤나 괜찮은 사람쯤으로 생각해왔던 것이다. 하지만 나는, 내가 생각했던 것만큼 착하지도 않았고, 또 기대했던 것만큼의 모험심은커녕 그냥 겁 많고 또 무지하게 까다로운 여자이기만 했다. 그동안 착한 척, 용감한 척하며 혼자 착각에 빠져 살았음을 철저하게 반성했다. 그리고 그 인도는 그 넓은 품으로 진짜 아르티가 된 나를 토닥이며 안아주었다.

이제 조금 매캐한 인도의 공기에 적응이 되고, 길거리에 채 마르지 않은 오줌자국도 낯설지만은 않다고 느낀 어느 날 오후, 우리는 큰길이 아닌 작은 골목길로 좀 더 들어가 보기로 했다. 타지마할 같이 늘 관광객들로 북적이는 유명한 곳보다 오히려 이런 작은 골목길이 더 인상적이고, 기억에 더 오래 남는 법이다.

'인도 서민들의 진짜 삶의 흔적이 묻어나는 이 골목은 얼마나 오래됐을까.'

알렉스가 사진을 찍으려고 가방에서 카메라를 꺼내는데 열살쯤 되어 보이는 어떤 비쩍 마른 소년이 갑자기 바짝 다가왔다. 순간 경계했다. 소매치기일지도 모른다는 생각에 알렉스가 카메라를 다시 가방으로 넣었다. 하지만 그것은 우리의 착각이었다.

아이는 두세 발쯤 떨어진 가까운 곳에서 마치 동행하듯 우리를 맴돌며 따라왔다. 눈이 마주치면 그저 웃기만 했다. 소년의 짙고, 커다란 눈은 마치 그들이 신성시 한다는 소의 눈 같기도 했다. 그 소년은 신기한 외국인 둘을 보니 그저 그 너머의 세상이 궁금했나보다. 우리 주위를 기웃거리며 눈을 떼지 못했다. 나는 그때 그 눈빛을 읽었다. 내 목에 걸려 있던 볼펜을 보고 있었던 것이다. 나는 그 볼펜을 소년의 목에 걸어주었다. 예상대로 소년은 좋아했다. 그러더니 사진을 찍어달라고 한다.

"엥? 너를 찍어달라고?"

소년은 웃으며 고개를 끄덕였다. 알렉스는 내게 물음표를 단 얼굴 표정을 지었다.

'즉석카메라도 아닌데 찍어서 뭐하려고 그러는 거지?' 하며 나도 갸우뚱했지만 그냥 찍어달라는 소년이 귀여워 알렉스에게 빨리 찍어보라는 신호를 보냈다. 알렉스가 어리둥절한 표정으로 소년에게 카메라를 들이대었다. 소년은 목에 건 볼펜이 낡은 티셔츠 중간에 오도록 매만지고 꼿꼿이 서서 사진을 찍었다. 귀엽다고만 말하기에는 당당하고 위엄이 있었다.

잠시 카메라 앞에 모델이 되어 기뻤던 걸까. 소년은 "탱큐, 탱큐!"라고 말하다가 골목 저 끝을 향해 달려갔다. 우리가 준 것은, 그저 목걸이 볼펜 한 자루와 사진 두 장이었고, 소년이 우리에게 준 것은 이유 없는 뿌듯함이었다. 우리 독일인과 한국인은 알 수 없는 그 인도 골목 풍경 한 자락에 취해 잠시 서 있었다.

'우리가 다시 인도에 온다면, 너를 만나면 좋겠어. 그날 오늘 찍은 이 사진을 보여줄 수 있었으면 얼마나 좋을까.'

우리는 인도가 조금 더 좋아졌다. 착하고 순수한 그 소년의 눈빛은 참으로 인상적이었다.

인도에서의 허니문 마지막 밤. 나는 그 밤을 잊을 수가 없다.

우리는 드디어 호텔에서 잤다. 그러나 이름만 호텔이다. 빳빳하고 깨끗한 면 이불이나 부드러운 실크이불은 고사하고, 화투칠 때 깔면 좋을 군인용 담요가 제공되었다. 그 이불 안에서 우리는 신혼여행의 추억들을 하나 둘씩 정리 했다. 그날 들었던 알렉스의 이 말을 나는 잊을 수가 없다.

"있지. 영아. 나 인도에서 느꼈어. 행복은 정말 성공과 발전하고는 큰 상관이 없는 것 같아."

"헉! 알렉스."

나는 감동으로 더 이상 말을 하지 못했다. 알렉스, 유럽에서 온 남자의 말이다. 세상에, 무뚝뚝하다고 전 세계적으로 소문난 독일남자의 입에서 말이다.

"차라리 눈을 감아버리고 싶은 곳에서 말이야. 이상하게 사람들의 얼굴에 피어난 진짜 행복과 평화의 미소를 보았어. 바깥 마루에 그냥 앉아 있던 발리야 아버지 얼굴 기억나?"

그랬다. 우리 신혼여행에 로맨틱하고 럭셔리한 건 없었다. 하지만 그 어떤 여행보다 값지고, 소중한 체험이었다. 복잡하게 뒤엉킨 삶의 정글 같은 풍경에도 지혜로운 몇 사람들은 만족할 줄 알고, 경이롭게 미소를 지었다. 그것은 우리의 영혼을 울리는 묘한 울림이 되었다. 작은 것에도 행복해지는 비밀을 우리 카메라에, 우리 여행 가방에 담았다. 우리는 이 인도가 틀림없이 그리워질 것이다.

서울로 돌아오는 비행기 안. 나는 눈을 돌려 곁에 자고 있는 알렉스를 바라보았다. 그동안 내가 알던 알렉스가 아닌 또 다른 그의 모습을 발견하게 되었다. 한국에서 알렉스는 한국말이 서툴다는 이유로 항상 한 걸음 뒤쯤에 서 있었고, 내가 알아서 하기를 기다렸다. 쇼핑하고 계산을 할 때에도, 무슨 일을 처리할 때도 모두 내가 선두해서 움직여야 했다. 나는 그가 리드하는 것보다 받쳐주는 역할을 잘하는 남자라고 생각했었다.

그러나 그곳 인도에서는 알렉스가 주도권을 잡아 리드했다. 그는 손에 지도를 들고 다음에 우리가 갈 곳을 미리 계획하고, 식당에 들어가 주문도 하고, 시장에서 물건 값을 깎기도 잘했다. 혼잡한 인도에서는 그가 항상 반걸음 앞서 걸어가며 각종 오물과 잡상인으로부터 나를 보호했다. 내가 짜증이 나서 투덜거릴 때마다 나를 가만히 들어주고 뾰족한 내 감정의 모서리를 따뜻하게 어루만져 주었다. 그러고 보니 그는 과분할 정도로 내게 있어 너무나 멋진 남자였다. '내가 전생에 나라를 구한 걸까?' 어떻게 이런 남자를 남편으로 얻어 이 신비의 땅으로 허니문을 올 수 있나 싶었다. 그런 소중한 깨달음을 던져 준 인도에 나는 진심으로 감사했다.

우리는 한 가지 약속을 했다.

"우리 일 년에 한 번씩 해외여행 가자! 알렉스 너의 색다른 모습을 보고 싶어!"

"(잠결에)응? 응."

얼떨결에 알렉스는 대답했고, 그 약속은 지금까지 지켜지고 있다. 우리는 독일은 물론 가까운 일본과 중국을 다녀왔고, 대만과 터키로도 배낭여행을 다녀왔다. 올해에는 또 지구의 어디로 날아가 친숙하지 않은 내 자아와 숨겨진 모습의 알렉스를 만날 것인지, 생각만 해도 가슴이 뛴다.

'일상은 여행처럼, 여행은 일상처럼' 이것이 우리 부부의 모토이다. 배낭을 메고 걸으며 우린 길 위에서 나 자신을, 서로를 그리고 세상을 읽는다. 나는 낯선 곳에서 발견한 진정한 자아, 행복, 꿈, 내 남자의 참 모습이야말로 삶이 나에게 주는 보석이라고 생각한다.

인도의
결혼식 축제

내가 두 눈을 뜨고
선택한 사람

　당신이 평소 가보고 싶었던 곳으로 패키지 여행을 떠날 수 있게 되었다 치자. 그런데 기간은 며칠, 몇 주가 아닌 60년(잘하면 70년)의 여행기간이다. 자, 무엇을 해야 할까. 배짱 좋게 선택된 가이드만 믿고 떠나겠는가? 여행이 주는 반전의 매력만 기대하고 무작정 떠나겠는가? 참으로 긴 기간이기 때문에 나는 그럴 수 없을 것 같다. 인터넷 자료를 뒤지고, 여행 책자를 구해서 공부하며 미리 여러 준비를 할 것이다. 그 지역 특징은 어떤지, 어떤 역사를 가지고 있는지, 안전한지, 치안상태는 좋은지, 혹 전염병은 없는지, 내가 이슬을 피해 머무를 숙박 장소는 어디인지, 그곳은 청결한지, 서비스는 좋은지, 아, 그 동네 물가는 어떤지, 주로 어떤 이동수단을 택할 건지, 또 음식 맛은 어떤지 등. 내가 가진 여행경비에 맞추어 이것저것 비교하고 체크하며 꼼꼼하게 알아 볼 것이다.

적어도 60년 이상 머무를 나의 여행지. 그렇다. 나는 이 패키지 여행이 결혼이라고 생각한다. 사랑만 믿고, 청춘의 열정만 믿고, 달랑 배낭 하나 메고 떠날 수는 없다.

나는 알렉스와의 결혼을 결심했다. 물론 가장 큰 이유는 '사랑'이다. 나는 그를 너무나 사랑한다. "이래서 좋고, 저래서 좋다"며 그가 좋은 이유를 2박 3일 동안은 쉬지 않고 떠들 수도 있겠지만, 그 모든 이유를 다 제하고라도 일단 그가 좋다. 함께 있으면 그저 좋고, 행복하다. 내 얼굴도 웃고, 마음도 웃는다. 알렉스 턱 냄새가 좋고, 그의 두 팔이 좋다. 그의 존재가 감사할 뿐이다. 그러나 나는 그 '사랑'이라는 감정만 무턱대고 믿지는 않았다.

이쯤에서 사랑이 무엇인지를 짚고 넘어가야 할 것 같다.《적과 흑》으로 잘 알려진 스탈당이 쓴 난삽한 사랑의 철학서《연애론》을 보면 사랑의 단계가 나오는데, 그가 분석한 사랑의 첫 단계는 바로 '감탄'이다. 그렇다. 모든 사랑은 감탄으로 시작한다.

3년여 전, 나는 빈 강의실 창가에 앉아 있던 알렉스에게 첫눈에 반했다. 그의 잘생기고 뚜렷한 이목구비에 특별히 아찔해지고 긴 속눈썹에 반했다. 그의 조각 같은 외모를 보고 조물주의 섬세함을 찬양했다. 우리는 누군가를 사랑하기에 앞서 일단 마음 속 깊이 그에 대한 느낌표를 찍는다. 그 대상의 존재 혹은 말과 행동에 감탄을 한다.

하지만 그것은 아직 사랑은 아닌 것 같다. 첫눈에 반한 것일뿐. 또 엄밀히 말해서 짝사랑은 사랑이 아니다. 내게 사랑은 서로의 마음이 육체로 이어졌을 때부터다. 스탈당도 말했다. 감탄의 다음 단계는 '저 사람에게 키스하고 키스를 받으면 얼마나 즐거울까' 하는 생각이라고 말이다. 내게 사랑의 시작은 마음의 느낌표를 몸으로 느끼는 일이다. 어찌되었건 우리는 육체 안에 거하기 때문이다.

알렉스와 만난 지 두 달이 지나가던 어느 날, 우리는 서로 입을 맞추었다. 내 인생의 첫 키스도 아닌데, 26살 처녀의 심장은 두근거리다 못해 터질 것만 같았다. 달빛과 가로등이 흔들릴 정도의 짜릿하고 황홀한 그 밤의 첫 키스를 기억한다. 키스는 단순히 '우리는 이제 음료수 빨대를 하나로 써도 되는 사이가 되었다'는 것을 의미하지 않는다. 키스는 희망을 부른다. 꿈을 꾸게 한다. 그때부터 나는 '사랑'이라 부른다. 상대가 주는 긍정적인 기운과 희망과 설렘. 그와 더욱 함께 하고 싶은 마음과 몸의 욕심이 사랑의 첫 시작이라 생각한다.

그러나 그 강렬한 '사랑'이란 감정만으로 우리는 결혼을 할 수는 없다. 인생에서 가장 중요한 두 가지 중에 하나인 '결혼'을 말이다(참고로 다른 하나는 '일'이다).

사람들이 어떻게 외국인과 결혼을 했냐고 묻는다. 나는 말없이 웃다가 말한다.

"그러게요. 저도 신기해요."

나를 속물 취급 할 수도 있겠지만, 나는 적어도 여기서는 솔직하게 이야기하고 싶다. 나는 사랑이라는 감정만으로 그를 선택하지 않았다고! 아름답지 않은 말인 줄 알지만, 사실이 그러하다. 나는 알렉스의 외모, 경제력, 성격, 취미, 학력, 집안 배경 등. 가능한 한 많은 것들을 체크했다. 60년 이상을 떠날 여행이기에 그렇다.

결혼은 '사랑하는 사람'하고 하는 것이 아니라, '좋은 사람'과 하는 것이란 말도 있지 않은가. 알렉스는 내가 사랑하기는 사람이기도 하고, 또 좋은 사람이기도 했다. 나는 그를 배우자로 선택했다. 그는 모든 것이 다 100점인 완벽한 사람은 아니지만, 분명 '굿 패키지' 임이 틀림이 없었다.

'사랑'이란 감정을 내려놓고, 최대한 객관적으로 알렉스를 '좋은 사람'인지 평가했다. 3년간 연애하면서 보아온 알렉스에게 내가 점수를 준 부분은 대략 이러하다.

• 신뢰성 : 알렉스는 약속을 잘 지킨다. 자신이 한 말을 기억하고, 책임을 지는 태도를 지니고 있다.

• 성실성 : 알렉스는 학업을 게을리하지 않는다. 취미도 그렇다. 한번 시작한 프로젝트는 끈기 있게 노력해서 마친다.

- 예술성 : 알렉스는 이과계통이지만, 음악, 미술, 문학 등의 예술을 즐길 줄 안다(즐길 줄 아는 것은 많이 안다는 것과 다르다). 예술을 즐길 줄 아는 사람의 삶의 가치는 높다.

- 청결성 : 알렉스는 지나치게 깔끔 떨지 않는다. 걸레질을 발로 하는 내게 결벽증 남자는 피곤하다. 적당히 더러운 모습이 진정 사내답다.

- 시댁 접근성 : 알렉스의 부모님은 독일에 계시다. 모름지기 시댁은 멀수록 좋다고들 하지 않는가. 8000km가 넘는 거리? 최고 점수다.

- 심성과 품성 : 알렉스는 낙지 한 마리도 사랑하는 착하고 여린 마음, 생명의 소중함을 아는 아름다운 사람이다. 그러나 나를 위해 낙지도 한입에 꿀꺽 삼킨 알렉스라는 것!(가장 중요한 항목이다)

그래. 합격이다. 알렉스!

그래서 나는 그가 외국인임에도 불구하고 그와 결혼을 한다. 이 선택은 내게 어떤 결과를 가져올까. 어쩌면 죽는 날까지 평생 외국어를 배운다고 애써야 할 것이다. 식성도 다르고, 정서도 다른 독일인을 매일 보면서 그를 이해하려 또 나를 이해받으려 해야 할 것이다. 하지만 그건 내 사랑의 크기와 굿 패키지인 그의 가치에 비하면, 발톱 깎는 소일거리 정도의 일뿐이리라.

스물아홉 살의 나는 이제 결혼을 한다. 부모와 자식도 선택할 수 없지만, 배우자는 내가 정한다. 선택한 길에 후회는 없다. 내가 정한 내 인생의 사람. 나는 내 선택을 믿는다.

벤자민 프랭클린이 말했다. 결혼 전에는 두 눈을 크게 뜨고, 결혼한 후에는 두 눈을 반쯤 감으라고. 나는 이제 두 눈을 반쯤 감을 것이다. 앞으로 그의 아내로서, 그를 존경하며 그를 더욱 사랑할 일만 내게 남았다.

"이리와요, 내 남편. 알렉스!"

2

가난하지만 축제처럼
우아하게 산다

지금 사는 곳이
지상낙원이다

결혼을 앞두고 신혼집을 알아볼 즈음, 알렉스가 서울대 박사과정에 들어갔기 때문에 우리는 부산에서 서울로 이사를 해야 했다.

부동산 아저씨를 따라 간곳은 신림동 달동네. 빠듯한 전세금으로 맞추어 보니 우리는 점점 위로 올라가게 되었다. 지하철역에서 한참은 걸어 올라가야 하는 가파른 언덕. 산을 좀 탄다는 우리도 두세 번 숨을 헉헉 내쉬며 올라간다. 집들이 다닥다닥 붙은 좁은 골목길에 간혹 차라도 지나가면 벽에 바짝 붙어서 길을 내어준다. 차들도 웽~하는 요란한 엔진소리를 내면서 급경사를 힘겹게 오른다. 언덕 꼭대기 막다른 골목의 맨 끝집, 어찌나 높은지 여의도 63빌딩이 한눈에 다 내려다보일 정도다. 신림동 412-174. 그곳이 우리의 첫 보금자리가 되었다. 우리의 깨공장이 될 신혼집인 것이다.

달동네에 살다 보니 하이힐은 신발장 안에서 좀처럼 나올 줄을 몰랐다. 특히 겨울에 눈이라도 내린 날에는 집은 스키장 리조트로 변해버렸다. 가파른 빙판 언덕길의 출퇴근은 호환마마만큼 무서웠다. 조심조심 내려가다 꽈당 넘어지기라도 하면 엉덩이에는 잘 익은 몽고반점이 생겼다(건너편 집 아주머니가 신발에 수세미를 붙이면 안 미끄럽다고 귀뜸해주셨다. 헐. 그건 좀 아니잖아.)

집들이에 온 지인들은 이런 말들을 했다.

"매일 이렇게 등산하니 따로 운동은 안 해도 되겠네."
"(임신한 친구는 이렇게 말했다.) 야, 이 길 올라오다가 나 애 낳는 줄 알았어!"
"어서 돈 모아서 아래 동네로 내려오세요."

많은 사람들이 혀를 내두르는 이곳 신림동 달동네, 택시 아저씨들도 웬만해서는 안 들어간다는 마을버스 5번 길. 거기에서도 막다른 골목의 끝 집이지만 내가 사랑하는 알렉스와 함께 있는 이곳, 바로 여기가 우리의 지상낙원이었다. 산이 가까우니 공기도 좋고, 경치도 좋다. 자연스럽게 운동을 하니 밥맛도 좋다. 우리의 삶의 기준을 땅이 아닌 하늘에 두면, 우리는 저 예쁜 뭉게구름과 밤을 지키는 별들과 가까운 거리에 살고 있는 것이다. 우리는 이 집을 즐기기로 했다. 사랑하기로 했다.

신림동
달동네를 오르는 길

가까운 가전제품매장을 찾았다. 알렉스와 내가 혼수 용품을 좀 알아보러 왔다고 하니 판매 직원은 신나는 얼굴로 우리에게 멋진 조명에 빛나는 최고급 가전제품을 추천했다. 나는 곧 실수했음을 눈치챘다. 엄청나게 큰 양문형 냉장고와 잘빠진 드럼 세탁기에 가까이 다가가지도 못했다.

'이렇게 크고 좋은 건 필요 없는데. 가격 좀 봐. 저기에서 동그라미 하나 빼야 예산에 겨우 맞겠는 걸?'

적당히 꼬리를 빼고 다른 매장을 찾았다. 이번에는 현명하게 '혼수'라는 단어를 쓰지 않았다. 우리는 학생이고 '자취'할 거라 말했다. 그제야 우리는 수준에 맞는 검소한 사이즈의 가전으로 구입할 수 있었다.

길을 걷다가 누군가 버리려고 내놓은, 스티커 붙은 탁자를 발견했다.

"어? 이거 아직 쓸만한데? 여기 의자 흔들리는 것만 좀 고치면 되겠어."

손재주 좋은 알렉스는 큰돈 들이지 않고 뚝딱뚝딱 멋진 식탁을 만들었다. 나는 그 위에 하얀색 고운 식탁보를 깔았다.

달동네에 살아도 우아하게 살기로 했다. 이사 올 때부터 눈여겨보았던 마당 한 귀퉁이에 버려진 땅이 있다. 가로 길이가 4m가 조금 못 되고, 세로는 7m 정도 되는 긴 삼각형 모양의 땅에 감나무 한그루만

이 신음하고 있었다. 대문이 없는 마당인지라 지나가던 동네 주민들이 몰래 내다 버린 쓰레기로 덮여 냄새가 났고, 그 사이로 억센 잡초들이 틈을 메꾸고 있었다.

'아, 안 예뻐. 내가 바꿔볼까? 내 집도 아니고 전셋집인데? 아, 어쩌지? 에잇! 모르겠다. 하자. 해보자!'

신혼집 거실 창문을 열면 바로 보이는 그 장소를 모른 척할 수 없었다. 우리는 크게 마음먹고 그 땅을 살리기로 했다. 먼저 골목 슈퍼에 가서 화끈하게 큰 100리터 쓰레기봉투를 사왔다. 팔을 걷어붙이고, 고무장갑을 꼈다. 빨간색 커플장갑.

"그럼 우리 이제 신나게 시작해볼까?"

마당에 버려진 쓰레기를 주워 담았다. 악취가 진동했다. 온갖 잡동사니 쓰레기가 다 나왔다. 무수한 담배꽁초, 깨진 소주병, 오래된 옷도 나오고, 비닐봉지에 폐전선 등. 심지어는 조개껍질에 생선뼈까지 본 알렉스는 고개를 절레절레 흔들었다.

오랜 시간 허리도 못 펴고 서울 달동네의 쓰레기들을 만났다. 평소 내 방도 잘 안 치우는데 신혼집 앞마당이라고 이렇게 열심히 땀 흘리는 내 모습이 좀 어색하기도 했다. 알렉스의 수고하는 등을 보았다. 자기 나라도 아닌, 한국 땅에서 이런 수고를 해주는 새신랑, 그가 고마웠다.

깨를 볶아야 할 신혼의 우리 손에 호미가 들렸다. 쓰레기를 치운 땅에 엎드려 열심히 돌을 골라내고, 거름을 사다 뿌렸다. 서울대학교

정문 앞 꽃가게 사장님의 조언을 귀담아 들으며 우리는 부지런히 꽃씨와 아기나무들을 실어 날랐다. 끼니 값을 아껴가며 저렴한 놈들을 골라 샀다. 첫 번째 우리 식구가 된 것은, 상록수 여섯 그루. 종아리까지 자란 어린놈들을 데려와 맨 뒷줄에 맞추어 나란히 심었다. 하나씩 뿌리가 흔들리지 않도록 정성껏 흙을 단단히 눌러주며 부탁했다.

'너희들 씩씩하게 자라서 저 못생긴 시멘트벽을 가려줘.'

4년 반이 지난 지금 그 여섯 녀석들은 내 허리 높이만큼 풍성하게 자라났다. 여섯 상록수 형제들은 말썽 한번 피운 적이 없다. 착하고 든든한 녀석들이다.

나는 꽃을 예쁘다고 말할 줄만 알았지, 이쪽으로 전혀 지식이 없었다. 도서관에서 '텃밭 가꾸기'에 관한 책을 빌렸다. 물을 주는 법, 꽃이나 열매를 보는 시기를 찾아보았다. 찬찬히 공부했다. 모르는 건 매번 꽃가게를 드나들며 사장님께 물었다. 작은 텃밭을 가꾸며 우리는 살아 있는 자연 공부를 했다. 알렉스와 내가 지극정성으로 마당을 가꾼다는 것을 아꼈던 것일까. 꽃가게 사장님은 돈도 많이 부족한 고객인 우리에게 이것들 줄 테니 가져다 한번 키워보라며 무화과와 포도나무를 그냥 주셨다. 그것도 트럭에 실어서 우리 달동네 꼭대기 집까지 가져다주셨다. 역시 꽃과 나무를 사랑하는 사람들은 마음이 천사처럼 곱다.

작은 마당 덕에 우리는 진정으로 즐거웠다. 조물주와 농부의 기쁨을 느꼈다.

매해 봄이 되면 우리 앞마당은 알록달록 난리가 난다. 겨울 내내 눈 밑에서 잠자고 있었던 봄꽃들은 부지런히 봄바람을 만들어낸다. 파릇파릇 싹이 돋아나기 시작하면, 마당은 간지러워 야단이다. 먼저 진달래, 유다나무가 분홍색으로 일어난다. 그대들은 천생 여자다. 여리지만 강한 핑크빛 여인들.

마당에 나비가 날아들고, 새소리가 들리기 시작한다. 그 앞으로 튤립들이 땅을 밀며 봉긋 솟아오른다. 자잘한 하얀색 딸기 꽃이 귀엽게 깔리고, 묵직하게 피어난 흰 백합이 소리 없이 마지막 탄성을 불러온다. 아, 아름답다!

텔레비전도 없는 우리에게 봄의 마당은 재밌는 예능이 되어주고, 감동적인 드라마가 되어주었다. 알렉스와 나, 우리 두 사람은 자연방송국의 그 프로그램 장면들에 넋을 잃고, 한참을 시청하고 있다.

그러면 여름이다. 여름은 채소와 허브의 계절. 토마토, 로즈메리, 호박, 바질, 페퍼민트가 신나게 자란다. 요놈들은 알렉스가 좋아하는 스파게티나 피자 위에 올리면 그 향이 대박이다. 여름저녁 마당에서 고기라도 구워 먹는 날에는 심어놓은 상추를 뜯어먹으며 풍족함을 느꼈다. 우리 마당에서 나는 것은 정말 너무 맛있다. 무공해 바이오 오가닉 식품이다. 벌레가 좀 먹고, 생긴 건 좀 엉성해도 우리 손길에 자란 것들은 꿀보다 달았다. 서울 하늘 아래 가까운 우리 달동네 신혼집에는 생명과 사랑이 가득했다.

절정의 가을. 가을에는 일단 국화꽃향기가 마당을 가득 채운다. 노란 향기에 취해 알렉스와 분위기 있게 와인 한 병을 나눴다. 길고양이들도 마당 옆에서 장난을 치고, 낮잠을 잔다. 예전부터 자리를 지켜오던 감나무가 올해 무지 행복했나보다. 대봉이 주렁주렁 열렸다. 까치밥을 빼고 딴 감은 23개. 풍년이다. 와우.

우리는 텃밭을 가꾸면서 길가에 핀 꽃들과 나무들이 다시 새롭게 눈에 들어오기 시작했다. 평소 무심코 지나쳤던 녹색 이파리들이 다른 의미로 다가왔다.

"허니. 여기 좀 봐! 이렇게 줄줄이 심어놓으니까 예쁜데?"

우리는 야채와 과일의 맛도 하나하나 느끼고 음미하며 먹었다.

"와. 이 열매는 진짜 태양의 에센스다."

"하나님. 감사합니다!"

우리 손으로 땅을 일구고, 거름을 주고, 잡초를 뽑아가며 엎드려 땀 흘린 수고는 우리가 예상치도 못한, 이렇게나 몇천 배의 기쁨과 보람으로 돌아왔다. 우리는 이제부터 지구 어디에서 살더라도 흙냄새를 맡으며 농부의 마음으로 살리라, 다짐했다.

주머니 가벼운 학생의 신분으로 결혼을 하고 살림을 꾸린다는 것. 그리 딱하고 어려운 일이 아니다. 우리의 눈을 조금만 더 낮추고, 청춘의 건강한 몸으로 약간만 더 수고스러우면 되는 것이다. 깨를 볶을 신혼에는 별빛이 흐르는 강변 아파트가 아니라도 괜찮다. 수박이 몇 통 들어갈 양문형 냉장고가 아니더라도 괜찮다. 신혼에는 집 평수와 가전제품의 사이즈가 아닌 사랑과 존중의 사이즈가 커야 한다.

우리는 이렇게 살고 있다. 소박하지만 풍성한 하늘이 가까운 달동네에서 말이다.

우리가 직접 손수 꾸며놓은 생명 가득한 마당을 사랑한다. 우리의 첫째 아들 상록수부터 막내 딸 수국까지. 우리의 손길이 가득한 신림동 달동네 신혼생활이 더 없이 자랑스럽고 감사하다.

시를 선물하는 남자

칼바람이 불어대는 12월.

따뜻한 전기장판에서 나와야 하는 아침이 가장 싫다. 정말이지 겨울 아침 전기장판에서 나오기란 엄청난 각오와 동기가 필요하다.

요란한 알람소리에 잘 떠지지 않는 눈을 억지로 뜨며 거실로 나갔다. 밤새 누가 날 때렸나, 아니면 감기 몸살이 오려나, 어깨며 허리, 다리며 여기저기 안 아픈 데가 없다. 순간 이렇게 내 몸이 아픈 날에도 환자들에게 물리치료를 해주기 위해 출근을 해야 하는 내 신세가 서글프다는 생각이 든다.

이런 우울한 아침 기분으로 거실에 나왔는데, 책장에 하얀색의 무언가가 주렁주렁 달려 있었다. '이게 뭘까? 내가 헛것을 봤나?' 아니다. 정말 무언가 달려 있다. '오늘이 무슨 날인가?' 가만히 생각해보니 오늘은 내 생일도 아니고, 우리가 만난 기념일도 아니었다. 그저 12월의 첫날일 뿐이었다. '아, 오늘은!' The Advent Calendar가 떠올랐다(독일에는 12월 첫날이 되면 재림절 달력, 일명 크리스마스 캘린더에 초콜릿을 넣어서 아이들에게 선물한다).

나는 조심스레 책장에 매달려 있는 것을 조심스레 뜯어보았다. 이미 잠은 확 달아났고, 포장지를 뜯는 동안 심장이 세차게 방망이질 했다. 알렉스는 크리스마스를 기다리는 마음으로 하루에 하나씩 뜯어보라며 시詩 24편을 프린트한 후 그 종이를 정성스럽게 세모로도 접고, 네모로도 접고, 돌돌말기도 하고, 꼬깃꼬깃 배 모양으로도 골고루 다른 접어서 긴 노끈에 매달아 놓았던 것이다.

나는 시가 담겨 있는 종이를 정성스레 접었을 알렉스를 생각하니 나도 모르게 가슴이 뭉클하면서 눈시울이 뜨거워졌다. 한마디로 완전 감동이었다. 그는 사랑하는 아내를 감동시킬 줄 아는 산타였다.

"어머나! 세상에, 웬일이야, Honey! 악!"(이럴 땐, 무자비한 오버 액션이 필요하다)

아직 이불 속에 있는 그의 얼굴에 연신 뽀뽀를 퍼부어주며 말했다.

"여보! 난 맹세코 어느 명품백보다 이런 영혼의 선물이 백번 좋더라(하지만, 명품백도 같이 해주면 훨씬 더 좋을 거다)!"

작년 12월 Advent Calendar에는 머리핀, 지우개, 샤프심, 박카스 같은 작은 선물들이 보랏빛 포장지 속에 숨죽이고 나를 기다리고 있었다. 올해는 정말 돈 천 원 안 들이고 시로 간단히 해결(?)봤다. 하지만 그 결과는? 대성공이었다.

알렉스는 크리스마스를 아주 뜻 깊게 보낸다. 그가 기독교인이라는 이유보다는 독일인이기에 그렇다. 크리스마스에 독일에 가본 적이 있는 사람은 무슨 말인지 이해가 갈 것이다. 정말이지 독일 전역이 난리가 난다. 12월 한 달 내내 축제가 벌어진다. 광장마다 수백 개의 천막들이 세워지고, 아기자기한 크리스마스 용품들과 축제를 즐기기 위해 온 사람들로 발 디딜 틈이 없다. 나는 그 광경을 보고 온 국민이 먹고 즐기기 대캠페인이라도 하는 줄 알았다.

간식쟁이인 나에게 크리스마스 쿠키와 소시지는 말할 것도 없고, 글뤼바인Gulhwein, 적포도주에 향신료를 넣고 끓이는 음료은 마법과도 같았다. 추위를 잊게 하는 그 달콤 쌉싸름한 신기한 그 맛에 반해 홀짝홀짝 잘도 마셔댔다. 엄청난 종류의 크리스마스 트리 장식, 원목 장난감, 크리스마스 양초, 성탄분위기 식기류 등이 한 겨울의 추위 속에서 성탄의 기쁨을 한없이 느끼게 한다. 12월의 독일은 지구의 어느 곳보다 뜨겁고 아름답다.

독일 사람들은 평소 검소하기로 유명하지만 크리스마스 시즌만큼은 지갑을 쉽게 열어 주위에 선물하기 바쁘다. 이때가 되면 독일 시부모님은 하나뿐인 며느리인 내가 좋아하는 걸로 박스 한가득 채워 성탄 선물을 보내주신다.

알렉스는 크리스마스 캘린더를 만드느라 세상에 있는 시란 시는 다 읽은 거 같다고 잔뜩 너스레를 떨어댔다. 하지만 그는 그런 너스레를 떨 자격이 충분했다. 돈 한푼 안 들이고 사랑하는 여자를 폭풍 감동시키는 남편이니까. 그런 그가 한없이 고마웠다. 어느 여자가 이런 이벤트 앞에서 감동 먹지 않겠는가. 그는 내가 아는 어떤 남자들보다 섬세하고 감성적이다. 무엇보다 여자의 마음을 잘 헤아려주는 남자다.

그런데 더욱 아이러니한 것은 그는 문학보다는 숫자와 공식을, 예술보다는 컴퓨터나 기계를 좋아한다는 것이다. 그런 그가 아내에게 맞춤 시를 선물하다니! 역시 그는 내 남편, 한마디로 Wunderbar!독일어로 최고다!라는 뜻, 정말 멋지다, 라는 말이 절로 나온다.

이날 나는 알렉스에게 온갖 호들갑을 떨며 칭찬 스무 개 정도를 바로 쏴주었다.

"어메이징 러브! 나는 진짜 열 다니엘 헤니배우가 안 부럽다."

아침마다 시를 따먹는 재미가 쏠쏠했다.

"음, 어디 보자, 오늘은 이거!"

"오늘은 왜 그 모양을 골랐어?"

그가 물었다. 나름 신경 써서 다 다른 모양으로 종이접기를 해놔서 스스로 뿌듯한 모양이었다. 매번 굳이 왜 그 모양을 선택했는지 물어보았다.

"음, 오늘은 이 세모 모양, 왜냐면… 음, 샌드위치 먹었으니까. 또 오늘은, 이상하게 담배가 당기네."

나는 길게 돌돌말린 종이를 장난삼아 입에 물곤 다리 한쪽을 달달 떨며 뼈끔거렸다(좋아죽는다). 이런 저런 이유를 대며 하나씩 골라 뜯었지만 사실, 시가 적혀 있는 종이를 따는 데 있어 한 가지 기준만이 있었다. 매번 테이프가 가장 덜렁거려 빨리 떨어질 것 같은 놈, 그런 약한 놈부터 땄다.

12월 겨울 아침, 출근길에 한 장씩 따가는 영혼의 과일. 출근길 버스 안에서 시를 읽다가 괜스레 눈물이 핑 돌기도 했다. 그의 시 선물은 내게 말할 수 없는 엄청난 기운과 감동을 선물해 주었다. 나는 크리스마스를 기다리며 그 스물네 편의 영시들과 사랑에 빠졌다. 감상에 젖어 알렉스에게 러브레터를 적기도 했다. 나는 그 겨울 알렉스가 건네준 아름다운 언어들과 더불어 굴렀다.

단 몇 단어만으로도 나를 압도해버리는 작고 강한 땡초 같은 시가 있는가 하면, 달달한 핫초코 같은 시도 있었고, 오래도록 마음을 덥혀주는 뜨끈한 국물 같은 시도 있었다. 정말 다양한 사람들만큼이나 다양한 시의 세계. 순간 드는 생각, 이런 위대한 문장을 남길 수 있는 사람들의 내면에는 뭐가 들어 있을까? 이런 시를 세상에 남겨준 그 위대한 시인들을 찾아가 크리스마스의 맛, 글뤼바인 한잔을 같이 나누고 싶다.

그렇다. 삶을 이해하고, 위로받고, 깨닫기에 문학은 반드시 필요하다. 그런데 소설은 일단 너무 길고, 논설은 너무 머리 아프다(안 그래도 복잡한 세상인데). 하지만 시는 짧고 강하고 여운도 길다. 멋진 문장이 내 안에 들어오면 나는 저절로 멈추어진다. 감동받다, 밑줄치고, 어디다 또 적어두고 또 곱씹어 생각해 본다. 그러면 다시 보이는 게 있다.

류시화 시인이 말했다. "한편의 좋은 시가 보태지면 세상은 더 이상 전과 같지 않다"고. 좋은 시는 삶의 방식과 의미를 바꿔 놓으며, 자기 자신과 자신을 둘러싼 세상에 대한 이해를 돕는다. 이 말을 듣고 시인들은 좋겠다고 부러워했다. 그래서 나는 시인을 꿈꾸었던 적이 있다(물론 그 꿈은 아직도 꾸고 있다).

하루는 직장에서 감정이 다 상한 채로 집에 돌아왔다. 물리치료사 10년차로 별 희한한 사람 다 만나봤지만, 그날따라 정말 이상한 환자 하나가 내게 너무 무례하게 구는 것이었다. 그를 상대하면서 내 마음이 많이도 상했다. 그래서 남편이고, 친구고, 그저 사람이라면 꼴도 보기 싫을 정도였다.

집에 돌아오자마자 나는 외투와 함께 내 상한 마음까지 다 옷걸이에 걸어두고 시집 세 권을 탁자에 올려두고는 그걸 안주 삼아 혼자서 술잔을 기울였다. 김 한 장씩 집어먹듯이 시를 안주 삼았다. 오래전에 밑줄 그었던 문장들은 다친 내 마음에 위안이 되어주었다. 내면에서 '살다 보면 이런 저런 사람들과 부대끼게 마련이야. 하지만 세상에는 좋은 사람들이 더 많잖아. 그리고 내 곁에는 나를 아껴주고 사랑해주는 멋진 남편도 있잖아' 하는 소리가 들렸다. 그렇게 시는 나에게 다시 일어날 수 있는 힘을 주었다.

그렇게 안주 삼아 음미한 시는 울고 있는 바보처럼 울고 있는 내

어깨를 한참이나 토닥여주었다.

　나는 가끔씩 시를 쓴다. 일기장에는 엄마, 아빠가 보고 싶어서 쓴 시, 문득 심심해서 쓴 시, 마음속에 연기가 자욱해서 쓴 시 등 주제 형식 상관없이 쓴 졸시가 가득하다. 나의 둔한 관찰과, 무딘 느낌 또 헛된 욕구에 떨어지는 시의 조각들은 내 못난 연필을 타고 아무도 알아주지 않고, 쓴 나조차 기억 못하는 일기장 구석을 채운다. 이 외롭고, 별 볼일 없는 시는 그래도 비밀스런 향기를 간직한 채 내 인생의 한 켠을 추억으로 장식한다. 나는 시처럼 살다가 소설처럼 죽고 싶다.

　12월의 첫날, 알렉스에게서 24편의 시가 담겨 있는 크리스마스 캘린더를 선물로 받았다. 24편의 시를 다 열게 되면 크리스마스가 될 것이다. 이왕이면 화이트 크리스마스가 되었으면 좋겠다. 꼬마전구처럼 로맨틱하고 손난로처럼 따뜻한 그와 함께 근사한 카페에서 차를 마시며 행복한 기분에 마음껏 젖어들고 싶다.

시를
선물하는 남자

요리하는
게스트로섹슈얼 가이

"너 알렉스랑 컴퓨터 같이 쓰니?"

집에 놀러온 친구가 불쑥 물었다.

"아니, 같이 안 쓰는데? 나는 내 꺼 쓰고, 알렉스는 자기 걸로 쓰지. 그런데 왜?"

"야! 말도 마라. 나 친정에 일주일 있다가 왔다고 했잖아. 내가 온다고 말하기 이틀 전에 연락 안하고 그냥 올라 왔거든. 서핑 좀 할라고 인터넷을 열었는데⋯, 오빠가 열어본 페이지가 다 그런 거 있지. 나 일찍 올 줄 모르고 방문 기록을 안 지운 거야. 나 그거 보고 완전 놀랐잖아. 아, 짜증 나! 하여튼 남자는 다⋯. 알렉스 컴퓨터도 한번 검사해봐. 어떤 걸로 보나. 독일 거로 보나? 크크크."

그 얘기를 듣고 나니 갑자기 궁금해졌다. 알렉스도 그런 '19금' 이미지나 영상을 볼까? 보겠지 뭐. 남자는 이백프로 다 본다니까. 나도 모르게 야동을 보는 알렉스의 이미지가 그려졌다. 그러다 기분이 묘하다 못해 은근히 나빠지려고 했다.

나는 친구의 말대로 알렉스가 나 몰래 야동을 보는지 확인하기 위해 슬쩍 기회를 노렸다. 그러다 어느 날 오후, 잠자던 알렉스 컴퓨터를 켜 보았다. 비밀번호까지 걸려 있었다. 철저한 저먼! 하지만 뛰는 저먼 위에 날고 있는 코리아 와이프가 아니던가. 알렉스는 자신이 좋아하는 화학을 사용한다. 쉬운 H_2O물부터 $C_6H_{12}O_6$포도당 등 이런 식이다. 우리 집 현관문의 비밀번호도 원자주기율표에서 골라 만들었다. 그 덕분에 고등학교 이후로 보지 않았던 화학을 다시 만났다.

알렉스 컴퓨터에는 정말 무언가 많이 깔려있었다. 흐뭇한 우리 여행 사진들, 알렉스가 좋아하는 전쟁 게임들, 내 눈에는 지겨운 깡통 로봇이나 비행기 사진들, 또 무슨 말인지도 모르는 전공과목 자료 문서들이 보였다. 인터넷 방문기록은 다 뉴스 아니면 검색 사이트들이다. 역시나 깨끗한 우리 알렉스라며 기분 좋게 안심하고 전원을 끄려고 하는데 의심스러운 한 파일 제목이 눈에 들어왔다. 'For Love!' 순간 이거 뭔가 싶었다. 바로 열었다. 그리고 나는 입이 벌어졌다. 어머나! 이게 다 뭐야! 그것은 엄청난 양의 요리 레시피였다.

밀가루 몇 컵, 우유 몇 ㎖, 오븐 속의 온도는 몇 도에서 몇 분으로 맞추어야 하는지, 닭고기를 재웠던 크림소스의 비율, 와인치킨을 재울 와인은 어떤 것이 맛있었는지도…. 그동안 나는 모르고 먹기만 했던 케이크나 빵의 반죽 등의 각종 레시피가 마치 실습 보고서식으로 저장되어 있었다. 내가 맛있다고 한 음식들은 따로 체크 해두고 있었던 것이다.

나도 모르게 감탄사가 나올 만큼 정말 굉장한 분량이었다. '정말 대단한 기록'이라는 생각마저 들었다. 아니, 경외감마저 느껴졌다. 이렇게 철저하고 꼼꼼한 남자가 다 있나 싶었다. 그 덕에 나는 이렇게 살이 쪘나보다. 그 파일을 쭉 마우스로 내려가면서 보고 있으니, 그동안의 알렉스의 행동이 자연스럽게 떠올랐다.

내가 가끔 우울해하거나 입이 심심하다 하면 알렉스는 "잠깐만 기다려봐" 하고는 컴퓨터로 가서 이 파일을 다시 열어 보았던 것이다. 그러다가 마땅한 놈을 몇 개 떠워두고 주방으로 가서 냉장고 열어보고 몇 번 왔다 갔다 레시피와 재료들을 체크한 뒤, 사랑과 정성을 더해 멋진 자신만의 요리를 만들어 내온 것이었다. 그리고 내 평가를 듣고, 부족했던 점은 다시 레시피를 수정하고 기록하여 최고의 레시피로 내 입을 행복하게 만들고 있었던 것이다. '아, 알렉스! 이 섹시한 남자! 어쩌면 좋아!' 그의 파일도 내 맘에 쏙 들었다.

'게스트로섹슈얼gastrosexual'이라는 신조어가 있다. 미식가를 뜻하는 게스트로놈gastronome과 섹슈얼sexual의 합성어이다. 요리 솜씨로 매력을 발산하거나 주변 사람들에게 요리를 해주며 즐거움을 느끼는 남성을 지칭하는 말이다. 이 글을 우연히 인터넷 기사에서 보게 되었는데 바로 내 남자, 알렉스를 떠올렸다. 영국 소비자 조사단체인

퓨처 파운데이션Future Foundation이 최근 내놓은 '게스트로섹슈얼의 부상淬上'이란 보고서는 게스트로섹슈얼을 '주변 사람에게 요리를 해주면서 즐거움을 느끼는 25~44세의 남성들'로 정의했다. 이들은 여행을 많이 다니고, 다양한 경험을 중시하고, 아시아 음식을 가장 좋아한다. 딱 알렉스이다.

또 이 보고서에 따르면 18~34세 남성의 23%가 여성을 유혹하려고 요리를 한단다. 또 18세 이상 여성 중 절반 가까이48%가 요리를 하는 남자에게 매력을 느낀다고 답했다. 요리도 잘하는 남자. 정말 멋지지 않은가. 알렉스도 자신의 음식 솜씨를 보여주고 싶어서 연애 시절 나를 학교 그 국제기숙사로 초대해 이것저것 만들어주곤 했다. 그리고 나는 그 큰 손으로 요리하는 알렉스의 사랑스러운 뒷모습에, 또 음식 맛에 단단히 반했다.

유명한 영국의 TV 요리쇼 〈제이미 올리버〉가 있다. 원래 영국요리는 맛없기로 소문이 자자하지만, 그의 요리쇼를 보고 있으면 어쩜 저리도 쉽게 뚝딱뚝딱 30분 만에 근사하고 먹음직스런 요리를 만들어 내는지 신기하다. 그의 귀여운 인상은 재치 있는 입담과 함께 최고의 매력을 발산한다.

영국에 제이미 올리버가 있는가 하면, 한국에는 가수 알렉스가 있다. 노래도 잘하는 이 부드러운 인상의 남자는 요리 솜씨로 여성을 매혹시킨다. 드라마 속의 그는 사랑하는 여인을 위해 맛있는 요리와 칵테일을 만들어주고, 감미로운 노래도 불러주며 발도 씻겨준다. 이런데 안 넘어가는 여자가 어디 있을까.

하지만 나는 제이미 올리버도, 가수 알렉스도 다 필요없다. 내게는 내 입맛을 기가 막히게 잘 아는 최고의 요리사 저면 알렉스가 있다. 알렉스는 그가 만든 음식을 내가 맛있다고 먹어줄 때가 너무 행복하다고 말했다. 그걸 아는 나는 가끔은 아주 심한 리액션을 하며 화려한 시식평과 괴기한 몸짓을 해준다.

"이 레몬케이크는 음, 포근한 구름을 맛보는 기분이야!"
"이건 음식이 아니고, 마약인 것 같아! 뽕 가는데?"

알렉스는 헐리웃 오버 액션인 걸 알면서도 너무 좋아하고 뿌듯해한다.

게스트로섹슈얼이 속한 세대는 배고픈 시대는 아니다. 식사의 목적이 허기를 때우기 위한 시절을 벗어난 세대이다. 음식을 즐길 줄 알고, 미각이 발달된 시대이다. 알렉스는 요리를 '가사 노동'이 아니라 '놀이'나 '취미' 정도로 생각한다. 맛집에 가서도 한번 쓱 맛보고는 나는 느끼지도 못하는 맛까지 감별해 내는 놀라운 '혀 감각'을 지녔다. 그러다 아리송한 맛은 알바생을 붙잡고서라도 물어보고 반드시 알아야 직성이 풀리는 알렉스이다.

알렉스가 다니고 있는 서울대 대학원과 내가 근무하는 병원은 가까워서 우리는 거의 퇴근을 같이 한다. 그것도 자전거로 말이다. 자전거로 달리면서 오늘은 무엇을 먹을지 의논한다. 거의 일주일에 서너 번 정도 집에서 저녁을 해먹는데 집으로 들어오면 나는 바로 씻으러 가고, 알렉스는 주방으로 가서 저녁거리를 만든다. 아마 알렉스가 한국 사람이었다면 나는 시어머니께 분명 제대로 찍힌 며느리가 되었을 것이다. '웰컴투 시월드'에서 살고 있을지 모르겠다.

예전에 어른들은 남자가 너무 부엌에 드나들면 사내구실을 제대로 못한다고 말씀하셨지만, 이제 우리 할머니는 사내가 부엌에 자주 들락거려야지 부부사이에 금술이 좋아진다고 말씀하신다. 이제는 유럽 뿐 아니라 한국의 요즘 남편들도 많이 달라졌다. 사랑받는 남자들은 요리는 이제 필수가 된 듯하다. TV 광고 속에서도 주방을 배경으로 한 광고에서 아줌마보다 오히려 꽃미남이 더 많이 나오는 것 같다. 가부장적인 권위에서 벗어난 부드럽고 로맨틱한 가정적인 남성의 이미지를 더 보여주며 꼬셔대고 있다. 광고는 시대를 주도하는 경향이 있다. 이런 분위기에 영향을 받는 듯, 남자들은 차려놓은 식탁에서 해 놓은 밥만 먹는 족속에서 적어도 캠핑 가서는 고기도 굽고, 찌개도 끓이는 요리에 참여하는 주체로 바뀌었다.

오늘 저녁은 타이 카레다. 내가 샤워하는 사이에 알렉스는 군침 흘리는 저녁상을 만들었다. 내가 좋아하는 태국식의 매콤함과 부드러운 코코넛 크림의 달콤함이 입안에서 미친 듯이 퍼지는 타이 마싸만커리. 그 기막힌 맛을 맛보며 난 수고한 알렉스의 엉덩이를 두드리며 칭찬을 남발한다.

"와! 역시! 이게 카레냐! 예술이지! 나 뒷목에 털까지 섰어. 이야! 너무 섹시한 맛, 정말 맛있어. Yami!"

기분 좋아진 알렉스에게 나는 슬쩍 물었다.

"근데, 알렉스. 나 궁금한 게 하나 있는데… .있지, 알렉스는 그런 야한 영상 안 봐?"

"당연히 안 보지. 이렇게 예쁜 와이프가 있는데."

"에이, 그러지 말고 솔직하게 말해봐. 나 다 알아. 남자들은 다 보 잖아. 나 이해하니까 말해봐. 어떤 거 보는데? 독일 거?"

"아니, 일본이 좋지."

"뭐야?! 푸하하하."

독일 영상이 아닌, 가끔 일본 영상을 본다는 알렉스는 오늘 저녁 도 근사한 저녁으로 나를 세상에서 가장 행복한 여자로 만들어주었 다. 그는 진정으로 여자를 행복하게 해주는 나쁜 남자(?)다.

내가 신림동 달동네에서 살지만 매일매일 즐겁고 행복하고, 기쁠 수 있는 것은 내가 샤워할 때 요리하는 게스트로섹슈얼 가이가 있기 때문이다.

우아하게
가난해지는 법

서른이 넘자, 다른 친구들 남편은 사업을 하거나 대기업에 다니며 나름의 위치에서 자리를 잡아가고 있다. 게다가 친구들도 하나둘씩 아이도 낳고, 차도 새로 뽑으며 부러운 안정된 생활을 시작해나고 있다. 그들과 비교하면 나만 뒤처지고 있다는 생각이 들어 가끔은 기가 죽는다.

알렉스는 명문대 우수학생이지만 어쨌거나 직업은 '학생'이다. 외국인 친구들과는 달리 한국 친구들은 알렉스 공부가 언제 끝나느냐고 물어보는 경우가 많다.

"언제 끝나? 빨리 졸업하고, 직장을 가져야 할 텐데…."

"알렉스 박사 따면 바로 취직은 되는 거야?"

"너 서른 둘이지? 나이도 있잖아. 출산이 너무 늦으면 안 좋아."

그들은 나보다도 더 걱정을 한다. 나는 그들에게 4년째 같은 대답을 하고 있는데, 시간이 흐를수록 내 대답은 점점 짧아지고 목소리는 점점 작아지고 있다. 뭐든지 빨리빨리 해야 하는 한국 문화는 알렉스를 마치 게으른 지각생 정도로 평가하는 듯하다.

나는 주위에서 알렉스에 대해 어떠한 평가를 하더라도 나는 내 남편을 오롯이 믿는다. 낯선 외국 땅에서 어려운 박사 과정 공부를 해나가고 있는 그를 나는 존경하고, 언제나 지지한다. 난 변함없이 따뜻한 사랑을 안겨주는 그에게 늘 고마운 마음 뿐이다.

나는 알렉스를 위해 나 스스로 행복해지려고 노력하고 있다. 아직 신분이 학생에 불과한 그는 자신의 여자가 행복한 아내로 살고 있다는 생각에 어깨가 으쓱할 것이다. 내적인 자주성과 삶의 보람은 세상이 정해놓은 기준과 통장의 잔고만으로 채울 수 있는 것이 아니다. 실제로 돈이 많지 않더라도 얼마든지 행복하고 즐겁고 부유한 삶을 누릴 수 있다. 특히 지금 우리처럼 젊은 날에는 말이다.

나는 직업이 학생인 남편을 두었다고 가난에 불평하는 것이 아니라 우아하게 가난을 과시하면서 쿨하게 부자들을 의연하게 따돌릴 수 있는 방법을 터득했다. 근사한 자동차로 드라이브 가는 대신 자전거로 퇴근길에 근처 공원을 돌아본다. 값비싼 저녁 레스토랑 대신에 고시촌 골목에 숨겨진 맛집을 찾아가 외식을 즐긴다. 우리의 소박한 삶이지만 풍요로운 일상을 소개한다.

퇴근 무렵에 만난 서울의 가을 하늘은 너무나도 높고, 특별했다. 이런 날은 집에 곧장 가지 말고, 가을 노을 아래 사랑하는 알렉스와 함께 좀 더 오래 바깥 공기 좀 마시고 싶어진다. 이런 생각과 함께 바로 핸드폰으로 학교에 있는 알렉스에게 전화를 건다.

"알렉스. 우리 오늘 드라이브 할까? 보라매 콜?"
"콜! 저녁은 롯데? 콜?"
"콜! 씨유!"

간단하게 저녁 데이트를 결정했다. 우리는 퇴근길에 만나서 각자의 자전거를 타고 가을 낙엽이 멋지게 깔린 근처 보라매공원으로 달린다. 컨디션 좋은 날에는 한강까지도 달린다. 신림동 달동네에 살고 있지만, 관악산 자락에 둘러싸인 서울대학교 캠퍼스가 있고, 또 음악 분수가 멋진 보라매공원과 서울의 젖줄 한강이 있다는 것은 정말 그야말로 축복이다. 나는 지금 살고 있는 이 동네가 참 좋다. 싸고 맛있는 음식점도 많고 말이다.

오늘 저녁은 알렉스가 제안한 롯데백화점이다. 너무 럭셔리하다고? 백화점이긴 하지만 우리가 들어가는 건 지하매장이다.

"만 원에 세 팩! 떨이!"

이런 소리들은 배고픈 우리에게 정겨운 소리로 들려온다. 영업 마감을 앞두고, 백화점 식품 코너들은 문 닫기 전에 빅 세일을 한다. 그날에 팔다 남은 음식을 정리하기 위해서이다. 내가 좋아하는 치킨도, 알렉스가 좋아하는 초밥도 남아있다. 우리는 적은 돈으로 맛있는 음식을 꽤나 푸짐하게 챙겨왔다.

공원 안, 멋스러운 단풍나무 곁에 자전거를 나란히 '주차'했다. 음악 분수가 잘 보이는 공원 벤치에 앉아 단 둘이 '롯데 코스요리'를 즐긴다. 우리 앞에 펼쳐진 분수의 시원한 물줄기를 보며 비닐 포장을 하나씩 곱게 뜯었다. 귀에 익은 클래식 음악의 가락을 흥얼거리며 알렉스 한입, 나 한입 이렇게 재미있게 먹었다.

유난히 맑고 깨끗한 가을밤. 밤하늘을 올려다보며 알렉스가 말했다.

"The city of Seoul really has a soul."

'서울, 쏘울, 영혼의 도시…' 그의 말을 되뇌었다. 맛있는 음식에 취하고, 낭만에 취했다. 난 마지막 디저트 코스로 복숭아 요구르트 한 숟갈까지 우아하게 떠먹었다.

영혼의 도시, 서울에서 우리는 삶을 만난다. 우리를 둘러싼 자연을 보고, 사람을 만난다. 열심히 운동하는 아줌마들, 주인과의 산책에 신이 난 강아지들, 내기 장기에 또 열을 올리신 어르신들. 나무와 풀에 둘러싸여 저마다의 삶이 풍요롭고 정겹다. 외국인 알렉스를 얼굴을 힐끔 쳐다보더니 어디 사람이냐고 묻는다. 공원에서 만난 사람들은 모두 마음이 공원처럼 착하다. 오고 가는 인사와 미소에 마음 한 켠이 따뜻하다.

왜 행복이 걸림돌인가? 인문학 광고쟁이 박웅현 씨가 행복에 관해 말했던 것이 떠오른다. 행복은 마치 풀과 같다고 했던가. 행복은 어디에도 다 있기 때문이다. 생명력 강한 풀처럼, 우리네의 행복도 마찬가지이다. 긍정적인 풀의 생명력 덕분에 우리가 살아갈 수 있듯이 어떤 조건에서도 행복을 찾아낸다면 우리 인생이 그렇게 힘들지 많은 않을 것이다.

강남 브랜드 아파트에 살면서 명품을 두르고 있다 하더라도 사랑하고 기뻐하며 삶에 감탄할 줄 모른다면, 그건 우리의 삶보다 풍요롭다고 말할 수 없을 것이다. 우리는 무한한 능력을 가지고 있다. 감사하며 행복해할 수 있는 능력 말이다. 내가 지금 가지고 있는 것들에도 만족하면서 감사하고, 감탄할 수 있는 삶! 너무나 뿌듯하고, 행복하다.

지갑이 홀쭉해도 알렉스와 나는 즐겁게 드라이브도 하고, 저녁 데이트도 즐긴다. 그러나 가장 답답할 때는 아무래도 무언가를 사고 싶은 데 선뜻 못 사는 때이다. 특히나 여자로서 말이다.

오랜만에 한 친구를 만났다. 그 친구는 예전에 비해 몰라보게 예뻐졌다. 어렸을 땐 나보다 못생겼다고 생각했는데, 역시 열심히 가꾸더니 정말 예뻐졌다. 그녀의 화려한 옷차림을 부러워하다가 언뜻 거울 속의 내 모습을 보니, 그야말로 초라했다. 갑자기 찾아온 미美에 대한 욕구. '아, 옷을 좀 사야겠다. 아니다. 머리를 먼저 해야겠다.' 며칠 동안 내 눈에는 미용실 간판만 들어온다. '저 미용실 문을 열고 들어가 앉는 순간 적어도 10만 원은 날아갈 것이다. 10만 원이면 읽고 싶었던 책이 열 권이다. 10만 원이면 자그마치 두 달 전기세와 수도세이고…'

나는 억지로 스티브 잡스를 떠올렸다. 검은 티셔츠에 청바지 그리고 운동화차림의 그의 모습 말이다. 그는 비싼 옷을 잘 입어서, 헤어스타일이 멋져서 이렇게 많은 사람들의 사랑을 받은 게 아니다. 그는 본질에 충실했다. 삶의 쾌락과 더불어 인생의 행복을 극대화하기 위해서는 사물에 그리고 외모에 지나치게 의존해선 안 된다. 어차피 유행은 잠깐이다. 지금 하고 싶은 머리 파마는 길어봐야 몇 달이다. 어차피 매일 묶고 다니면서. 하지만 가치 있는 것은 더 오래 남을 것이다. 진정으로 가치가 있는 것, 진정으로 아름다운 것을 인식하고 그것들을 더 가까이하자. 이런 욕구들도 적당히 포기할 수 있는 기술이 우아하게 가난해지는 법이다.

머릿속의 스티브 잡스가 나의 발걸음을 애써 집으로 돌렸다. 그러나 솔직하게 마음은 우울했다. 산동네 집에 올라오니 먼저 도착한 알렉스가 웃으면서 문을 열어준다. 그의 미소는 변함없이 따뜻했지만, 갑자기 알렉스가 미웠다. 파마 한 번에도 이렇게 덜덜 떨게 하는 우리의 주머니 사정이 미웠다. 나도 모르게 덜컥 이렇게 말해버렸다.

"나는 금욕주의자가 아니야. 나는 스티브 잡스도 아니고. 나는 예뻐지고 싶은 여자야."

"오잉? 무슨 소리야?"

영문도 모르는 알렉스는 만들던 저녁의 간을 보려고 손에 국자를 든 채로 두 눈을 크게 뜨며 나를 보았다.

"파마가 너무 하고 싶어. 가방도 사고 싶고, 입고 나갈 옷도 없어."

갑자기 울음 섞인 목소리가 나왔다. 알렉스는 그제야 알겠다는 듯이 국자를 내려놓고 나를 꼭 안아주며 말했다.

"영아. 허니는 지금 너무 예뻐. 한국에서, 독일에서, 내가 본 여자 중에 제일 예뻐. 하지만 헤어스타일을 바꾸고 싶다면 그렇게 해. 우리 쇼핑하러 같이 나갈까?"

"아니. 됐어. 피곤해."

나는 무심하게 뒤를 돌며 말했다. 내 등에 알렉스는 소리쳤다.

"영아! 내가 너 사랑하는 거 알지? I love you so much!"

그 말에 눈물이 핑 돌았다. 알렉스는 정답을 이야기해주었다. 역시 그는 멋진 남편이다. 그랬다. 내가 예뻐지고 싶고, 더 예쁜 가방을 갖고 싶은 것도 사실 다 잘 보이고 싶은 마음에서 온 건데, 저렇게 가장 소중한 사람이 나를 사랑해주고 예뻐해주는데 무엇이 더 필요한가.

괜찮다. 파마는 다음에 하자. 그의 사랑한다는 말 한마디로 나의 미적 욕구와 쇼핑욕구는 잠잠해졌다. 그래서 나는 여전히 유행에 뒤떨어지고 촌스럽다. 그러나 알렉스는 그것과 관계없이 여전히 나를 사랑하고 예뻐해준다.

가끔은 정말 쇼핑을 하고 싶을 때가 있다. 내 몸의 세포들마저 돈을 쓰기를 원하는 것만 같다. 그럴 때는 뭐라도 사줘야 한다. 그렇지 않으면, 몸이 아프거나 혹은 마음이 황폐해진다. 그런 때에 우리가 잘 가는 곳은 다이소다. 한 2만 원 들고 가면 어린아이마냥 신이 난다. 천 원, 이천 원, 비싸봐야 오천 원 하는 생활용품들, 문구들을 구경한다. 알렉스는 "이거 어때?" 하면서 무언가를 집어와 내게 들이댄다.

"이 김치통에 내 로봇 군대를 넣으면 딱이겠어."
"이 철사와 노끈 아주 유용하겠는걸? 오. 강력본드! 이거 완전 필수지."
"이 연필 좀 봐. 중국 신문지로 만들었네! 한자가 막 적혀 있어. 천 원에 이거 도대체 몇 자루야. 우리 이거 독일 친구들 선물로 주자."

나는 그게 무엇인지 제대로 보지도 않고 가격표만 힐끔 보고는 쿨하게 딱 한마디 한다.

"사!"

2만 원으로 장바구니를 한 아름 채웠다. 갑자기 부자가 된 기분이다. 그러나 분명 필요 없는 것들도 있다. 매장에서 봤을 때는 '딱이다'라고 생각했는데, 집에 가져오니 '별로'인 경우도 있다. 그런 것들은 주변사람을 위한 선물이 된다.

우리는 빌린 집에 살고, 작은 중고차도 없고, 흔한 TV도 없고, 에어컨도 없다. 나는 보석이 박힌 액세서리도 없고, 서른 살 넘어 폼 나게 들 명품백 하나 없다. 그러나 나는 절대 기죽지 않는다. 그런 것들과 상관없이 내 삶은 보람되고 가슴 뛰는 꿈과 희망이 있기 때문이다.

우리 집에는 손님이 끊이질 않는다. 그야말로 게스트하우스이다. 스파게티와 팬케익 정도의 싸구려 음식밖에 만들어주지 못하더라도 친구들은 자주 집에 놀러온다. 우리는 그렇게 찾아온 소중한 인연들과 함께 보드게임도 하고, 차도 마시며 즐겁고 행복한 시간을 보낸다. 역시 집은 인테리어에 들이는 돈이나 집이 위치한 동네가 아니라 손님들을 맞아들이는 자연스러움을 통해서 아름다워진다. 자연스럽고 편안한 공기가 우리 집만의 예쁜 분위기를 만들어준다.

진정한 가난은 물질적인 결핍에서 오는 것이 아니라 건강이나 아름다움, 부유함, 무엇을 좇든지 완벽하기를 바라는 마음에서 비롯된다. 삶의 기복을 평가할 줄 알고 위기 상황에 의연하게 대처하는 사람은 행복한 삶을 영위할 수 있다.

돈은 오늘도 우리에게 속삭인다. "나를 줄 테니 너의 모든 것을 달라"고. 나는 나를 던져 돈과 거래하고 싶지 않다. 우리에게 조금 늦게 찾아올 부와 성공에게 불평하며 다그치지 않는다. 너무 늦게만 오지 않는다면 환영이다. 오히려 젊은 날의 가난은 절대적으로 필요하기까지 하다고 생각한다. 청춘이 물질 만능주의에 젖어 삶의 만족을 돈의 기준으로 맞추어 산다면 그 얼마나 초라한 인생인가. 적어도 청춘의 시기에는 적은 것으로 풍족을 일구어내며 삶을 즐길 수 있어야 한다. 나는 우아하게 가난한 우리의 삶이 좋다.

형광펜으로,
우리의 결혼반지

집으로 가는 길. 지금 우리는 열심히 자전거를 밀며 비탈길 언덕을 오르는 중이다. 이 산동네에서 4년을 넘게 살았지만 이 경사 길은 도무지 적응이 안 된다. 어쩌면 정말 점점 더 높아지고 있는 것일지도 모른다. 특히나 오늘처럼 병원에 환자가 많아 피곤한 날은 집으로 올라가는 언덕길이 백두산의 정상 정복처럼 느껴지기도 한다. 걸음이 느릿느릿한 걸 보니 알렉스도 오늘은 꽤나 힘든가보다.

"알렉스, 내가 먼저 올라가서 밧줄 내려줄게."

그를 위로하는 시시한 농담을 던졌다. 피식 웃는 알렉스. 요즘 실험실에 일이 많다고 하던데, 오늘밤은 오일 마사지라도 해주어야겠다고 생각했다. 그리고 집 대문 앞에 겨우 도착했을 그 때였다.

'뎅그르르!' 작고 경쾌한 금속소리.

"오잉? 무슨 소리지?" 하며 나는 뒤를 돌아보았다. 알렉스는 갑자기 번개 같은 속도로 밀고 오던 자기의 자전거를 팽개치고서는 비탈길 언덕을 쏜살같이 달려 내려가고 있다. 다다닥 빠르게 뛰어 내려가던 그는 한마디 비명을 지르며 멈추었다.

"노오오오!"

내용은 이러했다. 힘겹게 자전거를 끌며 집에 거의 도착한 알렉스는 흐르는 땀을 닦기 위해 쓰고 있던 자전거 헬멧을 풀렀다. 그런데 순간 어떻게 된 일인지, 헬멧 버클에 걸려 끼고 있던 결혼반지가 빠져버렸고, 알렉스 손가락을 탈출한 결혼반지는 신나게 어두운 비탈길을 뎅그르르 굴러 내려갔다. 멈출 수 없는 경사 길이었다. 그 무심한 반지 녀석은 냅다 달려오는 알렉스를 보고는 약을 올리듯 "굿바이!"를 외치며 하수구 구멍으로 쏙 들어가 버린 것이다. 헉!

우리는 피곤한 그 밤, 내가 계획했던 오일 마사지 서비스는커녕, 잠자리에도 들지 못하고 각자의 손에 손전등을 들고 열심히 그 하수구 구멍을 들여다보았다. 그리고 혹시 몰라서 아래쪽의 다른 하수구 구멍들도 들여다보았다. 정말 간절한 마음으로 찾았다.

"뭐 찾아요?" 담배 피우시던 이웃 아저씨가 우리를 보며 물어보셨다.

"네. 반지가 굴러가서 여기 빠져버렸어요."

"아이고. 어쩌나. 근데 못 찾아. 거기서 반지를 어떻게 찾아! 못
찾아!"

아저씨의 부정적인 말에 대꾸도 하기 싫었다. 그런데 정말이지 아
무 것도 보이지 않았다. 반짝거리는 거라도 보인다면 무슨 수를 내
보겠는데, 하수구에는 고약한 냄새밖에 나지 않았다. 진작부터 기운
이 빠진 나는 땅바닥에 엎드려서 열심히 찾고 또 찾는 집념의 알렉
스에게 그만 포기하고 들어가자고 했다.

"알렉스. 괜찮아. 그만 들어가자."
"우리 결혼반지인데…."
"반지는 또 사면 되잖아."
"그게 어떻게 빠지지? 반지가 헐겁지도 않았는데. 미안해."

알렉스는 연신 sorry, sorry 하며 사과를 했다. 안 그래도 피곤한 그
의 어깨는 더 축 늘어졌다. 난 힘이 되어주고 싶었다. 손전등을 내 얼
굴 밑에 갖다 대면서 귀신처럼 가느다란 목소리로 말했다.
"으흐흐. 내 반지 내놔. 내 결혼반지 내놔."
그래도 알렉스는 웃지 않았다. 그는 자신의 어처구니없는 실수에
기가 팍 죽어버렸다.
"허니. 반지 하나 가지고 왜 그래! 반지는 잃어버렸어도 손가락은
안 잃어버렸잖아!"

알렉스는 그제야 웃었다.

"그래, 긍정적으로 생각하자. 반지만 잃어버렸으니 감사하자."

비탈길 하수구 앞에서 우리는 손전등을 서로에 얼굴에 갖다 든 채 웃어댔다. 밤하늘의 별도 따라 웃었다. 하수구에 빠진 반지도 웃었을 것이다.

나는 짝을 잃고 외롭게 빛나고 있는 내 손가락의 결혼반지를 보며 말했다.

"알렉스. 내 반지도 여기다 같이 버려버릴까? 떠내려가다가 둘이 만날 수 있잖아. 그럼 둘은 영원히 함께야. 같이 태어났고, 같이 가는 거지. 어때? 낭만적이지? 자, 놓아줄게."

반지를 빼서 버렸다. 물론 버리는 시늉만 했다. 내 반지는 옷 주머니 속에 단단히 챙겨 넣었다. 알렉스는 웃으면서 고개를 끄덕였다. 그도 알고 있었다. 내가 말만 그렇게 했지 반지를 버릴 생각은 조금도 없었다는 걸.

나는 절대적으로 현실주의 로맨티스트이다. 낭만도 좋고, 금은 더 좋다. 우리의 결혼반지는 그냥 18k 얇은 실반지지만 그래도 금이다. 마음속 내 결혼반지는 알렉스 반지를 따라 지하로 떠났고, 주머니 속의 반지는 약간의 돈으로 바뀔 것이다.

집으로 돌아왔다. 허전했다. 4년 동안 우리들의 결혼반지가 껴있던 네 번째 손가락 반지가 있던 자리는 햇빛을 보지 못해 하얀 반지 자국만이 남아 있었다. 나는 쿨하게 알렉스한테 잊으라고 말해놓고

서는 잠자리에 누워서 반지 잃은 손가락을 만지다 잠이 들었다.

그리고 다음날 아침 해가 뜨자마자 알렉스 몰래 일찍 일어나 다시 그 하수구 구멍을 찾았다. 안경을 썼다 벗었다 하며 찬찬히 다시 들여다보았다. 혹시나 하는 마음에 제발, 제발 하며 눈 씻고 찾아보았으나 역시나 없었다. 어젯밤, 못 찾는다고 단언하던 아저씨가 집 밖으로 나오면서 하수구에 머리를 박고 있는 나를 보고는 씩 웃었다. '젠장!'

직장 동료에게 들으니 요즘 금값 장난이 아니라고 한다. 셜록 홈즈는 손가락의 반지자국만으로 연인과 헤어진 것을 유추해냈다. 나는 만나지도 않을 셜록홈즈에게 오해를 사고 싶지는 않았다. 바로 커플링을 사서 끼우면 좋겠지만, 우리는 당장 그럴 여유가 없었다. 그래서 생각한 것은 그림반지!

우리는 서로의 손가락에 볼펜으로 반지를 그려 주었다. 꽃반지도 그려보고, 이니셜로도 적어보았다. 빨간 사인펜으로 루비 반지도 껴보고, 초록색 사인펜으로 에메랄드 반지도 껴보았다. 그러다 맘에 안 들면 침을 묻혀 빡빡 문질러 지웠다. 여러 그림 반지를 껴보았는데 가장 우리 마음에 든 것은 노란 형광펜으로 그린 반지였다. 심플하면서도 형광색의 노란빛이 피부에 스며들어 은은한 금빛을 발했다. 굳이 금반지가 아니어도 행복하다. 매일 아침 서로가 그려준 노란 형광펜 반지를 볼 때마다 절로 미소가 지어졌다.

그로부터 한 달쯤 지났을까. 엄마에게 얻은 짝 잃은 귀걸이들과 그동안 동전 꽤나 먹었던 돼지 저금통도 잡아들고 보석가게를 찾았다. 그러고는 금액에 맞춰 큐빅 하나 박힌 심플한 반지 하나씩 나눠 끼었다.

알렉스는 주문한 그 반지를 찾아오던 날, 내게 다시 한 번 무릎을 꿇고 청혼했다.

"지금은 큐빅 반지이지만, 곧 네 손에 다이아몬드 반지를 끼워줄게."

나는 흔쾌히 그 청혼을 받아들였다. 우리는 다시 재혼했다. 내 손에 껴진 새로운 큐빅 반지는 형광펜 반지처럼 지워지지 않고, 마치 다이아몬드처럼 빛나고 있다.

잃어버린
반지 자국 위에
형광펜으로
그린 반지

서른 살,
키덜트 저먼

"My fingers are itching."

알렉스가 말하는 이 말 뜻은 손가락이 간지럽다는 것이 아니라 무언가를 만들고 싶다는 것이다. 손으로 무엇인가 만드는 것을 좋아하는 알렉스는 정말이지 손재주 하나는 기가 막히게 타고났다. 요리는 물론이고, 4차원적인 종이접기에다 정교한 조각도 전문가 수준이다.

하루는 비누를 깎아서 작은 곰돌이 비누인형을 내게 선물하기도 했다. 구리를 꼬아서 만든 멋진 나무 장식, 조명등 까지 우리 집 곳곳에는 그의 손재주로 만든 세상에 단 하나뿐인 보물이 꽤 있다.

한동안 건담에 빠져있었던 알렉스는 RCremote control, 무선 조종기의 세계에 눈을 뜨게 되었다. 알렉스는 나이만 서른이지, 이럴 땐 영락없는 아이 같다. 어린 아이 같은 사람을, 키덜트Kidult 족이라 부른 다지. 키덜트 알렉스.

승용차, 트럭(나는 이렇게 밖에 구분하지 못한다) 같은 차를 조정하다 하늘을 나는 비행기가 더 스릴 있다며 비행기로 갈아탔다. 몇 개를 사서 날려보고 했었는데 그 가격도 만만치 않고 해서 아예 직접 만들고 있다.

하루는 우드락스티로폼이 압축된 보드 판넬 따위를 사들고 왔다. 아무리 스티로폼으로 만드는 가짜 비행기이지만, 만드는 과정은 정말 쉬워 보이지 않았다. 비행기 기체, 조종기, 모터, 배터리, 배터리 충전기 등등의 기자재가 다 있어야만 진짜 비행이 가능하기 때문이다. 모터에 적당한 비행기 몸통과 날개를 측정하고, 정확하게 우드락을 잘라낸다. 조금이라도 오차가 생기면 기체의 무게에 영향을 미치고 바람의 영향을 제대로 받을 수 없어 추락한다나 어쩐다나.

나는 고생스럽게 그걸 왜 하고 앉아있는지, 그게 정말 재미있는 취미인지 도무지 이해가 되지 않았다. 그러나 알렉스를 몇 번 따라가서 비행기를 날리는 것을 보니, 그가 왜 빠져들었는지 이해할 수 있게 되었다. 자신의 손으로 직접 만든 비행기가 윙하는 모터소리와 함께 창공으로 힘껏 날아올라 하늘을 한 바퀴 돌자 긴장하던 알렉스가 씩 웃었다. 무선 조정기 위에 알렉스의 엄지손가락에 따라 그의 비행기는 이리 저리를 다니고, 거꾸로 누웠다가 360도 회전도 하고 곡예를 펼치며 시원하게 하늘을 날아다녔다. 나는 그 곁에서 박수를 치고, 탄성을 하며 응원했다.

그 비행기를 보는 것도 재미있지만, 알렉스의 얼굴을 보는 재미가 더 컸다. 순간순간 긴장감이 드러나고, 원하는 동작이 하나둘 성공할 때마다 희열의 미소도 피어났다. 조종에 완전 몰입한 그의 얼굴은 그야말로 아름다웠다.

알렉스는 학교에서 여유시간이 생기면, 자신의 비행기를 들고 캠퍼스의 넓은 잔디밭으로 나가곤 했다. 그러다 어느 날 알렉스는 너무나 시무룩한 표정으로 들어오는 것이었다. 알고 보니, 어렵게 만들었던 그 비행기는 몇 분도 채 못 날고, 키가 큰 나무에 걸렸다고 했다. 알렉스는 나무에 올라타 나뭇가지를 흔들어보기도 하고, 기다란 막대기로 빼보기 시도도 했지만, 제대로 걸린 비행기는 빠져나오지 않았다고 한다(지금도 알렉스 비행기는 그 나무에 걸려있다. 흐흐). 아끼던 모터와 배터리가 장착된 비행기는 값도 값이지만, 알렉스의 땀과 노력이 들어있었다.

비행기를 나무에 장식한 이후로 알렉스는 RC 비행기에 잠시 주춤하는가 싶더니, 이런 실패에도 아랑곳 하지 않고 또 다른 비행기를 만들고 있었다(아뿔싸!). 그러나 열흘 붉은 꽃이 없다는 뜻의 '화무십일홍花無十日紅'이라는 고사성어도 있듯이, 한때 알렉스의 사랑을 듬뿍 받았던 건담과 RC 비행기도 어느새 시들해졌다. 대신 워해머war hammer가 알렉스의 마음을 훔치고 있었다.

워해머는 영국 1987년 게임즈워크샵에서 발매된 미니어쳐 보드게임이다. 우리나라에는 워해머 컴퓨터 게임, 실시간 전략 시뮬레이션 게임으로 더 알려져 있다. 나는 알렉스 덕에 이런 키덜트 취미를 많

피규어를 만드는
알렉스

워해머 게임

이 알게 되었다.

위해머 플레이어는 원하는 종족의 유닛들을 구입해 자기 자신만의 스타일로 유닛들을 구성하고, 색칠도 하는 등 자신만의 부대를 꾸민다. 미래 병사, 좀비, 뱀파이어 등의 괴물 및 차량 등 군사들은 다양하다. 알렉스는 그 손가락 마디만 한 유닛들을 조립하고, 색칠하고, 혹시나 부서질 새라 반찬통에 고이 담아 보관한다.

나도 알렉스와 함께 게임을 몇 번 해보았다. 테이블 위의 미니어처들은 플레이어의 의지에 따라 물리적으로 테이블 위를 이동한다. 이 때는 줄자와 각도기까지 필요하다. 미니어처간의 실제 거리에 따라 다양한 행동을 취할 수 있는데, 플레이어가 자신의 미니어처에게 요구한 행동의 성공 여부는 주사위를 통해 결정된다.

게임은 한번 시작하기가 어렵지만, 게임 룰을 익히고 자신의 부대를 이끌면 정말 밥 먹는 것도 잊어버릴 정도로 재미가 있다. 한 게임에 걸리는 시간은 보통 한 시간부터 몇 시간이 걸린다. 길게는 며칠이 걸리기도 한다고 한다. 게임 상점들은 지역 리그를 주최하기도 하고 정기적으로 국제 토너먼트도 열리고 있다.

한국에는 홍대에 유일한 위해머 상점이 있다(최근 서울 도곡동으로 이전했다). 이곳에는 알렉스 같은 키덜트가 주말마다 모여 게임을 한다. 물론 모이는 플레이어들은 거의 100% 남자들이다. 아주 가끔 가뭄에 콩 나듯, 여자가 한번씩 보이기도 하는데, 그건 남자친구를 데리러 온 경우이다.

알렉스는 실제 게임보다도 미니어처를 만드는 그 과정이 더 즐겁단다. 사실 이 종족과 유닛들이 무척 다양하고 개성이 있어서 굳이 게임을 하지 않더라도 캐릭터들을 모아 전시만 해 놓아도 보는 재미가 있다. 실제로 보드게임을 하지 않고, 소장용과 취미용으로 워해머 유닛들을 모으는 취미를 가진 사람들이 더 많다. 집에 놀러온 친구들은 알렉스 방 안에서 감탄을 하며 나올 줄을 모른다. 키덜트 알렉스 방에는 각종 건담, RC무선 조종 비행기, 자동차, 헬기, 워해머 미니어처가 가득하다.

겨울방학을 맞아 집에서 쉬는 알렉스. 여유시간이 생긴 그는 부쩍 취미생활 시간이 길어졌다. 퇴근을 하고 집에 돌아오니, 아침에 해 놓고 간 음식이 그대로 있다.

"어머! 알렉스. 오늘 밥 안 먹었어?"
"응. 이거 색칠하는 게 재밌어서. 시간 가는 줄도 모르고 했네."

머리를 긁적이는 알렉스. 세상에, 그 로봇 다리 색칠한다고 아침, 점심 두 끼씩이나 굶었단 말인가. 워해머, 워매 그게 뭐라고 말이다. 취미도 취미지만, 식사도 거르고 영혼까지 팔 기세로 즐기는 건 너무하다 싶어 핀잔을 주었다.
"워해머에 대한 열정으로 공부에 올인 한다면, 노벨상을 받을 거다!"

밤새 눈이 엄청 내린 날이었다. 온 세상이 뽀로로 마을이 되었다. 집 앞마당에는 아무도 밟은 흔적도 없고, 길 고양이가 지나간 예쁜 발자국만 남아있다. 막상 출퇴근길은 걱정되더라도 일단 하얀 눈 덮인 조용한 마당을 보며 예쁘다고 감탄을 하고 있을 그때였다.

"허니, 어디서 알루미늄 판을 좀 구할 수 없을까?"

"알루미늄?"

"응. 알루미늄 판. 갑자기 좋은 아이디어가 떠올라서 그래. 눈 위를 달리는 보트를 만들려고!"

알렉스는 두 눈을 반짝이며 자신의 계획을 장황하게 설명하기 시작했다. 그리고 잠시 후 알렉스는 보이지 않더니 어디에서 알루미늄 쟁반 하나를 얻어왔다. 그리고는 한참을 방구석에서 뚝딱뚝딱했다.

"짜잔!"

그가 썰매보트를 만들었다. 그 알루미늄을 쟁반을 휘게 만들어 보트모양을 만들고 모터를 고정시켰다.

"와! 대단한데? 알렉스. 자긴 천재 같아."

가끔 아이 같은 알렉스의 모습에 잔소리 한 번씩 날리지만, 그래도 알렉스가 취미를 즐기는 모습이 좋다. 진심이다. 이쯤에서 고백을 해야했다.

"알렉스. 사랑해. 너의 취미까지도 너무 사랑해. 그런데 말이야. 그 하이엘프의 부러진 깃발 있지. 사실은 내가 그랬어. 미안. 책상에 있는 거 보고 신기해서 건드렸는데 부서지지 뭐야? 미안해. 사랑해. 아주 많이. 헤헤."

우리는 그날 밤 눈 덮인 마당에서 썰매보트를 조종했다. 그의 손재주가 너무 신기하고 근사했다. 하얀 눈 위를 미끄러지며 신나게 달리는 썰매보트를 타러 루돌프와 산타 할아버지가 바로 내려올 것만 같았다.

뼛속까지 내려가
사랑하기

지금 내 곁에는 휴일의 달콤한 낮잠을 즐기는 알렉스가 있다. 알렉스는 나와는 다르게 잠도 많고, 잠귀도 어둡다. 베게는 옆으로 팽개쳐두고 자기 팔을 베고 슈퍼맨이 날아가는 포즈로 반쯤 엎드려 누워서, 입은 반쯤 헤하고 벌린 채로 세상이 떠나가도 모르게 낮잠을 잔다. 쩝쩝 대며 입맛을 다시기도 하면서 쌔근쌔근 곤히 자는 모습이 사랑스럽다. 그는 가끔 자다가 가끔 독일어로 잠꼬대를 하기도 하는데, 그럴 때는 영락없는 저면이다.

갓 결혼했을 때 나는 자다가 한 번씩 깨어 옆자리에 잠자던 알렉스를 보고 '허걱!' 하며 놀란 적이 몇 번 있다. 우리의 침대 머리맡에는 창문에 있는데, 달빛이 내려앉은 그 저면의 허연 얼굴이 마치 미술실 벽면 어딘가에 걸려 있던 석고상처럼 사람 같지 않아 보였기 때문이다. 그러나 몇 년이 지난 이제는 내 옆에 잠자는 그 석고상의 허연 피부도, 천장을 찌를 듯한 저면의 높은 코도 익숙해졌다.

그의 잠든 모습을 보며 사랑한다고 속삭였다. 내 남편이지만 정말 이지 인물 하나는 끝내준다. 머리부터 발끝까지 하나씩 눈에 담아 보았다. 짧은 갈색 머리, 그의 비싼 콧날, 귀여운 똥배, 튼실한 두 다리 위에 난 털들 그리고 그의 왕발!

알렉스의 발 사이즈는 305mm다. 그의 넓은 마음처럼 그 크고 넓적한 발도 내 마음에 꼭 든다.

별안간 재밌는 아이디어가 떠올라 유성 사인펜과 매직을 들고 왔다. 나는 곤히 자는 알렉스의 온 발에 낙서를 했다. 알렉스는 간지러운 듯 발가락을 꼼지락거렸다. 꿈틀거리는 그 큰 발가락들을 보며 나는 킥킥 삐져나오는 웃음을 참았다. 알렉스가 잠에서 깨지 않도록 조심히 하느라 긴장해서 오줌까지 지릴 지경이었다.

그의 두 발은 난리가 났다. 열 발가락마다 환하게 웃는 얼굴의 발가락 가족을 그렸다. 엄지발가락은 팔자수염 난 아빠의 얼굴, 둘째발가락은 보글보글 파마한 엄마의 얼굴, 나머지 세 발가락들은 귀여운 아기들의 각기 다른 표정을 그려 넣었다. 알렉스 발톱은 무지개 색깔로 채웠다. 발바닥에는 온통 하트로 넘쳐난다. 발등에는 닭살스러운 문구도 비스듬히 멋스럽게 적었다.

'난 너의 발바닥까지 사랑해. 발 냄새까지 근사한 사람.'

독일 땅덩어리처럼 넓은 알렉스 발은 낙서하기에 그만이었다. 나는 조심스레 임무를 완수하고 시치미를 뚝 떼었다. 나중에 알렉스가 깨어 발을 볼 때까지 모른 척하는 것이다.

나는 다시 한 번 더 진하게 느꼈다.

내가 이 사람을 정말 사랑하는구나! 그의 머리털부터 발가락까지 전부 다. 이 왕 발바닥이 뭐가 그리 좋다고. 그 발 아래 낮아져 얼굴 바짝 가까이 대고 히죽거리는지. 이 작은 낙서에도 이렇게 행복해하는지.

알렉스는 내가 선택한 나의 반쪽이다. 나의 부모도, 태어날 자식도 내가 선택할 수 없지만, 이 사람, 내 배우자는 내가 스스로가 결정하고 선택한 사람이다. 내 선택이었기에 그래서 더없이 소중하다.

나는 생김새와 머리색깔까지 다른 지구 반대편의 알렉스를 선택했다. 국제결혼. 우리 두 사람의 어렵고도 복잡했던 사랑. 우리 둘을 둘러싼 세상의 편견과 적대감, 이데올로기 등. 그러나 그것들은 우리의 사랑을 갈라놓지 못했다. 오히려 우리를 더 깊고 단단한 사랑으로 만들어 주었다. 나는 다시 태어나도 그를 선택할 것이다. 내가 선택한 나의 반쪽 알렉스는 이 세상에서 나를 가장 잘 챙겨주고, 나의 지독하고 못된 단점까지 감당할 수 있는 넉넉한 사람이다. 갑자기 알렉스의 고맙고, 아름다운 사랑에 코끝이 찡해졌다.

우리가 처음에 만났을 때 열정적 사랑의 두근거림은 어느새 동반자적 사랑으로 변했다. 시간이 지나면서 우리는 차분해지고 만족스러운 애정의 감정이 솟아남을 느낀다. 감정의 강도는 덜하지만, 서로에 대한 깊은 애착과 충실함, 친밀함, 유대감은 진실로 우리의 관계를 강하게 한다.

결혼 후 3년이 갓 넘은 친구 하나는 내게 이렇게 말했다. 사랑이 별거냐고. 아이 낳고 잘 기르면 그게 사랑이라고 말이다. 그 말을 듣는 나는 이런 거친 결론을 내렸다.

세상에 부부는 어쩌면 두 종류로 존재한다. 하나는 그냥 되는대로 사랑하는 것이다. 적당히 끌리는 대로, 괜찮은 조건의 상대를 골라 사랑하는 것이다. 외모 좀 봐줄만 하고, 말 좀 통하는 사람 만나서 데이트 하며 영화보고, 밥 먹고, 커피 마시고 하다가 때 되면 결혼해서 아이 한둘 낳고 사는 거. 그런 평범하고, 편한 관계의 사랑.

또다른 종류의 부부는 이렇다. 완벽한 사랑은 없다는 것은 알지만 늘 서로에게 완벽해지고 싶은 욕구를 가진 사람들의 사랑이다. 그들은 완벽한 사랑의 충동을 느끼면서 끊임없이 더 애쓰고 노력한다.

이 둘의 차이는 별로 없어 보일지 모른다. 어쨌든 둘 다 서로 사랑하는 것이기 때문이다. 그러나 그 과정을 돌아보면 하늘과 땅 같은 어마어마한 차이가 있다.

전자의 사랑은 한 자리에 머물며 다람쥐 쳇바퀴 도는 느낌의 사랑이다. 왠지 슬프다.

그에 반해, 후자의 사랑은 끊임없이 노력하고 도전하면서 서로가 다다를 수 있는 최고의 모습으로 완성해 나간다. 마치 위대한 개츠비같은 사랑 말이다. 위대한 사랑은 삶을 변화시키고 상대뿐 아니라 자신까지 더 사랑할 수 있는 힘을 지니고 있다. 완벽한 사랑의 추구는 서로 내면에 있는 잠재력을 깨우는 에너지이다.

우리는 반복되는 일상을 함께하지만 두 번째의 사랑을 만들려 하고 있다. 늘 자신의 최고의 위대한 모습으로 서로를 기쁘게 하려고 한다. 하지만 억지를 쓰면서 자기 자신까지 변하지는 않는다. 진정한 나의 모습으로 인정받고, 진정한 너를 인정하며 우리는 끊임없이 노력한다. 진정한 자신으로서 진정한 서로를 사랑하고, 더 진실 되고 의미 있는 서로가 되고자 한다.

무라카미 하루키의 책에서 보았던 구절이다.

'누군가를 사랑하는 것보다 더욱 고귀한 것은 그 사람을 사랑받는 사람으로 만드는 것이다.'

알렉스는 나를 사랑하는 것뿐만 아니라 내가 나 스스로 사랑받는 사람이 되도록 만들어주고 있다. 알렉스와 교제하고 사랑하며 자신을 더 사랑하는 나를 만났다. 있는 그대로의 내 모습을 받아들이고 내 자신을 존중하며 믿고 있다. 자신을 사랑하는 사람은 엄청난 에너지를 가진다. 나는 더 긍정적으로 매사에 임하며 사랑도 일도 모두 즐기며 하루하루를 채워가고 있다. 알렉스의 사랑 덕분이다.

알렉스는 나를 나이게 한다. 나를 있는 그대로 사랑해주며 또 보다 정직한 나로 살게끔 지지하며 도와준다. 천생연분은 내가 스스로 만드는 것이다. 결혼한 지 일주일만 되면 누구든지 정당한 이혼 사유를 발견한다고 한다. 이혼하지 않는 비결은 오직 결혼 생활을 유지할 정당한 사유를 찾고 또 찾는 것이다. 우리는 고르고 골라 그 사람을 배우자로 택했다. 그래서 결혼하기 전까지는 아주 신중하게 고민해야 한다. 그 사람이 나의 운명을 같이 할 반쪽으로 합당한지 아닌지 따지고 따져봐야 한다.

그러나 결혼 후에는 이야기가 달라져야 한다. 내가 선택한 사람을 사랑하고, 믿고, 존중하길 아낌없이 해야 할 것이다. 이것이 바로 참사랑이고 위대한 사랑이 아닐까 한다. 연애 때는 밀당을 즐겼다면, 결혼 후에는 서로 퍼주기를 즐겨야 한다. 더 사랑할 수 있는 방법은 없는지, 또 서로를 웃게 만들 즐거움은 없는지 마치 서로 경쟁하듯 해야 더 행복하고 즐거운 결혼생활을 할 수 있는 것이다.

낮잠에서 깬 알렉스는 기지개를 켰다.

"허니. 잘 잤어? 피곤했나봐. 아주 잘 자던걸?"

나는 발에 한 낙서에 시치미를 뚝 떼고 상냥한 얼굴로 물었다. 알렉스는 눈을 반쯤 뜨고 화장실을 다녀오는 듯하더니, 주방으로 가서 냉장고 문을 열다 소리쳤다.

"Oh my God! 내 발!!"

알록달록해진 자기의 두 발을 보더니 세상이 떠나갈 정도로 크게 웃었다. 그의 웃음소리는 어떠한 음악보다 내 귀에 아름답게 들렸다. 나도 그때서야 참고 있었던 웃음을 시원하게 터트렸다. 푸하하하!

알렉스 두 발 위에 잘 지워지지 않는 매직으로 쓴 사랑 고백은 그 후로도 오랫동안 남아서 잔잔한 웃음을 선물했다.

철없는 부부와 돌핀

카약을 샀다
집도 차도 논도 밭도 없는데

힘과 용기
사랑과 시간은 있어서
배를 먼저 샀다

이번 달은 친정엄마한테 십만 원 덜 부쳤다
카약 샀다는 비밀 하나는 더 늘었다

좁은 거실에
공간을 만들려고
두 사람은 나란히 식탁을 들어
한쪽 벽으로 밀어붙였다

혹시나 물에 빠지는
끔찍한 일이라도 생기면
구조대 아저씨들이 발견하기 좋게
주황색으로 골라야 한다는 조언 정도는
들었지만

이 철없는 부부는
그들을 닮은 하늘색으로 택했다

까짓것 발견되지 않으리라

주어진 운명에
흔쾌히 잠수하리라

큰 택배 박스를 열어 제치니

하얀 하늘색 카약이
웃음 짓고 있다
하늘이 열렸다
구름 같은 웃음이
방바닥에 퍼졌다

알렉스는 공기주입구를 찾아
바람을 쑥쑥 넣는다
펌프질 장단에
뜬금없이 느끼는

오르가슴

그날 밤
이 두 사람은
방바닥에서 카약을 탔다

기쁨에 익사할까봐
구명조끼도 갖춰 입고서

이 카약은 250kg까지
실을 수 있다네
묵직한 우리를 태우고도
100kg나 남는다네

여보 세상에
백키로래
라면 사과 초코렛 가득 싣고

우리 당장 여행 떠날까

배가 육지에서 떠나기 전
세례식은 거행되었다

소주 한 컵 곱게 떠서
카약 머리에 부어주며

배 이름을 돌핀dolphin
으로 붙였다

돌핀,
우리와 함께 행복하고
건강해줘

아직
물 한 방울 묻지 않은
순수한 돌핀,

그러하겠노라

철없어 가볍기만 한
이 두 사람을 태우고
이 세상 모든 강을 달리겠노라

착하게
착하게
약속했다

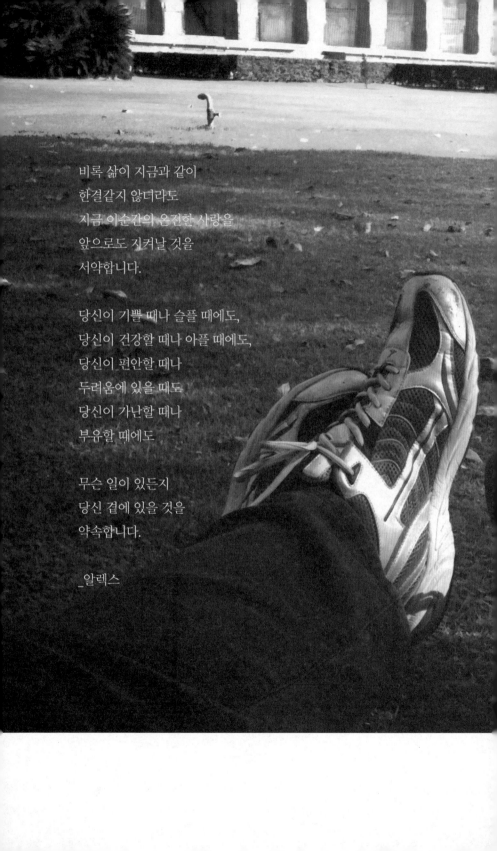

비록 삶이 지금과 같이
한결같지 않더라도
지금 이순간의 온전한 사랑을
앞으로도 지켜날 것을
서약합니다.

당신이 기쁠 때나 슬플 때에도,
당신이 건강할 때나 아플 때에도,
당신이 편안할 때나
두려움에 있을 때도
당신이 가난할 때나
부유할 때에도

무슨 일이 있든지
당신 곁에 있을 것을
약속합니다.

_알렉스

Though life may not
always be as perfect as it is today,
I vow to keep my love as pure as
it is today.

I promise to be there for you
in your laughter and your tears,
in your sickness and your health,
in your comfort and your fears,
in poverty and wealth.

I promise to be there for you all
your life, come what may.

_Alex

사랑은
우리가 주의 자녀로 사는 세상의
문을 열어주었습니다.

우리의 유산에 대한 존경을 가지고
있지만 그것만으로
이뤄진 것은 아닙니다.

우리는 삶을 함께 하기로 맹세했고,
우리의 결혼은 새로운 창조의
시작이 될 것입니다.

저는 이 자리에서
서로를 이해하기 위한 가교를
굳건히 세울 것을 약속합니다.

지금,
앞으로도 영원히 우리의 여생을
함께 엮어가도록 하겠습니다.

_영아

Our love has opened windows
to the world we lived in as children.

I have found respect for your
heritage but I am not of it.

we have vowed to live
our lives together.
Our marriage will be a new creation.
Now I promise to build bridges of
understanding.

From this on forward our lives will
be intertwined forever.

_Youngja

3

수많은 색들이 어울리는
불꽃놀이처럼

약간은 같고
약간은 달랐다

"어머! 국제결혼 하셨네요! 신기하다. 근데, 둘이 서로 언어 차이, 문화 차이 없어요?"

사람들로부터 이런 질문은 백 번도 더 받은 듯하다. 그래서 이제 알렉스와 나에게는 보통 식상한 말이 아니다. 사람들은 정말 궁금해서 묻는 걸까? 무슨 대답을 기대하고, 그런 질문을 하는 걸까? 우리의 사랑을 걱정하는, 아니 의심하는 듯한 그 물음의 답으로 몇 번은 건방지게 이렇게 대답했다.

"없어요. 우린 언어 차이, 문화 차이 그런 거 없어요!"

그렇다. 물론 백 퍼센트 거짓말이다. 그런 차이가 왜 없겠는가. 다른 대륙에서 20년이 넘도록 각자 다른 환경에서 살았는데 말이다.

하지만 우리는 다름과 차이에 끌렸고, 반했다. 그 언어와 문화 차이를 껴안고 서로를 인정하며 사랑하는 사이가 되었다. 다르다는 것은 사랑에 있어 리스크가 아니다. 오히려 사랑과 인격이 더 넓어지고 깊어질 수 있는 기회라고 생각한다.

처음 우리에게 공통점이라는 것은 아마도 우리는 인간이고, 지구인이라는 정도 밖에는 없었다. 하지만 시간이 점점 흘러가며 조금씩 알게 모르게 비슷해져 있는 서로의 모습을 보며 놀라기도 한다. 말투와 행동양식이 닮아있는 사랑스런 반쪽을 갖는다는 건 정말이지 든든하고 행복한 일이 아닐 수 없다.

나는 사람들이 많이 물어오는 언어와 문화 차이 이전에 우리가 가진 기본적인 성격에 대해서 먼저 이야기해보고 싶다. 동양인이나, 서양인이나 인간인 우리가 가진 개인의 고유한 성질이나 특징짓는 품성 말이다. 그것이 사랑에 더 큰 영향을 끼치기 때문이다. 알렉스와 나의 성격? 한마디로 말하자면 약간은 같고, 약간은 달랐다.

우리는 공통적으로 자유로운 사고방식을 하고 의사표현이 분명한 편이라 토론하기를 좋아한다. 그래서 어느 철학적인 주제나 화제 거리에 잡아 물고는 열띤 찬반토론을 잠들기 전까지 하기도 한다. 삶과 죽음, 세계의 빈부격차, 대리모 또는 동성연애 등 다양한 주제를 저녁 식탁에 반찬삼아 올린다. 아주 가끔은 의견이 안 맞아 싸우기도 하지만 거의 대부분 즐기고 있다. 토론을 하다보면 안목이 넓어져 인생 공부도 많이 되고, 서로의 배경을 이해할 수 있는 기회가 된다.

때로 하나의 물건이나 단어로 할 수 있는 행동이나 말장난으로 신명나는 배틀을 벌이기도 한다. 이 물컵으로 뭘 할 수 있지? 신문지로는? 하며 둘이 주거니 받거니, 말도 안 되는 코믹상황 연출에 배꼽잡고 웃다가 넘어진 적도 있다.

우리는 새로운 것을 만나는 경험을 하거나 변화를 시도하는 것을 즐긴다. 여행과 자연을 좋아하는 닮은 구석이 있어 마당 가꾸는 취미, 자전거 타고 안 가본 길 가는 작은 여행을 같이 즐긴다.

한번은 이런 적이 있었다. 삶이 우리를 한없이 나약하게 만드는 순간이었다.

'답답해! 아직도 화요일이네. 젠장. 어디론가 훅 떠나고 싶다. 반복되는 일상이 너무 지겨워.'

몸은 퇴근하고 집에 가서 쉬라고 말하고 있었지만 마음은 무언가 새롭고 짜릿한 모험이 필요하다고 외치고 있었다. 우리는 마음의 소리에 귀를 더 기울였다. 어디론가 떠나고 싶다는 내 말에 알렉스는 집으로 가는 버스정류장 반대편으로 날 데리고 가서 일상을 벗어나는 데이트를 하자고 했다.

"여기 정류장에 세 번째 오는 버스를 무조건 타는 거야. 그 버스가 어디로 가는 버스인지는 모르지. 그리고 12번째 정거장 후에 내리는 거야! 그리고 거기서 우린 데이트를 하는 거야! 어때? 재밌겠지?"

이런 천진하고 귀여운 남편이 어디 있을까. 나는 완전 재미있는 아이디어라며 어린아이마냥 손뼉을 쳤다. 13대의 다른 버스가 다니는 큰 길. 어떤 버스가 우리에게 걸릴 것인가! 정해진 목적지가 있는 게 아니라 그날의 우연과 운명이 내려주는 목적지로의 특별한 데이트였다. 심장이 두근거렸다. 오늘 우리의 신발은 어느 동네의 땅을 밟게 될 것인가!

세 번째로 도착한 버스는 641번이었다. 한 번도 타본 적 없는 그 641파랑버스를 타고 열두 정거장을 갔다. 새삼 모든 것이 신비롭게 다가왔다.

"그런데, 알렉스. 왜 열두 정거장이야?"

"아, 그 이유는….'"

별것 아니었다. 그날이 12일이기 때문이란다. 휴, 31일이 아니라 다행이었다. 그랬다면 너무 배가 고팠을 것이다!

그렇게 내린 버스정거장은 대방역 주변. 데이트하기에는 좀 많이 휑한 곳. 하지만 우리는 두 손을 꼭 잡고, 낯선 골목길 사이사이를 걸었다. 간판 이름을 보며 까르르 웃기도 하고, 작은 놀이터에서 구석 철봉에도 매달려보고, 문 닫으려하던 빵집에 들어가서 남은 빵도 하나씩 사먹었다. 재밌었다. 꼭 여행이라도 온 것마냥 신나고 행복했다. 우리의 모토인 '여행은 일상처럼, 일상은 여행처럼'을 실천하는 순간이다. 새로운 경험은 우리에게 있어 산소와 같다. 이 일이 있은 후, 나는 641 버스를 볼 때 마다 이 기억에 씩 한번 웃는다.

우리는 한마디로 잘 논다. 그래서인지 집에 다양한 취미활동 흔적이 많다. 각종 보드게임과 퍼즐, 인라인, 또 아홉 개의 공축구, 농구, 배구, 야구, 테니스, 탁구공이 있다. 노는 데 선수들이다. 놀이의 재미는 무엇일까? 낯설게 하기다. 새로운 규칙에 맞추어 낯설고 어색하게 해보는 것이다. 어른들은 낯선 것을 익숙하게 하고, 아이들은 익숙한 것도 낯설게 한다. 그게 재미다. 우리는 여전히 아이처럼 재미있는 놀이를 즐기는 어른이다. 우리의 동심童心이 동심同心이다.

알렉스와 나는 약간은 같고, 약간은 다르다. 쿵짝이 잘 맞게 잘 놀고, 주위에 잘 어울리는 잉꼬부부라 소문난 우리의 성격의 차이점은 사실, 내가 이 책에 다 써도 모자랄 것이다. 이해할 수 있는 다른 점부터 시작해서 예수님도 절대 이해할 수 없는 다른 부분까지 차이는 정말 끝이 없다. 결혼 전부터 다른 성격 차이 짐작했고, 결혼예비학교 등 심리학 공부도 하고, 만반의 준비를 하고 결혼했지만, 달라도 이렇게 다를 수가 있나 싶을 정도였다.

가장 큰 결정적인 차이점은 나는 외향성이고, 알렉스는 내향성이라는 것이다. 이건 실로 엄청난 것이다. 에너지의 방향이 다르기 때문이다. 나는 사람들과 어울리면서 밖에서 에너지를 얻고, 알렉스는 혼자 있으면서 더 많은 에너지를 얻는다. 이러한 부분이 초반에 우리를 힘들게 했다.

나는 가족, 친구뿐 아니라 다양한 관계와의 소통에서 삶의 기쁨과 보람을 느낀다. 늘 북적거리는 분위기를 편하게 여기고, 사람들을 만나며 사적인 대화를 나누는 것을 좋아한다. 알렉스는? 그런 곳에 오래 있으면 미친다. 서서히 헐크로 변하기 시작한다. 아무리 친한 사이의 사람들과 같이 하더라도 말이다. 알렉스는 사람보다는 그것its 즉, 사물들과 교감을 나눈다. 그의 방을 채우고 있는 미니어처 로봇, 모형 비행기 등이 그 예이다. 내가 결혼한 남자가 Made in Germany 히키코모리였나. 사람이 사람을 싫어하면 어쩌나. 나는 이해가 되지 않았다. 사랑하는 그를 위해 나도 그의 스타일이 되자니, 내 정신이 안드로메다로 날아가 버릴 것 같았다.

나는 사람들을 보며 감탄을 하고, 알렉스는 사람들이 만든 무언가를 보며 감탄을 한다(특히 손으로 만든 것들). 그는 스트레스를 받으면 혼자 동굴로 들어가야만 했고, 나는 누군가를 만나 수다를 떨어야만 했다.

그래서 우리는 이렇게 극복했다. 나는 열흘에 한 번 정도는 나름 예쁘게 꾸미고 사람들을 만나러 외출을 했다. 물론 나 혼자서 말이다. 이제는 수다 친구들이 시집가서 애 보느라 바쁜 몸들이 되어서 시간 맞추기도 쉽지가 않아 친구들을 만나는 것도 어렵다. 그래서 다른 무언가를 배우러 다니면서 자격증도 여러 개 땄다. 대안학교 청소년 멘토교사 자원봉사도 한 적이 있다. 그러다가 일 년 전부터는 상담원으로 파트타임 일을 하게 되었다.

한번은 구경삼아 따라 나온 알렉스가 집단 상담을 목격하더니, 자기는 돈 줘도 그런 건 정말 못하겠다고 했다. 알렉스는 실험실에서 약 연구하는 게 딱 맞다. 체질이다. 내가 상담센터에 나가서 다양한 사람들을 만나 대화하며 소통하며 에너지를 충전하는 동안 알렉스는 집에서 DIY로 뭔가를 만들며 혼자만의 시간으로 에너지를 충전한다. 나는 상담일을 하며 내 커리어에도 도움을 받고 또 삶의 에너지도 얻고 그 덕분에 알렉스도 조용한 시간을 가질 수 있다. 게다가 나는 시간당 2만 원이란 쏠쏠한 용돈도 챙기니 이건, 일석삼조의 효과이다. 역시 사람은 자기 성격대로, 자기 스타일, 자기 개성대로 살아야 하나 보다.

새로운 것을 익힐 때, 알렉스는 머리로 배우고, 나는 몸으로 배운다. 알렉스가 볼 때 내가 하는 '까짓것 한번 해보자' 하는 방식은 다소 무모하고, 무식한 맛이 난다. 반면에 내 입장에서는 알렉스는 '백번 천 번 고민만 하며 앉아 있는 방식은 우물쭈물 행동력 없는 답답한 맛이 난다.

알렉스는 백과사전이고, 나는 발명가이다. 알렉스는 다양한 세계를 보기 좋게 요약하고 정리한 똑똑한 책이다. 알렉스에게 정리된 많은 정보와 경험들의 방식과 노하우의 효율성은 발명가인 나에게 아주 유용한 밑거름이 된다. 나는 넓은 안목으로 상상하고 순간의 영감을 믿으며 새로운 변화를 과감히 시도해본다. 알렉스는 내가 도전하기 전에 검사받을 수 있는 심판이 되어주고, 또 실패한 경우 되돌아가 확인받는 길잡이가 되어준다. 또 나는 알렉스에게 결단력 있는 용기와 도전에 대한 열정을 심어주는 뜨거운 아내가 되어준다.

이처럼 약간은 같고, 또 약간은 다른 그와 나. 우린 서로 다른 환경에서 성장했기에 다를 수밖에 없다는 것을 전제로 연애를 시작했고 서로의 반쪽이 되었다. 하지만 우리는 서로에게 배우며, 서로를 인정하고, 배려하면서 살고 있다.

무엇보다 지금 내가 신림동 달동네에서 살면서도 행복한 것은 알렉스와 나 사이에 마치 탯줄처럼 이어져 있다는 것이다. 그리고 약간은 같고, 약간은 다른 우리가 같은 패러다임으로 서로를 바라보고 있다는 것이다.

서양과 동양의
거친 이분법

선거철이 되면 각 후보들은 각종 공약을 내걸며 제발 자신에게 한 표 달라고 사정사정한다. 알렉스는 수십 가지의 공약이 적힌 전단지를 보며 한마디 한다.

"서로 질세라 저렇게 음악을 크게 틀어놓고, 춤까지 추면서 국회의원으로 뽑아달라고 하다니! 하여튼 요란하지. 한국 사람은 냄비근성이 너무 심해. 월드컵 때도, 이 선거철도, 쉽게 달아올랐다가 금세 식어버리는 열광 모드에 정신이 통 없다니까. 유치한 레토릭rhetric에 빠져서 우르르 몰려 왔다 갔다 완전 새 같아."

미국산 소고기 파동, 조류독감, 나로호 로켓 예까지 들어가며 말하는 알렉스가 너무 얄미웠다. 나도 사실 선거철의 소음과 호들갑이 싫고 알렉스 말에 동의는 되지만, 우리의 한민족을 비꼬는 듯한 발언은 도저히 참을 수 없었다.

"어이. 저먼! 너 말 참 예쁘게 한다? 냄비 근성이 정신없어? 너, 그럼 라면 끓일 때도 뚝배기에 끓이냐? 면발 다 퍼지게 맛도 좋겠네. 이렇게 뜨겁게 빨리 뭉칠 줄 아는 민족. 이 살아 있는 민족성으로 우리 단기간에 기록적인 경제 성장을 이룬 거야!"

이렇게 쏘아붙이고, 한 발 더 쐈다.

"쳇! 독일, 너희 질서 잘 지킨다고 하나님이 예뻐하고, 천국 가는 줄 알아? 인간이 마음이 따뜻해야지! 하여간 삭막해가지고! 어휴, 개인주의 알렉스. 진짜 정 없기는!"

"어휴, 또 감정적으로, 비합리적으로 나오는 거 보니 그날인가보네?"

"뭐야? 그날? 그래! 나 시도 때도 없이 감정적인 그날이다. 넌 감정 없냐? 아, 맞다. 깜빡했다. 너는 피도 눈물도 없는 독한 저먼이었지."

"허니, 그렇게 흥분하지만 말고, 차분히 생각을 좀 해봐. 이성적으로 말이야."

"아, 몰라. 난 무식해서 이성적인지 그런 거 몰라! 악!"

싸웠다. 아주 사소한 걸로. 이게 다 저 시끄러운 선거운동 때문이라고 마음에 안 드는 후보에게 뒤집어씌우고 싶다. 화가 나서 나도 모르게 국적까지 헐뜯었다. 말다툼도 합리적으로 하는 알렉스에게 화가 나서 더욱 감정적으로 굴었다. 짜증난다. 내가 목소리는 더 컸고, 말도 내가 더 많이 했지만, 결국엔 내가 또 진 것이다.

문화 차이인가. 문화. 거 참, 중요한 주제이고, 또 그만큼 어려운 주제이다.

사실 나는 구분 짓지 못하겠다. 어디까지가 독일 문화이고, 어디까지가 한국 문화인지. '문화'라는 단어는 쉽지만, 그 단어 자체는 함정이 깊어 조심해야 한다.

문화란, '글로 사람 되게 만든다'는 뜻이다. 학교에서는 아마 '구석기 문화'부터 배웠던 것 같다. 돌멩이를 사람이 손에 잡아들고, 적당히 맞게 쓰며 시작되었다던 문화. 사람의 손이 걸쳐진 인공적인 문화. 그 반대 의미로는 자연적인 것쯤 되려나.

결국 문화란 사람이 삶의 적응하는 방식인데, 그러다 보니 지역차가 생겼다. 다니기 좋은 어느 동네는 더 넓게 또 빨리 퍼져 전달되었고, 어떤 동네는 느긋이 천천히 진행 되었다. 문화의 우열론적 인식 때문에 때로는 식민지 전쟁까지도 정당화되었지만, 문화에는 좋고 나쁨이 없다. 더 진화한 문화와 덜 진화된 문화는 없는 것이다. 익숙함과 다름만 있을 뿐이다.

또 문화라는 단어는 신기해서 어디에든 다 갖다 붙일 수 있다. 동양문화, 서양문화, 문화예술, 인터넷 게시판 문화, 쓰레기 문화, 문화 센터 또 문화상품권까지. 아무튼 이 단어는 보통 오지랖이 넓은 것이 아니라서 웬만큼 사람이 관련된 곳에는 다 갖다 붙일 수 있다.

아무튼 문화 이야기를 더 이상 확장시키다가는 우리가 느끼는 문화차이 이야기로 돌아오기 힘들 것 같아 이쯤에서 거칠게 정리하기로 한다. 그래서 내가 인식하는 문화는 입는 것, 먹는 것의 삶의 양식인데, 그것이 서로 다른 사회 구성원이었던 알렉스와 김영아가 한집에서 함께 살게 되었다는 것이 다문화다. 동서양의 다른 문화권의 우리 두 사람이 한집에 살면서 한솥밥을 먹고, 한 이불 덮으며 그 속에서 느끼는 우리 나름의 일상적인 수준에서 말해볼까 한다. 그 소소하기도 하고 때론 엄청나기도 한 그 문화 차이에 대해서 말이다.

알렉스가 한국에서 가장 빨리 배운 말은, '빨리빨리'와 '괜찮아요' 다. 신기하게도 알렉스는 독일에서 이 두 말을 그리 자주 쓰지 않은 것 같다고 했다. 왜 그럴까. 이 말은 일에 급하고 대충 얼버무리기 잘하는 우리네 한국 문화에서 비롯된 말은 아닐까?

또 알렉스는 한국 사람들이 허풍이 많은 것 같다고 했다. 자기가 알고 있는 것보다 더 많이 아는 체하고, 자기가 가지고 있는 것보다 더 가진 체한다고 말이다. 많은 청년들이 CEO가 되겠다고 힘차게 말하는 것도 놀랍다고 했다. 그러나 그들의 대부분은 구체적인 계획과 방안은 없고, 심지어는 그 분야가 자기 영역이 아닌데도 어디에서 바탕이 된 자신감인지 스스로 해낼 수 있다며 선점을 하는 것이 신기하다고 했다. 나는 그것이 젊은이의 패기로 비추어졌는데 말이다.

　이에 반해 독일인들은 매사에 너무 진지했다. 일과 업무에서는 그렇다고 치더라도, 놀이에서도 그렇다. 그러니까 전 세계가 '독일식 유머'라는 말로 비꼬지 않는가. 보드게임을 예로 들어보자. 한국 친구들은 일단 자기 순서가 되면 시간을 오래 끌지 않고, 빠르게 결단을 내린다. 그렇다. 재밌는 분위기를 위해서도 시간을 오래 끄는 것이 좋지 않고, 결단력 없는 우유부단한 사람처럼 보이고 싶지 않은 것이다. 특히 '남자답게'라는 말은 시원하게 결정을 내리는 성격이란 의미도 강하다. 그런 경우 알렉스는 그들의 결정을 여러 번 묻는다. 진짜냐고, 진짜 그렇게 할 거냐고. 그러면? 그들은 괜찮다고, 오케이를 말한다. 알렉스가 볼 때는 그건 남자다운 게 아니라, 생각 없이 행동하는 것 같아 보인단다.

　그러나 내 눈에 비친 독일 친구들은 지나치게 진지하다. 보드게임은 그저 게임일 뿐인데도 말이다. 심사숙고해서 고민하고 토론해서 결정을 내리기 때문에 게임 시간은 두 배나 오래 걸리고 재미도 없다. 아, 빨리 좀 해. 하품난다. 그래, 너네가 이겨라, 이겨.

　게임 말고, 일상 이야기를 좀 해볼까.

　독일에서 횡단보도를 건너려던 나는 신호가 녹색불로 바뀌어서 한국에서 하던 습관대로 했다. 반걸음 대기 하고 있다가 바로 총총 뛰어나갔다. 미심쩍은 눈으로 쳐다보는 행인들의 눈총. 아차, 싶었다. 여기는 독일. 법을 어긴 건 아니지만, 그렇게 서두르는 행동에 알러지, 아니 알레르기가 있는 듯했다.

독일에서 모든 교통 관련 규정은 보행자 위주다. 일단 건널목 신호주기가 길기도 하고, 차들은 신호가 바뀌더라도 보행자가 횡단보도 다 건널 때까지 기다린다. 그래서 우리 한국처럼 건널목에서 뛰는 사람은 없다. 서울은 거의 다 뛴다. 알렉스는 그 광경을 보고, 물소 떼 같다고 했다.

평균 걸음걸이도 빠른 한국 사람들은 걷다가 서로 몸을 가볍게 부딪쳐도 그다지 신경 쓰지 않는다. 사소하고 하찮은 일이라 그 정도쯤은 넘어가 주는 거라 여기는 데 반해, 알렉스는 처음에 한국인들이 매너가 없다고 생각했단다. 독일인들은 "슐디궁tschuldigung, 실례했단 인사말"을 입에 달고 다닌다. 뭐 그런 것 가지고 사과까지 주고받아야 하는지 도대체 원. 우리가 잔예절에 인색한 게 아니다. 그런 간단한 사과는 한국인들에게 익숙지 않은 문화인 것이다.

한국인의 마음속에는 보름달 같은 뭔가가 있다. 초코파이 같은 정精, 정말 한국인 하면 가장 먼저 떠오르는 것은 '정'이 아닐까. 입버릇처럼 하는 말, '그놈의 정이 뭔지' '미운 정 고운 정''정 때문에 살고 죽고' 하는 우리네 삶 속에 깊게 녹아 있는 친근하고 끈적끈적한 정.

청춘을 보내고 있는 나 역시 끈끈한 정이 있다. 나의 인연들에게 음식을 싸주고, 손 대접을 즐기며 마음을 쓰고 신경을 써서 이것저것 챙긴다. 정은 대인관계에서 가까움과 밀착의 정도를 나타내는 가장 대표적인 속성이다. 가족, 친구 등의 좋아하는 대상들과 내가 보이지 않는 끈으로 묶여 있다는 그 느낌이 참 좋다. 유대감을 느끼게 하는 정은 내게 매우 지속적이고 안정적인 정서를 제공한다(뭐, 가끔은 아닌 경우도 있기는 하지만, 대부분이 그렇다고 치자).

그러나 이 세상 거의 모든 것이 그렇듯, 그 따뜻한 '정'도 때로 부작용이 있다. 정이라는 이름 아래 모든 일을 정서적으로 처리하며 따라붙는 체면과 눈치, 학연, 지연, 집단주의 등의 인맥을 고려한 공정하지 못한 결정으로 치닫기도 한다. 알렉스는 정에 이끌려 선택하고 결정하는 것은 비합리적인 의사결정이라며 침을 튀기며 말한다.

며칠 전 한 친구네 집에 놀러가는 길이었다.

"알렉스! 이거 어때? 이 아가 옷 완전 귀엽지. 그 애기 사줄까? 지난번에도 못 샀어."

"그때 아이스크림 사갔잖아. 돈 없다고 하면서 하여간 선물은 잘해요."

"정이잖아. 친구가 2세를 가졌는데. 야! 이 정도도 못해 주냐?"

"헉! 이 가격 좀 봐. 에, 정이 너무 비싸다. 베이비 옷 맞아? 애들은 금방 커. 이런 비싼 옷 말고 음식이나 사가자."

백화점 옷 한 벌 사주며 생색 한번 내고 싶었던 이모는, 그날도 아기에게 작은 케이크 하나 내밀었다. '주머니 사정이 그렇더라도, 정을 봐서라도 우리가 이 정도는 해야 하지 않겠어?' 하는 내 생각을 알렉스는 빈번히 고쳐준다. 옳고 그름으로 따지면, 알렉스가 옳다.

하지만 좋고 나쁨으로 따지면, 알렉스가 나쁘다.

그렇다면 독일인은 어떨까? 아주 사실적이고 합리적이다. 이성적인 개인주의에 초점을 두고 논리적, 체계적인 문제 해결에 능하다. 어떤 한 가지 일을 결정할 때 여러 변수들을 충분히 고려하여 생각에 생각을 거듭한 끝에 최종 결정에 도달하여 실수가 거의 없다. 그래서 독일에서 만든 제품, 자동차, 기계, 주방용품 등이 전 세계적으로 우수한 평가를 받고 있는 것도 그 때문이다. 또한 한번 결정된 사항들은 크건 작건 분명하게 지켜낸다. 독일의 법과 질서의식은 두말하면 잔소리이다.

한국에서 8년째 밥을 먹고 살고 있는 알렉스에게도 독일인의 그 똑 부러지는 사고방식은 여전히 남아서 각을 세우고 있다. 굳이 안 살아봐도 대충은 알겠지만, 이러한 분명한 사실적 사고의 부작용은 의외로 많다.

알렉스는 때때로 무지막지하게 계산적이다. 친구까진 그렇다 치더라도, 한국에 오신 시부모님과의 저녁식사 때도 자주 더치페이를 했고, 같이 구경 간 박물관 입장료, 택시비도 각자 따로 냈다. 식구끼리 '너는 너, 나는 나' 식의 면도칼 같은 거래가 있다니. 난 처음에 소름마저 끼쳤다.

또 너무 꼼꼼하고 세밀해서 피곤하다 못해 파김치가 된다. '적당히'라는 말을 싫어하는 알렉스. 집 근처 과일가게에라도 가는 날이면 이런 말이 오간다.

"그래서 얼마나 사라고!"

"적당히 사. 우리 둘이 먹을 건데."

"적당히 몇 개?"

"두세 개 사와."

"두 개면 두 개고, 세 개면 세 개지. 두서너 개는 뭐야."

정말 칼 같은 놈이다. 그것도 잘 드는 세계적인 명성의 독일 칼을 닮았다. 나는 왜 독일이 칼을 잘 만드는지 알 것 같다. 알렉스는 요리할 때도 전자저울과 계량컵 등을 이용한다. 뭐 과학 실습 시간 수준이다. 나는 뭐 대충 눈짐작으로 넣는다. 팍팍 또는 약간 그리고 적당히.

"음식은 손맛으로 하는 거지. 그런 걸로 하는 게 아냐! 쯧쯧, 하수 같기는."

난 알렉스를 보며 고수처럼 말했다.

"그래서 계란 장조림도 할 때마다 맛이 다르지. 짰다가, 달았다가, 밍밍했다가. 난 매번 맛이 같아. 항상 맛있지!"

'아휴. 진짜 똑 부러지네. 말이나 못하면! 그래도 얻어먹으려면 아무소리 말아야지.'

또 서양은 개인주의의 생활화로 사생활 침해나 참견에 민감하다. 가까운 친구나 가족 사이에도 지켜야 할 예절은 반드시 지킨다. 이러쿵저러쿵 조언을 가장한 잔소리 안 듣고, 온갖 간섭받지 않아 좋겠다는 생각도 했지만, 문득 철저한 개인주의 벽에 갇혀 인간의 따스한 정을 느끼지 못하는 게 안쓰럽기도 하다. 아직 밝혀지지는 않았지만, 독일인들에게는 외로움을 느끼지 않게 하는 신체 장기가 하나 더 있는 게 분명하다(내 생각).

지금까지 말한 것은 내가 알렉스랑 살면서 느낀 문화에서 오는 차이이다. 한국 사람은 정서적으로, 독일 사람은 사실적으로 접근한다. 무엇이 더 낫고, 옳다고 말할 수 없다. 어떠한 문화도 우월하다고 볼 수 없다. 우리가 조심할 것은 부유한 나라라고 해서 문화, 사회 구조, 가치, 신념 등이 올바른 것이라고 인식되어선 안 된다는 것이다. 마치 느껴야 할 예술과 풀어야 할 수학문제가 있는 것처럼, 우리 세상에는 가슴이 하는 일, 머리가 하는 일이 다 있기 때문이다.

지금 동서양은 서로에게 어떠한 영향을 주고 있는가? 내가 어렸을 때만 하더라도 엄마를 포함한 한국의 엄마들은 '친구들과 사이좋게 놀아라'라는 말씀을 많이 하셨다. 원만한 대인관계를 강조하셨다. 하지만 요즘 내 또래 엄마들을 보면 원만한 대인관계보다는 진취적이고, 독립적이고, 개성 있는 아이를 원하는 경향이 짙다. 자녀교육에서도 많이 서구화되었다는 것을 알 수 있다.

물론 서양도 점점 더 동양적인 것에 매력을 느끼고 있다. 독일의 어느 한 부잣집을 방문한 적이 있다. 그 집 정원에 큰 불상과 불탑이 있어 놀랐다. '절인가?' 하고 어리둥절한 나에게 주인 집주인은 자기는 불교신자는 아니지만 동양적인 미가 느껴져서 어렵게 구했노라고 설명해주었다. 비싼 가격에도 동양적인 용품은 서양인들에게 중산층의 위시리스트가 되었다. 시아버지는 병풍, 범종, 수묵화 등으로 거실을 꾸미시더니 이제는 마당에 직접 자기 손으로 작은 정자亭子까

지 지으셨다. 한국에서 정자에 한번 누워보고는 반하셔서 다양한 각
도의 사진을 찍어가 나름 공부를 하셨던 것이다.

전 세계적으로 중국요리, 스시, 요가와 기체조, 또 우리의 태권도
등은 동양의 신비한 그 매력을 느끼고 싶어 하는 푸른 눈의 서양인
들에게 큰 각광을 받고 있다. 이렇게 동양은 서양을, 서양은 동양을
보며 배우고 있다.

다문화인 가정 분위기를 어떻게 꾸려야 할까. 한국과 독일의 고유
의 색을 버리면서까지 무조건적인 혼합을 원하는 것이 아니다. 맛도,
정체도 없는 퓨전은 싫다. 동서양의 문화를 지혜롭게 통섭하는 것은
무얼까. 우리는 열린 마음으로 수용적 자세를 가지려 노력한다. 각자
의 스타일대로, 네가 여태껏 살아온 생활양식이 다르다는 것, 그 자
체를 인정하는 마음이 바탕이다. '아, 너는 그래? 나는 이런데.' 때로
는 '아. 너도 그래? 나도 그랬어' 하며 다른 건 다르기 때문에 매력적
으로, 또 비슷한 건 비슷해서 친근함으로 그렇게 한 지붕 아래 사랑
을 피운다.

'홀더'라는 신조어처럼, 알렉스와 나는 홀로 그리고 더불어 조화롭
게 살아갈 것이다. 그저 우리집 냉장고에 사이좋게 놓인 된장과 버
터처럼 말이다.

또 이런 일도 있었다.

한 달 동안 한국과 독일에서의 두 번의 결혼식을 모두 마치고, 독

일 시부모님 댁에서 잠시 머무르고 있을 때였다. 그날 시부모님들은 일터로 나가셨고, 알렉스는 우체국에 잠깐 다녀오겠다고 외출하여 아무도 없는 빈 집에서 나는 모처럼만의 여유를 느끼고 있었다. 그때였다. 딩동. 초인종이 울렸다.

내게 친절하게 대해 주시던 이웃집 아저씨(결혼식 부케를 예쁘게 만들어 주셨던 그 아저씨)였다. 작은 유리병 두 개를 내게 내미셨다.

"어머, 이게 뭐에요?"라며 나는 서툰 독일어로 물었다.

무화과 잼을 좀 만들었는데, 맛 좀 보라며, 지난번에 내가 만들어 준 김밥을 맛있게 잘 먹었다고 말씀하셨다(나는 독일에 가면 시부모님 사시는 동네의 이웃들과 친해지고 싶어서 김밥잔치를 벌인다. 독일에서는 조금 비싸서, 김밥 김과 단무지는 한국에서 가져간다.)

와우. 핸드메이드 무화과 잼이라니! 당케, 당케독일어 땡큐 인사하고, 내가 또 다음에 김밥을 만들어드리겠다고 말했다. 아저씨는 입을 가리며 수줍게 웃으시곤 자기 집으로 돌아가셨다.

'참 귀여운 아저씨인 것 같아. 그나저나 내 김밥이 이토록 인기가 좋으니, 나 이 기회에 독일에서 김밥 장사나 할까? 풋.'

내가 만든 음식이 맛있으셨다니 기분이 좋았다.

'그나저나 좀 출출한데?'

나는 부엌으로 가서 빵 한 쪽을 꺼내어 그 무화과 잼을 발라먹었다.

'와, 이거 진짜 맛있는데?'

처음 먹어본 무화과 잼. 그리 달지도 않으면서 근사한 맛으로 입 안을 채웠다. 잼을 만들어 선물해주신 이웃 아저씨가 고마웠다. 그러고 보니 그 아저씨의 행동들은 참 귀여웠다.

우체국에서 돌아온 알렉스. 나는 무화과 잼을 바른 빵 한쪽을 건네며 말했다.

"두 집 건너 사는 그 아저씨 있지? 그 아저씨가 주셨어. 너무 맛있어. 어서 먹어봐. 알렉스."

역시 뭐든 잘 먹는 먹보 알렉스. 맛있게 먹는다.

"근데 알렉스. 저 아저씨는 와이프 없어? 왜 집에 남자 형제 둘만 살아?"

"응, 그 사람들 게이 커플이야."

"뭐? 게이?"

나는 갑자기 먹던 빵을 토할 뻔했다. 게이가 만든 무화과 잼이라니! 오마이 갓!

'어쩐지 이상했어.'

그제야 나는 모든 것이 이해가 되기 시작했다. 형제처럼 보이던 늙은 남자 둘은 별스럽게 다정했다. 내게 웨딩 부케를 만들어주고, 무화과 잼을 만들어주고, 손으로 입을 가리며 수줍게 웃던 아저씨가 말로만 듣던 동성애자였던 것이었다.

"게이였단 말이야? 게이 커플이 이웃이라니!"

내 인생 처음으로 만난 게이에, 또 게이가 만든 무화과 잼에 놀랐다. 더군다나 아무렇지도 않게 말하는 알렉스 태도에 더욱 놀랐다.

"게이가 뭐 어때서? 저 분들 참 좋은 이웃이야."

나는 할 말을 잃었다. 딱히 할 말도 없었다. 알렉스는 개의치 않고,

빵을 잘만 먹었다. 나는 밥맛, 아니 잼맛이 뚝 떨어져 버렸다. 게이가 만든 무화과잼의 충격은 그날 나를 사로잡았다.

그리고 다음날 아침 나는 그 무화과 잼 병을 열어 아침을 먹었다. 사실 맛만 좋았다. 난 내가 가진 고정관념이 부끄러웠다. 내가 가진 못된 편견으로 그들을 판단했다. 그 게이 아저씨에게 죄송했다. 사실 그들은 아시아에서 온 나를 선한 미소와 함께 아주 친절하게 잘 맞아주셨다. 시부모님과 함께 찾아가 김밥을 건넬 때마다, 흔쾌히 집 안까지 들어오라고 하시며 차와 쿠키를 대접해주셨다. 독일 집이 마냥 신기해서 두리번거리는 내게 친절히 집 구경도 시켜주셨다. 게이 아저씨네 집 정원은 이 동네 어느 집보다 아름다웠고, 풍성했다. "꽃들이 너무나 예뻐요, 이름이 뭐에요?" 하고 묻는 내게 게이 아저씨는 차근차근 설명해주시며, 알렉스와 결혼을 하면 멋진 웨딩부케를 만들어주겠다고 착한 미소로 약속까지 하셨다.

독일에서도 게이나 레즈비언의 동성끼리의 결혼은 기독교 국가라는 종교 등의 이유로 합법화하고 있지는 않지만, 동성애와 동거 생활은 인정하는 분위기이다. 한국에서는 어떨까? 공공연하게 누군가가 게이라고 하고, 그 게이가 가까운 이웃이면 우리 부모님들은 게이 이웃을 자기 자식 결혼식에 초대할까? 그들을 피하거나, 혹은 모욕을 주거나 하지는 않을까? 물론 한국 사람이라고 독일 사람이라고 다 같다는 것은 결코 아니다. 시부모님의 이웃 이야기로 그저 내가 겪은, 지극히 개인적인 문화 충격이다. 나의 깨달음이 소중하다. 그 게이 아저씨는 그저 성적 취향이 다른 한 사람인 것뿐이다. 그 점을 자연스럽게 수용하고, 그들의 권리를 해치지 않는 이 알렉스 동네 이웃사람들이 마음에 들었다.

나는 내가 만든 작은 구멍으로 색안경을 쓴 채 이 세상을 보던 내 자신을 알렉스와 그 주위의 사람들을 통해서 발견했다. 이제는 의식적으로 노력한다. 하나님이 태초에 주신 나의 맨눈으로 이 세상을 보도록 말이다.

우리가 타인이라 부르는 그 사람들, 참으로 다양하기 짝이 없는 인간의 여러 모습들을 본다. 그 속에는 알렉스와 나도 있다. 우리의 다름은 두려움과 의심의 대상이 아니다. 한없는 풍요로움의 세상이다. 나의 작은 눈을 열어 조금 더 수용하고 조금 더 품으면, 우리의 삶과 사랑은 더 깊어지고 더욱 더 건강하고 아름다워질 것이다.

낮에는 힐러리,
밤에는 마돈나

많은 남성들이 원하는 '이상형'을 여섯 글자로 말하면?

'낮 청순, 밤 섹시.'

내가 낮에는 현명하고 품격 있는 힐러리, 밤에는 둘만의 침대 위에서 심장이 뜨거운 섹시한 마돈나였으면 하는 생각이 스쳤다. 한국식으로 표현하자면 낮에는 신사임당, 밤에는 황진이 정도랄까? 이두 가지를 겸비한 여자라면 정말 반전 있는 여자이다. 물론 낮과 밤이 바뀌면 좀 곤란하겠지만.

많이 부끄럽지만, 이번 장에서는 우리 부부의 밤 이야기를 조금해볼까한다. 그 민감한 구역의 이야기 보따리를 얼마만큼, 어떻게 풀어야 할까 살짝 고민이 된다. 갑자기 한 건강식품업체 광고카피 구

절이 생각난다. '남자한테 참 좋은데, 정말 좋은데, 어떻게 표현할 방법이 없네'

서른 살이 되는 날, 나는 마치 12월 26일의 크리스마스 트리 신세가 된 것 같았다. 서른이란 묵직한 느낌의 숫자와 함께 다가온 생일이 그리 즐겁지만은 않았다. 이날, 알렉스는 평생 잊을 수 없는 한 선물을 내밀었다. 이제 와서 생각해 보면, 서른의 내 나이와 딱 어울릴 법한 안성맞춤인 선물이라고 할 수 있다. 내 손바닥 크기보다 조금 더 큰 기다란 모양의 상자였다.

"어머! 이게 뭐야? 화장품이야?"

"아니, 일단 열어봐."

웬일인지 알렉스는 선물을 건네며 수줍은 듯 두 볼을 붉혔다. 약간의 무게감이 느껴지는 걸로 봐서, 다행히 건담 따위는 아니었다. 연애 초기에는 내 선물로 핑크색 여자로봇을 사오던 알렉스였다.

무얼까? 하는 물음표를 띄우며 예쁜 포장지를 조심스레 뜯어보았다. 독일어로 쓰인 박스에는 볼링 핀 비슷하게 생긴 보라색의 기다란 둥근 모양의 뭔가가 들어있었다. 이게 뭐야? 장난감인가?

"오마이갓!"

나는 입에 있던 케이크를 뿜었다. 그것은 여성용 자위기구, 바이브레이터였다.

"헉! 이게 뭐야! 알렉스! 이거 왜 샀어! 언제 샀어. 야! 저먼! 너 날 뭘로 보는 거야!"

나는 너무 놀라 무릎까지 내려갔던 심장을 누르며 알렉스를 쩨려

봤다. 그는 무슨 큰 잘못을 저지르다 엄마에게 들킨 아이처럼 잔뜩 위축되었다. 알렉스는 지난 번에도 입지도 못할 야한 치마를 사 주고 나한테 한 바가지 욕을 먹는 일이 있었다.

물론 나도 알렉스와 사랑 나누는 일이 즐겁다. 결혼을 막 한 후, 신혼부부 누구나 그렇듯 우리도 피가 끓었다. 시도 때도 없이 "어때?" "Again?" 하며 옆구리를 건드리고, 밥을 먹다가도 둘이 눈이 맞으면 숟가락을 내던지고 뜨거운 사랑을 나누었다. 하지만 기다란, 이런 변태적 선물까지는 도가 지나쳤다. 난 이것을 선물한 알렉스의 의도가 궁금했다. '이거 내가 독일 변태랑 결혼한 거 아니야?' 수상한 느낌마저 들었다. 나는 바로 취조실 모드를 조성했다.

"언제, 어디서, 어떻게, 왜 샀는지 제대로 불지 않으면 가만 안 둘 거야!"

노련한 형사처럼 눈을 게슴츠레 뜨며 말했다. 그 독일 변태는 순순히 자백했다.

"지난번 독일 갔을 때 샀어. 기억나지? 장모님이랑 베아테 우제 갔을 때 말이야."

엄마가 첫 번째 독일 왔을 때 일이었다. 알렉스와 나는 신실한 기독교 신자인 엄마를 골려주려는 심보로 엄마를 모시고 베를린에 있는 '베아테 우제 섹스박물관'에 갔다. 잠깐 베아테 우제Beate Uhse에 대해 소개하겠다.

베아테 우제는 세계적인 섹스사회운동가이면서 사업가였던 한 여자의 이름인데, '섹스'라는 코드 하나로 세상을 거머쥔 기업, 유럽 최대의 성인용품 업체가 되었다. 베아테 우제, 그녀는 처음 파일럿을 꿈꾸었던 소녀였으나 전쟁 등의 이유로 스스로 창녀로의 매춘을 하게 되었다. 하지만 그 경험을 통해 '오르가슴의 여신' '불꽃' '섹스 왕국의 여걸' '국민의 창녀' '포르노 장군' '섹스 전문가' 등 다양한 이름으로 불리게 되면서 그녀는 여성의 권리에 대한 각성과 해방을 부르짖었고, 나아가 성을 무가치한 터부에서 당당하게 가치 있는 것으로 끌어올린 공로로 인정을 받고 있다. 베를린에는 그 베아테 우제 이름을 딴 섹스 박물관이 있다.

아무튼 독일을 방문한 엄마에게 하나의 재미있는 추억을 선물하기 위해 우리는 그 섹스 박물관 구경을 갔다. 이때만 해도 우리나라에 섹스 박물관이나, 성인용품 가게는 눈에 잘 띄지 않았던 것으로 기억한다. 하지만 그 섹스 박물관에서 당황한 것은, 오히려 알렉스와 나였다. 뇌가 녹아버릴 것 같은 야하고 낯 뜨거운 것들을 엄마 앞에 두고 서있자니, 나와 알렉스가 얼굴이 빨개졌다. 알렉스는 장모님 앞에서 연신 헛기침을 해댔다. 우리는 괜히 머리를 긁적이고, 너무 자극적인 것은 일부로 못 본척하며 발끝만 내려다봤다. 하지만 이런 우리와는 달리 엄마는 아무런 거리낌 없이 신기해하며 깔깔대며 웃었다.

"영아야, 알렉스야! 이거 봐라. 호호. 이건 좀 아프겠다야."

너무 심한 것은 슬쩍 못 본 척하고 지나가는 우리를 잡아끌고 와서는 굳이 다시 보게 하는 엄마였다. 신실한 새벽기도 권사님은 섹스 박물관에서 신이 나셨다. '섹스'란 단어에 '장모님'이 낀 그 어색한 분위기. 엄마 앞에서 손잡기도 부끄러워진 우리는 멀찌감치 떨어져 걸었다. 그래도 비싼 입장료가 아까워 3층까지 다 보고 나왔다. 그때 알렉스는 화장실 가는 척하며 잽싸게 이 바이브레이터를 샀다는 것이다. 왜 샀냐는 물음에 그는 당당히 말했다.

"Because I want to make you happy, I want to enjoy with you!"

이 뻔뻔한 독일 변태의 순수한 의도를 듣게 된 나는 더 이상 아무 말도 할 수 없었다. 그 당시에는 나는 그 바이브레이터를 만지기조차도 부끄러웠다. 마약이라도 소지한 듯 이상하게 죄책감이 들어 교회에 가서 십자가 앞에서 고개도 잘 못 들었다. 물론 지금은 바뀌었다. 이 토이를 내가 먼저 찾는다. 밤의 마돈나가 된 내가 먼저 꺼내는 섹스토이는 아주 유용(?)하게 쓰이고 있다.

히스테리아Hysteria라는 영화가 있다. 여자를 행복하게 만드는 미세한 떨림이란 수식이 붙은 이 영화는 19세기 말, 여성용 자위기구 바이브레이터를 발명한 모티머 그랜빌 의사의 실화를 다루었다. 상당히 위험한 수위의 내용이나 옷의 단추 하나 풀지 않는다. 약간은 민망하고 낯 뜨거운 내용에 귀여운 로맨스가 섞여 있어서 유쾌하다.

물론 여성 존재에 대한 연구가 바이브레이터라는 자위기구를 만들어 냈다는 것에는 좀 황당하기도 하고, 바이브레이터가 여성 히스테리에 대한 모든 대안이나 필수품은 아닐 테이지만, 적지 않은 숫자의 여성들에게 희열, 만족감을 주며 치료효과를 나타내는 것은 사실이다.

최근 듀렉스 콘돔 회사의 연구조사에 따르면, 미국 50% 정도의 여성들이 바이브레이터를 사용하고 있으며, 핸드백이나 바지 주머니에도 넣고 다닐 만한 립스틱 크기의 바이브레이터가 대중적 인기를 더하고 있다고 한다.

한국은 아직 성에 대해 쉬쉬하는 분위기가 강하다. 조신한 여자라면 적당히 몰라야 하고, 또 알아도 모르는 척해야 더 나은 여자로 보일 것 같은 환경이다. 특히나 아직 미혼이라면 더욱 그렇다. 대놓고 밝히기에는 민망할 뿐 아니라 헤픈 여자로 치부된다. 성인용품에 대한 인식도 그다지 좋지 않다. 하기야 나조차도 그랬으니까. 나를 더 행복하게 해주고 싶어한 알렉스를 변태로 몰아세우기까지 했으니까 말이다.

그러나 성은 무조건 숨겨야 하는 것이 아니다. 올바르고 건강한 성문화를 위해서는 더 자연스럽고, 당당한 모습으로 햇볕으로 나와야 하지 않을까? 부부와 연인 사이에 섹스는 대화이다. 두 영혼이 만나는 하나의 문이 되고, 통로가 된다.

보수신문 〈조선일보〉에 자극적인 헤드라인 하나가 보인다.
'오늘밤, 부부 사이에 바이브레이터를 허하라!'

그렇다. 익숙해서 시들어진 부부사이의 관계에 가벼운 섹스토이 사용은 성생활의 흥미를 유발할 수 있고, 여성 오르가즘에 도움을 줄 수도 있다. 이제 아줌마가 된 나는 친한 친구들에게 슬쩍 권하기까지 한다. "여자한테 참 좋은데, 정말 좋은데, 어떻게 표현할 방법이 없네" 하면서 말이다.

서른 살이 된 날, 나는 섹스토이를 선물 받았다. 그 선물은 나를 진정 여자로 만들어준다. 섹스는 우리 부부 관계 전체에서 일부분일 뿐이지만, 아주 멋진 행위임에 틀림없다. 결혼하고 나면 섹스가 '사랑'이라고 말하기도 한다. 살다 보면 어쩔 수 없이 생기는 작은 마찰과 악감정들이 뜨거운 한 이불속에서는 눈 녹듯이 사라지는 것이기 때문이다.

이제 결혼 5년차. 성관계에 있어 양보다는 질이 중요해지는 시기이다. 만족스러운 성생활은 서로를 사랑하는 부부라면 당연히 추구해야 할 목표임이 분명하다. 우리는 다양한 방식으로 서로를 깊이 사랑하려고 노력한다. 잠자리에서도 함께 많이 웃고, 서로를 위해 매력적으로 보이려고 애쓴다.

나는 가끔 알렉스를 위해 란제리 쇼도 해주고, 분위기 조명을 켜고 알몸으로 앉아서 기타를 치며 노래도 불러준다. 그럼 알렉스는 내가 좋아하는 넥타이 하나만 메고 춤추기도 한다.

부부 사이에서 섹스는 무엇일까? 섹스는 육체적인 대화이자 놀이이기도 하며 또 서로를 위한 행복한 선물이기도 하다. 그래서 건강한 성생활은 진정 축복이라고 생각한다.

매운맛 아는
독일 남자,
맥주맛 아는
한국 여자

한국 음식은 유독 고춧가루가 들어간 음식이 많다. 특히 내가 자라온 경상도 지역은 음식이 맵고 짜기로 유명하지 않은가. 주위 친구들은 하나같이 맵고, 짠 자극적인 음식을 좋아했다. 하지만 나는 자극적인 음식보다 싱거운 음식을 좋아한다. 친구들은 이런 나를 도무지 이해할 수 없다는 표정이다.

나는 어렸을 때 김치를 잘 먹지 않아서 밥상머리에서 혼도 많이 났다. 엄마를 비롯한 어른들은 "한국 사람은 김치는 먹어야 한다" 하시며 나의 편식하는 입맛을 바꾸기 위해 애쓰셨다.

나는 그중 막내고모가 가장 무서웠다. 고모는 어린이집을 운영하고 있었는데, 자신이 아이들 교육에 관해 자칭 전문가이므로 본인이 직접 "영아 입맛을 고치겠다"고 선언했다. 나는 방학 때 나는 고모 댁에 보내졌고 우울한 여름 방학을 보내야만 했다.

식사 때마다 지옥이었다. 내가 좋아하는 반찬은 하나도 없이 김치와 김치찌개, 김치 부침개, 파김치 등 이런 시뻘건 반찬만 올라와 있었다. 차라리 굶거나 찬물에 밥을 말아 먹고 싶었다. 이런 내 마음을 읽었는지 고모는 단호하게 말했다.

"영아 너 매운 것 계속 안 먹으면 너희 집에 못 가. 여기 살아야 해! 그리고 너 밥 안 먹으면 목욕탕 가서 뜨거운 탕에 둥둥 떠오른 때 먹일 거야! 너 알아서 해."
"으아아앙!"

나는 울음을 터트렸다. 어린 나이였지만, 그때의 공포는 아직도 선명하게 떠오른다. 친할머니는 영아 너희 엄마가 자식을 느슨하게 오냐오냐 하며 키워서 이렇게 편식하게 된 거라고 며느리 흉을 보셨다. 나는 어린 나이에도 엄마 흉을 보는 할머니가 싫었다. 울먹거리면서 억지로 밥상에 앉아서 고모와 할머니의 눈치를 보며 밥을 먹었다. 지금 생각해보면 고모의 협박과 할머니의 비난은 나의 식습관에 오히려 역효과를 낳았다는 생각이 든다.

그러나 외갓집은 달랐다. 외갓집에 가도 약간의 잔소리는 듣긴 했지만, 그래도 외할머니와 이모들은 내가 좋아하는 생선구이도 계란, 소시지도 같이 차려주셨다. 외할머니는 김치를 물에 씻어 내 밥 위에 얹어주면서 자주 이렇게 말씀하셨다.

"영아는 김치도 잘 안 먹고 어쩌나, 미국으로 시집보내야겠네."

"외할머니, 나는 빵만 먹고 살았으면 좋겠어요."

"에구머니나, 한국 사람이 밥을 먹어야 힘을 쓰지. 빵 먹으면 기운 없어서 공부도 못한다."

어른들은 내 편식에 큰 걱정을 하셨지만, 어른이 된 지금에 와서 보면 매운 것 못 먹는다고 해서 사회생활을 못하거나 지장을 받는 일은 없다. 사실 개운하고 짜릿한 그 매운맛을 즐기지 못한다고 인생에 뭐 그리 지장이 있겠는가. 인생에 화끈한 매운맛보다 짜릿하게 화끈한 건 얼마든지 있게 마련이다. 게다가 자극적인 음식을 먹지 않는 탓에 위장병 날 일도 없지 않은가.

학창 시절, 열심히 친구들과 학교 앞 분식집을 다녔다. 친구들이 떡볶이를 먹을 때 나는 튀김이나 순대를 시켜서 나눠 먹었다. 먹을 게 더 풍성해져서 애들은 더 좋아했다. '야자'를 앞두고 야참 컵라면을 먹을 때, 나는 안 매운 사리곰탕, 튀김우동을 집거나 빵을 먹으면 되었다. 친구들은 그런 나를 '덩치 큰 애기'라며 놀리기도 했다. 하지만 나는 공부도 운동도 곧잘 했고, 반장, 부반장도 여러 번 했다. 편식은 좀 했으나 친구들과 별 문제없이 어울려 자랐다. 그런데 문제는 매운맛을 좋아하는 알렉스를 만나고부터였다.

알렉스와 내가 처음 만나 연애하던 2006년이었다. 그때 대한민국은 '불닭'의 매운 열풍에 빠져있었다. 당연 나하고는 상관없는 일이었다. 학교 앞 그 홍초불닭 집을 지날 때면, 그 간판 이름을 보는 것만으로도 뒷목이 저리저리하고 물이 당겼다. '홍초불닭.' 그 단어가 주는 붉은 고추의 느낌과 입에 불나게 매울 것 같은 강렬한 이미지 때문이다.

그런데 그때 만난 알렉스는 알고 보니 그 불닭집 단골이었다. 사장님과 친근한 인사도 나누는 그런 사이였다. 오마이갓! 이것이 무슨 신의 장난이란 말인가! 보통 서양인들은 김치도 못 먹고, 매운 것 한입 먹으면 호들갑을 떨며 큰소리로 물을 찾는데, 치즈나 빵조각만 끼고 있어야 할 이 저면은 어찌된 일인지, 입에 불을 뿜으며, 얼굴에 식은땀을 흘리면서, 맛있게 맵다며 감탄을 하며 잘도 먹었다. 알렉스는 진정 그 강렬한 맛을 즐기고 있었던 것이다. 그런 알렉스를 신기하게 쳐다보며 나는 단무지만 먹었다. 알렉스는 그런 나를 보며 안타까운 눈으로 잘 익은 불닭 하나를 집어 권했다.

"괜찮아, 알렉스. 너 많이 먹어. 나는 배도 너무 부르고….."
"영아, 먹어봐. 이거 진짜 맛있어."
"나 진짜 매운 거 잘 못 먹어."
"아무리 매운 걸 안 좋아해도 그렇지. 그래도 한국 여자잖아."

망설이는 내게 알렉스는 슈렉에 나오는 장화신은 고양이처럼 그 큰 눈을 깜빡이며 젓가락을 더 가까이 들이밀었다. 알렉스가 친절하게 권해 주는 것은 고모의 밥상보다 더 무서웠다. 내가 어떻게 그의 애교에 'No'라고 거절 하겠는가. 나는 이걸 받아먹으면 곧 죽을 거라는 것을 알았지만, 눈을 딱 감고 한입 크게 먹었다.

그리고 나는 장렬하게 전사(?)했다. 타는 듯한 입안의 고통과 함께 바로 맺힌 눈물, 흐르는 콧물. 감당하기 어려운 얼얼함과 마비증상에 조금 뒤에 이어 따라오는 두통까지. 찬물을 얼마나 벌컥대며 마셨는지 미친 듯이 기침을 하다가 구토까지 할 뻔했다(이 외국인이 사람을 죽일 뻔했다). '나는 정말 매운 걸 못 먹는구나.' 나 스스로도 한 번 더 절실히 실감했다.

그러나 웬일인지 나는 홍초불닭이 좋았다. 공기도 매운 그 집에서 연신 목이 따가워 잔기침을 했지만, 단무지나 뻥튀기로만 배를 채우더라도 알렉스가 땀 흘리며 맛있게 먹는 모습이 너무 보기 좋았기 때문이다. 이것이 진정 사랑의 힘인가 보다.

한번은 알렉스와 터미널 식당에 들어갔다. 많은 메뉴 중, 무얼 먹을까 고민을 하다가 우리는 돈가스와 비빔밥을 골랐다. 음식을 내온 식당 아줌마는 말할 것도 없이 알렉스에게 돈가스를 주고 내 앞에 비빔밥을 놓아 주셨다.

"비빔밥이 내 거예요."

알렉스의 말에 아줌마는 놀라는 눈치였다. '뭐야, 이 외국인은!'이라고 얼굴에 써 있었다. 그리고 잠시 뒤에 그 아줌마는 알렉스 말에 한 번 더 제대로 놀랐다.

"아줌마! 여기 고추장 좀 더 주세요!"

알렉스. 그는 매운맛을 제대로 아는 '뜨거운 남자'이다.

김치도 잘 못 먹는 한국 여자가 있는가 하면 맥주도 못 마시는 저먼이 있다. 독일 하면 떠오르는 것은 단연, 맥주이다. 독일 맥주가 유명하다는 것은 두 말하면 잔소리이다. 맥주 소비량 세계 1위에다 맥주 종류만도 4천 가지가 넘는다. 독일 국민이 1년에 1인당 500㎖ 약 300병 정도를 소비하고, 전 세계 맥주공장의 3분의 1이 독일에 있다는 통계가 있다. 그야말로 맥주왕국이다. 옥토버 페스티벌은 한국에도 잘 알려진 전 세계인의 맥주 축제이다. 독일에서 맥주는 마시는 빵으로 불릴 만큼 술이기보다 음료에 가깝다. 식당에서 물보다도 값이 싸다.

그런데도 맥주의 나라에서 태어난 알렉스는 그 흔한 맥주를 마시지 않는다. 사실 알렉스는 술도, 커피도 전혀 하지 않는다. 그 이유는 종교나 건강의 이유라기보다는 맛이 없어서이다. 맥주든 커피든 그 쓴 물은 정말 맛도 없는데, 사람들은 이상하게 좋아하고 중독까지 되니 별일이라고 말한다.

눈치 빠른 독자들은 이쯤에서 눈을 챘겠지만, 나는 맥주 팬이다. 나는 매운맛을 모르는 나 자신보다 그 맥주 맛을 모르는 알렉스가 더 안타깝다. 갈증 나는 더운 여름에, 혹은 샤워를 한 다음에 쫙 빨려 들어가는 그 시원한 맥주 맛을 모르다니…. 더군다나 저먼이면서, 독일 맥주의 맛을 모르다니… 그 순수하고 깊고 풍부함, 또 혀끝에서 느껴지는 부드러운 촉감을 말이다(아, 갑자기 맥주가 당긴다).

사랑의 힘은 국경을 넘어 입맛까지 넘나든다. 김치조차 잘 먹지 못하는 한국녀는 맥주도 안 마시는 독일남을 만나 서로 사랑했고, 결혼했다. 그리고 그를 위해 맛있게 매운 맛집을 찾아다닌다. 그도 그녀를 위해 파울라너 헤페^{독일 맥주 브랜드}를 쇼핑카트에 담는다. 서로의 입맛을 채워주고 동서양의 균형을 맞추면서 말이다. 비록 가난한 학생 부부지만, 김치처럼 건강하고, 맥주처럼 시원하게 잘 살고 있다. 우리는 느낌표(!)가 완전 딱 어울리는 천생연분이다.

너희 나라로
돌아가!

친구들은 종종 내게 이런 말을 한다.

"영아는 좋겠다. 날마다 밥상 위에 유러피언 요리를 즐기고, 영어도 저절로 늘고…."

"너 잘 싸우지도 않지? 알렉스가 저렇게 자상한데 싸울 일이 뭐있겠냐?"

"영어로 싸우려면 일단 생각을 한번 해야 되니까 말도 함부로 안할 거 아니야!"

틈만 나면 시어머니를 흉보는 한 친구는 "야! 나는 영아 쟤 명절에 시댁 안 가는 게 제일 부럽다. 영아는 시댁 가는 게 독일로 해외여행 가는 거 아냐. 완전 부럽다!"라고 말한다. 그러면 나는 속으로 '살아 봐라, 이것들아! 과연 좋기만 한지!' 하고 응수한다.

아무리 잉꼬부부라고 하더라도 한두 번은 크게 다투고 싸우기 마련이다. 81년생 닭띠 동갑내기이자 국제공인 닭살커플인 우리도 가끔씩 싸움닭으로 변신한다. 영어, 한국말, 독일말 가리지 않고 모질고, 유치한 말들로 발톱을 세워 서로를 할퀴며 공격한다. 어느 집이나 사는 건 똑같은 모양이다.

하루는 알렉스는 동네 재활용 쓰레기 수거하는 것이 비효율적이라며 갖은 불평을 해댔다. 율리히 백이 말했다. 결혼은 삶의 오물통을 마주하는 일이라고. 천재 심리학자의 완전 적절한 비유였다. 알렉스의 난데없는 쓰레기 타령에 나도 모르게 소리를 꽥 질렀다. 지금 생각해보면 그동안 쌓여 있던 분노가 한꺼번에 분출된 것 같다.

"왜 자꾸 그래? 여기는 한국이지, 독일이 아니야. 로마에서는 로마 법을 따르라잖아. 그렇게 네 방식이랑 맞지 않으면 너희 나라로 돌아가 버려! 꺼져 버려!"

너희 나라로 돌아가라, 꺼지라는 말까지 들은 알렉스 얼굴을 보니 아차 싶었다. 어, 맞아, 나도 그렇게 생각해하면서 대충 끄덕거리며 불평을 들어주면 그만이었다. 일단 지나고 보면 별것도 아닌 일이었다. 하지만 나도 그만 짜증이 나서 전혀 마음에도 없던 말까지 내뱉고 말았다. 그 말을 하고 바로 후회가 되었다. 만약 내가 독일에서 알렉스로부터 꺼지라는 말을 듣게 되었다면 어땠을까, 하는 생각이 들었다. 아마 며칠 동안은 충격 속에 서러워서 눈물 콧물 질질 섞어 흘리며 지내지 않았을까. 아니다, 아마도 당장에 한국으로 간다고 짐부터 쌀 것이다. 알렉스보다 더 했으면 더 했지만 결코 약하지 않았을 것이다.

나에게 그런 말을 들은 알렉스는 아무 말이 없었다. 나는 곧장 알렉스에게 사과를 해야 했지만 그깟 알량한 자존심 때문에 더 고개를 쳐들고 뻔뻔하게 굴었다. 사실, 독일의 쓰레기 문화는 정부 정책부터 시민들의 질서의식까지 정말 배울 점이 많다. 독일인들은 재활용의 귀신들이다. 부자나 가난한 자나 모두 재활용을 한다. 슈퍼마켓마다 유리병과 플라스틱을 되팔 수 있는 분리수거 기계가 있고 그곳에 유리병을 넣으면 담보금Pfand를 챙길 수 있다(유리병 한 병당 대략 300원꼴. 맥주 한 상자씩 되팔면 꽤 짭짤하다). 물건을 버리는 경우가 거의 없다. 자신에게 필요 없는 물건은 주말마다 열리는 벼룩시장에 내다 판다. 그건 절대로 부끄러운 일이 아니다. 벼룩시장은 궁색하고 주머니 가벼운 자만 이용하는 것이 아니다. 아이들에게 근검절약 정신과 경제관념을 심어주기 위해서 안 쓰는 학용품을 그곳에서 사고 팔 수 있도록 가르친다. 검소하면서도 합리적인 재활용은 그들의 습관이며 곧 국민성이다.

아무리 그래도 나는 독일인도 아니고, 여기는 신림동 달동네 골목이다. 환경 선진국의 독일 동네와 어떻게 비교를 할 수 있단 말인가. 안 그래도 피곤한 몸을 이끌고 퇴근한 내게 불평한다고 해서 되는 일인가 말이다.

알렉스에게 미안하다고 말하자니, 괜히 한국이 독일에 졌다(?)는 생각이 들었다. 그리고 생각해볼수록 혈액형 A형의 이 독일 남자는 꼼꼼함을 넘어서 쩨쩨하게 느껴졌다. 알렉스는 가끔씩 너무나 지나칠 정도로 정확하게 논리적으로 조근 조근 따지고 들면서 사람을 피곤하게 만들었다. 그러면서도 웬만해서는 흥분할 줄 모르는 침착한 그의 비인간적인 습관이 더 얄미웠다. 나도 조근 조근 품격 있는 언어로 응수하고 싶었지만, 나의 빈티 나는 외국어 실력은 오히려 나를 더 화나게만 할 뿐이었다. 게다가 다문화적인 우리 집의 분위기도 갑자기 싫어졌다.

우리의 국제 혼인신고 경우만 해도 그렇다. 한국은 구청에서 주는 종이 한 장의 기입으로 간단하게 끝났는데, 독일은 교회에서 결혼했다는 증명서류와 함께 내가 한국에서 미혼이라는 것도 증명해야 했다. 물론 독일어로 증명해야 한다. 융통성 없이 복잡하고 까다로운 절차와 만만치 않은 가격의 각종 증명서의 번역료와 수수료, 또 친절함과는 거리가 먼 딱딱한 독일 공무원들의 표정과 태도에 나는 기겁을 했다. '내가 다시 태어나면 독일인과 결혼하나 봐라!'라는 말이 목구멍까지 올라왔다.

나는 제일 큰 가방을 꺼내 옷을 담기 시작했다. 물끄러미 나를 보던 알렉스가 물었다.

"영아, 뭐하는 거야?"

"나 여기서 너랑 못 살겠어. 너무 피곤해. 너의 불평을 다 들어줄 자신이 없어."

나는 훌쩍거리면서 말했다. 대충 옷 몇 벌을 챙겼다. 어느 영화나 드라마에서 본 듯한 장면인 듯 했다. 짐을 싸면서 열심히 머리를 굴렸다. '아, 이 밤에 어디로 가지? 부산으로? 안 돼. 엄마 걱정하실 텐데. 숙영이네로 갈까?' 아무리 머리를 굴려도 뾰족한 수가 떠오르지 않았다.

"영아, 가지 마!"

마땅히 갈 때가 없어 난감해하고 있던 나에게 알렉스가 말했다. 순간 그가 갈 곳이 없어 헤매던 나에게 구세주처럼 여겨졌지만 난 침묵으로 일관했다. 그리고 현관문을 열고 나서는데 알렉스가 팔을 잡았다.

"영아. 플리즈!"

그제서야 나는 알렉스를 쳐다보았다. 오늘 처음으로 알렉스의 얼굴을 보는 것 같았다. 피곤하다는 핑계로 집에 돌아와 인사할 때 나는 그의 얼굴도 제대로 쳐다보지 않았던 것이다. 오, 이런! 알렉스의 두 눈이 젖어 있었다. 그는 이제껏 내가 본 것 중에 가장 슬픈 얼굴을 하고 있었다. 내 팔을 잡고 서 있는 그의 팔은 더없이 쓸쓸해보였다. 90kg의 건장한 이 독일인은 한없이 작아져 있었다.

여기는 한국, 홈그라운드, 나의 '나와바리'라는 생각이 들자 외국인인 그에게 너무나 미안했다. 이런 그를 놔두고 집을 나가려고 하다니 한없이 미안해서 얼굴도 제대로 쳐다볼 수 없을 지경이었다. 알렉스는 나 때문에 럭셔리한 독일 집을 놔두고, 또 멋진 쓰레기 재활용 시스템을 버리고, 여기 좁은 한국 신림동에 와서 비효율적인 쓰레기 재활용 분리수거에 맞추어 살아가고 있는 그에게 너무나 미안했다.

그날 나는 알렉스 팔에 안겨서 한참을 울었다. 우리는 둘 다 미안해, 사랑해 고백하며 베갯잇을 적셨다.

나는 가끔 그때 알렉스가 내 팔을 잡지 않았다면 어떻게 되었을까, 하는 생각을 해본다. 그의 슬픈 눈과 쓸쓸한 어깨를 보지 않고 그대로 그 가방을 들고 집을 나와 버렸다면, 우리도 다문화 가정의 비극적인 결말의 통계에 일조하고 있을까.

하나님께서 나에게 너무나 멋진 남편, 알렉스를 내게 보내주셨는데도 가까이 있다는 이유로 나는 그의 소중함을 잊고 있었다. 내 곁에 그가 있어 얼마나 기쁘고 행복했던가. 기쁘고 행복했던 일들이 마치 영화필름처럼 빠르게 스쳐지나갔다.

나는 잠시 동안이나마 그와의 이별을 생각했던 나의 행동에 대해 수백 번 뉘우치고 반성했다. 알렉스에게, 그의 부모님에게, 그를 있게 한 독일에게, 그리고 하나님께 회개했다.

그날 이후로 나는 알렉스에게 절대 독일로 다시 돌아가버리라는 말을 하지 않는다. 그리고 그의 지나칠 정도로 정확하게 논리적으로 조근조근 따지는 성격과 온갖 불평까지 기꺼이 사랑하기로 마음먹었다.

만일 다시 독일인 특유의 합리적이고 논리적인 불만이 접수되면, 나는 심호흡을 한번 크게 하고 나서 지혜로운 아내의 미소로 말한다.

"맞아! 여보. 나도 그 말을 하고 싶었는데, 어쩌면 내 마음과 똑같을까."

숙명 같은
너의 언어들

　책장 구석에 나의 독일어 책과 알렉스의 한국어 책이 사이좋게 서
로 기대어 서있다. 언젠가 KBS 프로그램인 〈생로병사의 비밀〉에서
치매 예방법으로 외국어 공부가 좋다는 말을 들은 적이 있다. 그 이
유는 전두엽 신경세포를 자극하기 때문이라는 것이다. 숙명처럼 내
게 주어진 외국어 공부라는 그 숙제 때문에 비록 흰머리는 좀 더 나
겠지만, 적어도 치매는 걸리지 않을 것이라 위로해 본다.
　공부머리가 그리 좋지 않은 나도 알렉스 덕분에 외국어 실력이 많
이 늘었다. 독일어로 꿈도 꾸고, 잠꼬대도 영어로 할 만큼 익숙해졌
다. 알렉스와 처음 연애할 때만 해도, 나의 영어 실력은 초라했다. 엄
마 차를 하루 빌려와 알렉스와 드라이브 데이트라도 하게 되면 대화

는 거의 나누지 못할 정도였다. 음주운전 같은 나의 영어운전! 안 그래도 서툰 실력으로 옆자리 알렉스를 태우고 운전대를 쥐면, 영어 리스닝과 스피킹에 온 뇌세포가 과부하에 걸려 신호등 바뀐 것도 눈에 잘 안 들어오고 차선도 못 바꿔서 직진만 두어 번 했던 나였다(옆자리 탄 알렉스는 생명의 위험을 느끼며 안전벨트를 단단히 채우고 또 채웠다).

알렉스의 아내로서 싫든 좋든 독일어 공부가 숙명처럼 주어졌다. 연애 시절, 새벽에 일어나 가까이에 있지도 않은 독일어 학원을 쫓아다니며 수능 공부하듯 펜을 들고 사전과 씨름하며 배우던 시절이 있었지만, 요즘에는 마음 편하게 그냥 되는대로 자유롭게 한다. 독일 영화나 뉴스를 보고, 독일 홈페이지 방문하고, 인터넷 쇼핑몰 구경을 자주 한다. 여전히 나에게 있어 독일어는 제2외국어지만 이제는 그리 낯설지만은 않은 언어가 되었다.

그러나 실력이 많이 늘어도 여전히 외국어는 외국어였다. 언어 차이, 언어 장벽, 그 가깝고도 먼 산. 정상에 거의 다 왔다고 여기다가도 다시 보니 가야 할 길은 한참 멀게만 보여 지고, 너무 멀고 험난해서 포기해버릴까 하며 뒤를 돌아보니, 어느새 이만큼이나 왔나 싶은 뿌듯한 느낌이다. 그 등산길에 꽃도 보고, 나무도 보며 쉬어가는 것처럼 외국어 공부도 꼭 어렵고 힘든 길만은 아니다. 사실 웃긴 일도 많다.

스파게티를 만들다가 면을 끓이고 난 뒤 물기를 빼는 그 소쿠리(Colander, 한국말로도 모르겠다. '체'라고 하나?)가 안 보였다. 방에서 컴퓨터 하던 알렉스에게 재빨리 달려가 물었다. "알렉스! 그거, 그거 물 막 떨어지는 거 어디다 두었어?"했는데 내 모습이 어찌나 바보 같고, 우스웠던지 우리 둘은 어이가 없어서 한참을 웃었다. 또 한 번은 자갈Pebble이란 단어가 생각나지 않아서 "알렉스 그거, 모래가 크면 되는 거!" 하고 물었다. 알렉스는 돌이 작아지는 것도 아니고, 모래가 크면 뭐가 되냐는 기막힌 말에 한참을 또 웃었다. 매번 말문이 막히면 나는 그거, 그거 있잖아 하며 바디랭귀지와 함께 황당한 설명을 붙이는데, 알렉스는 이미 눈치를 채고 있으면서도 재미삼아 짐짓 모르는 척하는 경우가 많다. 놀리는 거다.

한국어가 서툰 알렉스도 바보스러운 건 마찬가지이다. 대장암에 걸린 외할머니께 빨리 '순대암' 나으라고 해서 병 중의 할머니를 한참 웃게 해드렸다. 또 가을에 노란 은행잎이 깔린 길을 걸으며 내게 속삭였다. "영아 너와 함께 농협나무(?) 길을 걸으니 좋다." 이렇게 덤앤더머 같은 우리는 서로의 모자라는 언어 실력으로 배꼽을 잡으며 살아간다.

하루는 쉬는 날이었다. 알렉스를 학교에 보내고, 집안 청소를 끝내고 차 한잔 하며 혼자만의 여유를 즐기고 있었다. 갑자기 전화 벨소리가 울렸다!

"여보세요?"

"김영아 씨 되십니까?"

다급하게 묻는 아저씨 목소리. 느낌이 이상했다.

"네, 그런데요. 누구…."

"김영아 씨! 여기 당신 남편이 교통사고를 당했는데 머리를 심하게 다쳤어요!"

알렉스가 다쳤다는 그 말에 온몸이 사시나무 떨리듯 떨렸다. 자전거에서 넘어져 머리를 다친 알렉스의 모습이 상상되었다. 오, 노! 안 돼!

"여보세요? 여기 남편 바꿔드릴까요?"

그 아저씨가 물었다. 머리를 다쳤다는 말은 내 심장을 단숨에 쥐었다. 시끄러운 차 소리가 들리는 가운데 아저씨는 알렉스에게 전화받을 수 있겠냐고 하고 물었다. 난 완전 얼어붙었고, 공포에 새하얗게 질렸다. 수화기 너머로 우는 듯한 남자 목소리가 들렸다. 나는 순간 숨을 쉴 수도 없어 주저앉아 버렸다.

"알렉스! 알렉스! 괜찮아? 어디야!"

떨리는 목소리로 울던 알렉스는 어렵게 말했다.

"자…기…야. 그동안… 고마웠고… 흑흑… 사랑했어."

나는 그 말을 듣는 순간, 그제서야 숨을 쉬었다. 그리고 갑자기 피식 웃음이 나왔다. 이거 뭐야! 사기전화네. 알렉스가 갑자기 한국말을 그렇게 잘하다니. 뇌를 다쳐 한국말을 더 잘하게 된 건가? 나는 말했다.

"아저씨! 와, 연기 잘하시네요? 그런데 우리 남편 말투가 너무 달라요. 품!"

울던 가짜 남편에게서 전화기를 빼앗은 그 아저씨가 다시 숨 넘어가는 목소리로, 소리를 질렀다.

"아니, 이 아줌마가! 남편이 머리를 다쳤는데 지금 웃음이 나요?"

"네. 웃음이 나네요. 푸하하하."

뚜뚜뚜. 전화는 끊겼다. 확인도 할 겸 갑자기 보고 싶은 알렉스에게 전화를 했다. 그리고 들려오는 사랑스럽고, 건강한 목소리.

"Hey, Honey!"

그렇다. 이게 알렉스다! 알렉스는 날 '자기야'라고 부른 적이 단한 번도 없었다. 나는 웃으며, 자초지종을 이야기했다. 짧은 시간 동안이나마 널 잃을까봐 덜컥 겁이 났노라, 사랑한다 고백했다.

말이 다르다는 건 나쁘지 만은 않다. 치매 예방도 되고, 일상에 웃을 일이 많아지며, 또 피싱 사기전화까지 피해갈 수 있는 그야말로, 축복일지도 모른다.

언어장벽을 뛰어넘고, 언어차이 줄이기는 우리가 사랑하는 평생을 안고 가야할 숙제이다. '피할 수 없으면 즐겨라'라는 말처럼 우리가 이 숙제를 즐기는 두 가지 방법이 있어 이야기 해보고자 한다.

첫째는 '교환 노트'다.

우리가 키친 다이어리라고 부르는 이 두꺼운 노트는 주방 왼쪽 선반에 놓여 있다. 나에게 있어선 국보급 보물이다. 신혼집에서 둘이서만 깨를 볶게 된 둘째 날, 나는 근처 문방구에 가서 제일 두꺼운 일기장 한 권을 사왔다. 그리고 알렉스에게 건네며, "이건 우리들만의 역사책이 될 거야" 하고 말했다. 삐뚤삐뚤 우리들의 손글씨와 외계인 낙서 같은 우리들의 그림들이 기록된 알록달록 한 책장을 넘기면 우리들의 역사를 볼 수 있다. 맨 앞 장에는 간절한 마음으로 적은 기도문으로 시작해 기념일에는 사랑고백도 적고, 케이크 위의 촛불도 그렸다. 서로를 위해 자작시도, 그림도 남겼다. 싸우고 나면 서로 반성문도 적었고, 어쩜 너 그럴 수 있냐며 욕도 적었다. 여행 때마다 그 교환노트도 챙겨가서 여행지의 느낌들을 적어두기도 했고, 맛집 이름도, 친구들 흉도 적었다.

이 노트는 신비한 힘을 가지고 있다. 화가 나서 씩씩거리며 분풀이로 막 써내려가다 보면, 나중에는 이상하게 그 화가 스르르 눈 녹듯이 녹아서 황당하게 사랑을 고백하며 편지에 마침표를 찍는다. 두꺼운 키친 다이어리, 앞뒤로 빽빽이 채워진 우리 둘만의 교환노트는 이제 4년이 넘었다. 손때가 묻은 만큼, 더 진한 추억을 묵직하게 담아두고 있다. 이 낡은 교환 노트를 넘겨보던 알렉스는 말한다.

"만약 집에 불이 나면, 내가 이 노트 먼저 챙길게!"

"진짜? 너 건담로봇이랑 미니어처들은?"

"에이, 그것들은 다시 사면 되지만, 이건 돈 주고도 살 수 없는 것들이잖아!"

그 순간 나는 진한 감동을 받았다. 아날로그적인 것에 별로 감흥 받지 않아 보였던 디지털 알렉스가 그 말을 하는 것을 보니 그도 이 노트가 제법 소중한가 보다. 그리고 마음속으로 다짐했다. 만약 집에 불이 나게 되면, 알렉스가 그 교환노트를 챙길 동안에 나는 알렉스가 가장 아끼는 피규어를 챙기리라고.

중고등학교 단발머리 학창 시절 가장 친한 친구하고만 나누었던 비밀의 교환노트를 나는 이제 내 인생의 가장 가까운 단짝 알렉스와 함께 한국어로, 영어로, 독일어로 교환노트를 쓰며 우리들의 언어 간격을 채워가고 있다.

둘째는 '수화'다.

우리는 연애 초기부터 우리만의 수화법을 만들어 쓰고 있다. 손등, 손바닥, 손가락 열 개 마디마다 숨어있는 우리 둘만의 암호들. 입으로 굳이 소리 내어 말하지 않아도 서로의 마음을 손으로 들을 수 있다. 물론 철학적인 심오한 주제나 어려운 말을 나누지 못하지만, 일상적이고 기본적인 대화는 우리는 얼마든지 말할 수 있다. "사랑해!" "고마워!"부터 "배고파" "그만하자" "집에 가자" "하지마!" 기분 좋고 나쁘다 등 우리의 기본 감정과 의견을 묻고 답하며 비밀스럽게 대화를 나눌 수 있다. 우리들만의 약속, 이 '수화'는 알렉스를 위해 내가 먼저 제안했다.

"알렉스. 모임에 같이 가줘서 고마워. 하지만 혹시라도 재미없으면 내 손가락 여기를 누르거나 나한테 손가락을 이렇게 보여주면 나 10분 안에 일어날게. 알았지?"

사람들과 만나는 모임자리를 즐기는 나는 내향적 성격의 알렉스를 위해 배려하는 마음으로 수화를 하나씩 만들어가기 시작했다. 사람들로 꽉 찬 지하철 안에서, 불편한 친척 어르신들 앞에서, 또 만나야만 하는 재미없는 사람들 사이에서 우리는 우리만의 규칙대로 소통한다. 우리들만의 비밀 수화는 재밌고, 효과적인 놀이인 동시에 알렉스 체면도 같이 챙길 수 있다는 장점도 있다.

또 어느 날 하루 무슨 사소한 일로 내가 삐쳤다. 찬바람 쌩하게 일으키며, 나는 먼저 잘 거라고 이불을 푹 뒤집어썼다. 그리고 얼마 후, 이불 속으로 알렉스 손이 슬며시 들어와 내 손에게 말했다.

'미안해. 내가 잘못했어. 사랑해.'

손으로 느껴지는 사랑. 눈물이 핑 돌았다.

'아니야. 내가 미안해. 나도 사랑해.'

고마운 그의 손에 답했다.

사람들은 어둠 속에서는 싸우지 않는다. 어둠 속에서는 사랑을 나누거나 이야기를 나눈다. 우리는 그날 밤 말 아무 소리 없이 어두운 이불 속에서 두 손으로 이야기를 나누다 잠들었다.

언어 차이, 언어 장벽. 물론 크고 어려운 숙제이다. 크기도 크고, 멀기도 멀다. 외국어 공부 평생 해야 한다는 각오로 시작된 우리의 사랑. 하지만 사랑을 지키고 가정을 화목하게 하는 말은 그리 어려운 말이 아니다. 유식하고 어려운 어휘와 아나운서 같은 정확하고 예쁜 발음이 필요한 것이 아니다. 그저 "고마워" "미안해" "사랑해!" "역시 내겐 네가 최고야!" "멋지다!" "예쁘다!" "난 널 믿어" "내가 도와

줄게" 등의 그런 쉽고 따뜻한 말이 필요할 뿐이다. 우리 조카 유치원
생 유미의 솜털 같은 말처럼, 쉽고 착한 말이 사랑을 지키는 것이다.
우리는 그런 언어로 오늘도 우리의 사랑을 키워나간다. 영어로, 한국
어로, 독일어로, 교환노트의 편지로, 또 수화로 말이다.

독일어와 한국어 사이에서
산다는 것

이 장에서는 독일인인 나와 알렉스를 운명으로 이어주고 결혼까지 골인시켜준 나만의 독일어에 대해 말해볼까 한다.

독일어는 영어와 게르만어족의 뿌리가 같아서 영어와 많은 점을 공유하고 있다. 언뜻 보기에 알파벳 모양이 같지만, 움라우트변음라고 하는 점이 있어 한껏 더 이색적으로 느껴진다. 한국에서 굳이 독어 공부까지는 하지 않더라도, 한두 번쯤은 독어를 들어본 적이 있을 것이다. 주로 액션영화에서 나쁜 악당 또는 미친 과학자들은 독일인 아니면 러시아인이니까. 독일 배우들의 딱딱한 발음과 거친 악센트는 그 악역과 꽤나 어울리는 것 같다. 독일어는 자음이 많고 분철이 명확하기 때문에 오래 들으면 귀도 피곤해지는 듯하다. 또, 몇 페이지 직접 소리 내어 읽다보면, 곧 배가 고파지는 신기한 언어다. 거센소리[프, 트, 크]와 목구멍의 안쪽에서 강하게 울리는 [흐, 히] 음이 많아 에너지를 과다 소비하게 되는 고된 언어이다.

내가 독일어를 배워본 경험상 독일어는 정말 어렵다. 어렵지 않은 외국어가 없겠지만 그 가운데 독일어는 진짜 어렵다. 오죽하면 미국의 작가 마크 트웨인은 "독일어는 무덤 속에 들어가면서까지 배운다"고 말했을까.

독일어 중에 내가 가장 불평하는 부분은 명사의 성性이다. 이 세상 명사에 남성, 여성, 중성이 있다는 것이다. 아빠는 남성이고, 엄마는 여성이고, 아이는 중성이다. 좋다. 거기까지는 이해한다. 하늘의 해는 여성이고, 달과 별은 남성이란다. 내 느낌과 달라 슬슬 짜증난다. 커피는 남자, 학교는 여자, 책은 중성이다. 식탁 위의 숟가락은 남성이고, 포크는 여성이고, 나이프는 중성이란다. 그냥 단어 외우기도 머리가 터지는데 이게 사내인지, 계집애인지, 아니면 게이인지까지 살피며 외워줘야 한다. 그 주어의 성이 무엇이냐에 따라 동사의 어미가 변화하니까. 뒤에 오는 명사의 성이 무엇인가, 단수인가, 복수인가, 주어인가 목적어인가에 따라서도 명사 앞에 놓인 관사와 형용사의 어미가 변화한다는 이 말도 안 되는 언어의 규칙은 누굴 위해 만들었다는 말인가!

처음에 이런 자잘하고 사소한 것쯤이야 하며 대충 넘어가려 했지만 독일어의 규칙을 무시하는 자는 다음 진도를 나갈 수 없다. 그래서 독일어 좀 배웠다는 사람들이 주문처럼 하는 말이 있다. 데어데스뎀덴, 디데어데어디, 다스데스뎀다스, 디데어뎀디, 이 정관사 격변화를 분신사바 귀신 부르는 주문처럼 무식한 방법으로 혼이 빠져라 외우는 것이다.

독일어가 힘든 이유는 문장이 너무나 길다는 것이다. 같은 문장도 길게 말한다. 관사와 앞서 말한 각종 어미 등 부속 요소들이 많은 이유이다. 독일어 자막을 넣고 영화를 보면, 긴 자막 띄우느라 스크린이 바빠진다. 나는 자주 왜 저렇게 문장이 길까? 전기세만 더 나올 텐데, 하는 생각이 든다. 그래서 독일어 공부, 자주 10분 만에 배가 고파온다.

그러나 이런 저런 갖은 불평을 하면서도 나는 꾸준히 독일어를 공부했다. 서점에 가면 남들 잘 안가는 구석에 독일어 교재코너에서 서성이면서 뭐 새로 나온 책이 없나 구경도 하고, 설교 때 들은 성경 구절은 독어로 한 번 더 적어두고 외웠다. 독어를 공부한 흔적이 남아있는 연습장 한쪽에는 이런 글들이 적혀 있다.

'제발 좀 친해지자. 섹시한 독일어야. 나랑 좀 놀아주라.'
'넌 이제 내 먹잇감이다. 독어, 너 진짜 잡아먹을 거다.'
'이 험난한 세상, 더 험난한 독어와 함께라면….'

이처럼 힘겨워하던 독일어와 조금 더 친해질 수 있는 계기가 있었다. 독일에서 처음 본 그림형제의 헨젤과 그레텔Hänsel und Gretel 뮤지

컬 공연이었다. 이미 알고 있는 내용이고, 대사도 그리 어렵지 않아 충분히 이해하며 감상할 수 있었다. 딱딱하고 거칠기만 했던 독어가 헨젤과 그레텔이 부르는 노래에서는 너무 아름답고 드라마틱하게 들려왔다. 독일어가 내 마음에 살짝 노크를 하고 들어온 것이다.

늘 보아왔던 영화에서의 나쁜 악당, 미친 과학자가 아닌 두 아이의 독일 노래 소리는 내 감성의 내면을 채웠다. 독일어가 아주 애교스러웠고, 사랑스러웠다.

한국에 돌아와 독일어 노래로 듣기 시작했다. 독일어를 음악으로 느끼기 시작했다. 쉬운 동요부터 가요, 성가까지 일단 가리지 않고 들었다. 알렉스에게 귀띔을 받은 시부모님께서 한국에서 구할 수 없는 CD음반 몇 개를 보내주셨다. 독일어 가곡은 정말 멋지다는 생각이 절로 든다. 이탈리아 가곡보다 깊고 더 신중한 맛이 난다. 슈베르트, 슈만 등의 노래는 음악이라기보다 한 편의 시다. 독일어가 주는 진지함 가운데서 이상한 신비감을 느꼈다. 또 한편으로는 내가 그런 멋진 언어를 배워서 조금 알아들을 수 있다는 것에 참 뿌듯했고, 자랑스러웠다.

독일어를 공부하면서 깨닫게 된 중요한 한 가지가 있다. 그것은 독일인의 정신이었다. 독일인들이 즐겨 쓰는 말 가운데 'Alles in Ordnung'이란 말이 있다. 'Ordnung'은 '질서'라는 뜻인데 한국어로 하자면, '모든 것이 질서 안에 있다'라는 뜻이다. 독일인들은 기분 좋을 때 대답이나 심지어 인사말까지 이 문장을 쓴다. "알레스 인 오르드눙?" 하는 인사말은 즉, "모든 일이 제대로 질서 있게, 정확하게 잘 돌아가느냐?" 하고 묻는 것이다. 독일인이 얼마나 질서와 정확성을 깊숙이 인식하고 있는지를 알 수 있었다.

언어는 정신의 도구라고 했던가. 독일어 문법의 많은 규칙과 딱딱한 정확성은 그들의 철저한 '원칙주의'와 맞닿아 있었다. 법은 지키기 위해 만들어진 것이고, '법 따로 현실 따로 같은 식'은 아예 존재하지도 않으며, 서로가 법을 지키는 것이 일상의 상식처럼 통하는 독일인들. 독어의 문법 사안들처럼 독일인들의 준법정신도 그러했다. 예외가 존재하지 않는 정확한 문법과 짜임새 있는 언어 독일어. 쓰인 그대로 정확하게 다 읽게 되는 발음의 독일어는 적당주의가 통하지 않는 그들의 정직성과 연결되어 있었다.

적당히 눈치 봐가면서 융통성 있게 '좋은 게 좋은 거라는 식'으로 넘어가는 나의 행동으로는 적응하기 어렵고 피곤하게만 느껴졌던 독일어. 하지만 독일어 공부에선 여느 외국어 학습에서처럼 얼렁뚱땅 대충해서 빨리 치우자 식은 절대 허용되지 않는다. 특히나 약속을 지키며 원칙을 고수해서 정직하고 정확하게 살며 세계적으로 명성을 얻고 있는 독일처럼 독일어도 그렇게 공부해야 한다는 말이다.

독일어 문법을 한번 정리하고, 독일어로 진지한 음악을 감상하면서 내 몸 안에서 느껴지는 독일어의 정확성과 합리성에 조금 눈을 뜨게 되었다. 내가 딱딱하다고 손가락질했던 원칙 속에 정돈되어 있던 독일인의 그 질서문화 안에서 새삼 자유로웠다.

언어는 또 다른 세계가 열리는 창이다. 나는 독일어를 공부하며 내가 사랑하는 사람, 알렉스의 정신을 조금이나마 더 이해할 수 있었다. 그리고 지금처럼 앞으로도 나와 알렉스의 인연을 만들어준 정확하고 정직한 독일어를 꾸준히 배워 나갈 것이다. 그 이유는 알렉스를 이해하고, 공감하고, 알렉스가 나고 자란 독일을 공부하는 것이기 때문이다. 또한 나중에 태어날 우리 아기에게 한국어로도, 영어로도 또 독일어로도 자장가를 다 불러주고, 책도 읽어주기 위해서이다. 자장가 가사를 틀려가며 더듬더듬 노래할 수도 있고, 촌스러운 김치 발음으로 책을 읽어 줄 수도 있겠지만, 나는 아이에게 많은 언어로 사랑을 고백하는 엄마가 될 것이다.

뿐만 아니라 나는 알렉스와 앞으로 태어날 우리 자식들에게 한국 말을 보다 정확하고 체계적으로 제대로 가르쳐주고 싶은 소망이 있다. 한국인이라고 한국어를 다 가르쳐줄 수 있는 건 아니다. 그래서 나는 서울대 사범대학 국어교육과 한국어교원과정에 들어갔다. 한국어는 외국인들에게 제2, 3의 언어로서, 우리가 모국어인 국어를 배웠던 것과는 또 다른 목적과 학습방식으로 다가가야 한다. 국어 공부가 아닌, '한국어 교육'은 외국어 공부만큼이나 어려웠다. 그동안 내가 모국어인 한국어에 대해 얼마나 무지했는지를 절실히 깨닫게 되었다.

일단 한국어는 세계 6000여 개의 언어 중 사용자 수가 13번째인 언어다. 10번째인 알렉스의 모국어 독일어 뒤에 프랑스어, 자바어가

순위에 있고 그리고 한국어가 있다. 우리 뒤를 이탈리아어가 따르고 있다. 한국어는 수적으로 절대 밀리지 않는다. 세상에, 13번째 언어라고 하지 않는가.

현재 지구상에 사용되고 있는 글자는 60여 종류뿐이다. 남의 글을 빌려 쓰거나 심지어 지금까지도 아예 글자 생활을 하지 않는 소리언어도 있다. 그에 비해 한글은 얼마나 특별한 언어인가! 우리가 잘 아는 것처럼, 백성을 가르치는 올바른 소리라는 뜻의 훈민정음은 1446년 10월 9일 '훈민정음 반포일'에 태어났다. 한글은 생일을 가진 세계 유일의 문자여서 세계인들을 주목시키기에 부족함이 없다.

정확한 생일이 있는 언어. 이 얼마나 멋진가! 나는 그럼에도 한글날이 공휴일이 아닌 것에 못마땅하다.

또 한글은 시각적으로도 디자인이 뛰어나다. 알렉스와 나는 유럽을 여행하는 동안 한글 티셔츠를 커플로 입었다. 사람들은 무슨 뜻이냐며 우리가 입은 한글 티셔츠를 신기해했다. 디자인이 예쁘다며 글자를 따라 써보기도 하고 사진도 찍었다. K-pop 등으로 한류 열풍이 불면서 아시아뿐 아니라 알렉스 동네인 유럽에도 한글을 배우고자 하는 사람이 늘었다. 나는 오랫동안 한국인으로서 한국어의 위상을 무시한 채 영어 잘하는 사람들을 부러워하며 살았다. 그러다 오히려 외국인 남편인 알렉스를 통해 우리의 언어가 얼마나 아름답고 발달된 언어였는지 깨달을 수 있는 기회를 가지게 된 것이다.

나는 한국어의 아름다움에 푹 빠진 덕분에 한국어교사 자격시험에도 쉽게 합격했다. 이제 대한민국 정부가 인정하는 외국인들을 위한 한국어 교사가 되어 세계 어디를 가더라도 당당하게 한국어 교사로 일을 할 수도 있다. 한국어를 배우는 외국인 친구들은 모르는 것이 있을 때마다 내게 전화해서 물어본다. 나는 그들에게 한국인 친구인 동시에 한국어를 정확히 아는 한국어 선생님인 셈이다.

나는 한글을 외국인의 눈으로 다시 공부하면서 정말 즐거웠다. 알렉스에게 보다 효과적으로 한국어를 가르쳐줄 수 있었기 때문이다.

마지막으로 알렉스가 한국어를 배우는 과정에서 저지른 재미있는 한국어 문법 오류를 소개하며 한국어 공부에 관한 이야기를 마무리하고자 한다. 하지만 알렉스의 이런 틀린 문장도 내 눈에는 하나같이 어쩜 귀엽기만 한지 모르겠다.

"지난 년, 지금 년에 바빴어요."

지난 년? ex-girlfriend? 지금 년? 나? 하하.

이때의 년은 그 년들이 아니라 last year, this year 을 말하는 것이다. '작년'과 '올해'라는 단어를 영어에서 직역을 하다 보니 이런년(?)들이 난무하는 문장도 찾아온다.

"신발 입어요."

"알렉스. 옷은 입는 거야, 신발은 신는 거고, 모자는 쓰고, 장갑과 안경은 껴야 돼."

내 말에 알렉스는 한숨을 푹 쉰다. 영어는 옷차림을 이야기할 때 신체 부위별로 동사를 구분해서 쓰지 않는다. 'wear' 하나로 옷도 입고, 신발, 모자, 장갑, 안경, 립스틱에 향수까지 다 적절한 의미 전달이 가능하기 때문이다. 나의 설명에 알렉스는 한국인들은 역시 패션에 신경을 쓴다며 "오마이갓!"을 외쳤다.

언어를 잘 아는 것과 잘 가르치는 것은 다르다. 외국어를 잘 가르치려면 그 언어의 문법과 단어에 대해서도 잘 알기도 해야겠지만, 무엇보다 우선적으로 학습자의 입장에서, 배우는 자의 시선에서 이해하고 다가갈 수 있어야 할 것이다. 그렇기에 나는 그의 최고의 한국어 교사이자, 알렉스는 나의 최고의 독일어교사가 된다.

알렉스는 한국어에 대해 모르는 것이 있을 때, 나를 보며 외친다.

"영아 선생님. 질문이 있어요!"

"네, 알렉스 학생."

그는 질문도 참 많은 귀여운 학생이다.

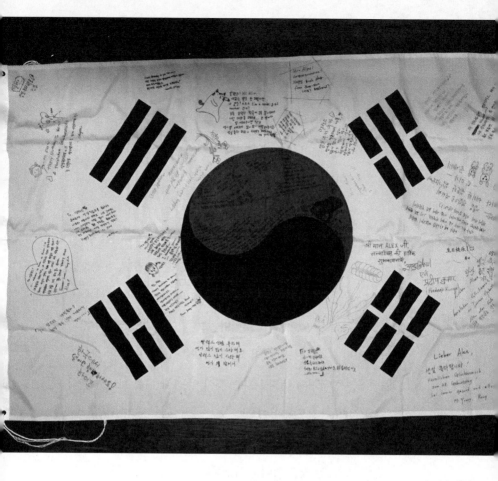

태극기 편지

빼곡하게 채운
교환노트 중에서

남자는 배,
여자는 항구?

알렉스가 일 처리할 것이 있어서 석 달간 독일에서 지내야 했는데 나는 그때 새로 들어간 직장에 적응하느라 독일로 함께 가지 못했다. 각자 지구 반대편에 떨어져 석달 동안이나 얼굴을 못 본다고 생각하니 참 슬펐다. 혼자서 밥을 먹을 때도, 일을 할 때도, 집으로 향하는 마을버스 안에서도 알렉스가 아지랑이처럼 피어올랐다.

나는 알렉스에게 옛 유행가 가사의 구석을 인용해서 말했다.

"알렉스, 건강 조심하고 잘 다녀와. 남자는 배, 여자는 항구야. 나 잘 기다리고 있을게."

"뭐야? 배? 항구?"

알렉스는 콧구멍을 벌름거리며 물었다.

"어, 왜, 뭐가 잘못됐어?"

순간 나는 '항구가 아니고 부두였나?' 하는 생각이 들었다.

"그럼 다른 배들은 누군데?"

"무슨 소리야? 내 말 뜻은 항구가 바다로 나간 그 배가 돌아오기를 기다린다고!"

"엥? 그래? 그 뜻이야? 그런데 항구에 배들 많잖아. 이런, 안 되겠는걸! 혼 좀 나야겠어!"

우리 한국인에게 항구는 늘 변함이 없고, 배는 언제나 바다를 자유로이 떠돌아다닐 수 있는 당연한 사물이라고 인식되어 있는데, 독일사람인 알렉스에게는 그 의미가 아닌 '굳이 너 말고도, 내겐 다른 배가 많다(?)'는 이상한 뜻이었다. 그는 그 말을 듣고는 나를 붙잡고 간지럼 고문을 했다.

이번에는 독일에서 내가 오해한 일이다. 하루는 알렉스가 자기가 다녔던 베를린대학교 캠퍼스를 구경시켜 준다고 나를 데려갔다. 학교 식당에서 밥도 먹고, 도서관 구경도 하다가 복도에서 우연히 알렉스 친구를 만났다. 나는 그 베를린대 학생도 아니면서 그 캠퍼스에 놀러와 있다는 게 내심 부끄러워 대충 눈인사만 하고 몇 걸음 뒤로 물러나 벽에 걸린 게시판을 구경하는 척하며 서 있었다. 알렉스랑 대화를 나누는 그 친구의 목소리를 얼핏 들었는데, 그는 나를 힐끔 보고는 발이 크다고 말했다.

'헉! 저 자식 뭐야! 내 발 큰 거 어떻게 알았지? 그렇게 티가 나나? 에에씨! 역시 이 편한 신발은 역시 아니었어' 하며 들고 있던 가방으로 내 발을 살짝 감추었다. 사실 나는 발이 260mm 사이즈라 큰 발에 대한 심한 콤플렉스가 있다. 예쁜 구두도 못 신고, 특별 제작한 비싼 수제화만 신어줘야 하는 별난 왕발이다. 하지만 결혼 후 내 천생연분 알렉스는 내 발을 보며 어쩜 그리 작고, 귀엽냐고 말해주며 뽀뽀도 해준다. 앞에서 말한 것처럼 알렉스 발은 305mm이다. 그의 발 앞에서는 내 발은 진짜 당당하고 귀엽다.

다시 그 이야기로 돌아가서, 나보고 발이 크다고 했던 그 셜록홈즈의 예리한 눈을 가진 친구와 짧은 이야기를 나누고 헤어진 알렉스에게 말했다.

"알렉스. 저 친구 뭐야? 눈이 보통이 아니네. 나더러 발 크다고 했지? 다 들었어. Auf großem Fuß! 나 쟤 싫어!"

"뭐? 하하하. 그 뜻은 폼 나게 산다는 거야. 우리가 한국과 독일을 오가며 멋지게 산다고 한 말이야!"

그랬다. 독일말로 '큰 발로 살다'는 그 속뜻은 중세에 귀족들이 자신의 품위를 나타내고자 앞이 뾰족한 긴 신발을 신었다는 데서 유래한 표현이었다. 폼 나게 멋지게 혹은 사치스럽게 산다는 것을 나타내는 표현이다. 요즘에는 세계 이곳 저곳 여행을 다니는 사람에게 많이 쓴다고 했다. 그러고 보니, 우리나라도 '발이 넓다'는 비슷한 관용어구가 있었다. 한국말에서 그 뜻은 아는 사람들이 많다는 뜻인데,

독일말로는 폼 나게 산다는 뜻이구나. 그 배경을 듣고 나니, 일리가 있는 의미였다.

우리의 대화 속에 이런 관용적 표현은 재밌는 추억으로 녹아 있다. 한국말로 식은 죽을 먹고, 삼천포로 빠지고, 시장에서 바가지를 쓰고, 시치미를 뚝 뗀다 등의 표현은 일차적인 뜻대로만 해석했다가는 오해하기 딱 좋다. 의미 단위, 원래 단어 뜻과는 전혀 다른 뜻을 내포하는 관용어, 속담 등은 문화 배경이 다른 우리에게 재밌는 공부거리이기도 함과 동시에 놀이거리, 퀴즈거리가 되어주기도 한다.

둘째 조카 하운이가 태어나던 날이었다. 그때 나는 수화기 너머로 가장 아름다운 우리 한국말을 들었다.

"어제 이슬이 비쳐가지고…."

이슬이 비친다, 캬! 이슬이 비친다니! 조카가 나오려고 신호를 보낸다는 그 표현이 너무 아름다워 한참 동안 마음에 담아두었다가 출산 소식을 듣고 부산으로 내려가는 기차 안에서 알렉스에게 퀴즈로 내어보았다.

"알렉스, 이슬이 비쳤다가 무슨 뜻일까?"

"글쎄? 힌트 좀 줘."

"진희가, 막달 산모인 진희가 말한 거야!"

"음… 아! 알겠다! 소주가 너무 마시고 싶다는 거지?"

"뭐라고? 푸하하!"

독일어를 공부하다가 익힌 재미있는 몇 가지를 더 소개할까 한다.

어떤 걸로 하겠냐고 물어보았는데 갑자기 없는 소시지를 찾는 것이었다. 갑자기 웬 소시지? 처음에 그 말을 듣고는 어리둥절했다. 'Es ist mir Wurst'를 직역하면 '그것은 내게 소시지다'이나 실제 의미는 '난 상관없어' 또는 '신경 안 써'의 뜻이다.

이런 말이 생긴 데는 재미있는 두 가지 설이 있다. 하나는 소시지는 앞이나 뒤나 똑같이 생겼기 때문에 어느 쪽으로 먹어도 상관없다는 의미에서 발전되었다는 설이고, 다른 하나는 독일에서는 식육점에서 직접 소시지를 만들어 파는데, 소시지에는 동물의 다양한 부위가 들어가기 때문에 사람들이 소시지를 만드는 과정을 알면 비위가 상할 수 있으므로 차라리 모르는 게 낫다는 데서 이러한 표현이 생겼다고 한다. 영화 '레미제라블'에서는 소시지에 고양이 꼬리도 잘라 넣는 우스꽝스런 장면도 나온다.

독일말 'Köpfe rollen'을 한국말로 직역하면 '머리를 굴리다'이다. 잔머리를 쓰다 정도로 해석할 수 있겠지만, 이건 아주 다른 의미이다. 단두대에서 머리가 달려 굴러다니는 형상을 은유적으로 사용한 표현이다. '해고하다, 숙청하다'의 뜻이다. 어떤 일이 잘못되어 그 일과 관련된 책임자들이 직위를 박탈당하거나 해고될 때 쓰이는 표현으로 뉴스기사 등에서 찾아볼 수 있다.

천사들이 노래를 부르는 게 들린다고 하면 어떤 생각이 떠오르는가? 아름다운 하늘의 음성이 들린다? 하지만 이 말 뜻은 '아파 죽겠다'이다. 기독교 신앙을 바탕으로 죽음 후에 천국을 간다고 믿고 있는 독일인들은 죽을 만큼 아플 때 이런 말을 한다. 사랑니를 뺀 알렉스는 천사들의 노래 소리를 들었다. 참 멋진 비유라는 생각이 든다.

또 이런 일도 있었다. 알렉스는 과일을 참 좋아하는 편이다. 나는 있으면 먹고 없으면 말고 하는 정도이나, 사랑하는 남편의 즐거운 입맛을 위해 퇴근길에 과일가게에 자주 들린다. 그래서인지 어느 날부터인가 과일가게 주인은 오늘은 어떤 과일이 싸고 맛있는지 알아서 권해주신다. 그날 아저씨 손에 건네받은 것은 딸기였다.

"와! 달기다! 고마워 여보."
나는 옆에서 알렉스의 옆구리를 꾹 찌르며 말한다.
"딸기!"
"이 달기 너무 맛있다!"
"달기가 아니라 딸기라고! 딸기! 달기라고 하지 마. 영 맛없게 들린다 말이야! 따라 해봐. 딸기!"
달기를 한입 먹은 알렉스는 천진난만한 큰 목소리로 말한다.
"탈! 기!"
'헐.'

그렇다. 알렉스는 저면이다. '달, 딸, 탈'을 구별 못하는 외국인이다.

'아니, 그 쉬운 것을 구별하지 못하다니…'

나는 처음에 그의 청각 또는 구강 구조가 잘못된 건 아닌지 하는 의심을 하면서 그의 입을 벌려 검사까지 했다. 알렉스는 콧대도 엄청 높지만 혀도 무지하게 길었다. 알렉스가 '메롱' 하면 턱까지 내려온 혀 때문에 메롱 한 번에 약도 무지 오른다. 나는 기껏해야 혀로 마른 입술에 침만 묻히는 정도이지만, 알렉스는 손도 쓰지 않고도 혀로 삐져나온 코털을 다시 콧속으로 가볍게 챙겨 넣을 수도 있다. 내가 혀가 지나치게 길어서 마치 뱀 같다고 너무 징그럽다고 불평하자, 알렉스는 키스할 때는 좋아하면서 괜히 심술이라며 입을 삐죽거린다.

나중에 한국어 교육을 공부하다 알게 된 것이지만 영어권 언어 사용자들은 우리말 평음ㄱ,ㄷ,ㅂ,ㅅ,ㅈ과 경음ㄲ,ㄸ,ㅃ,ㅆ,ㅉ과 격음ㅋ,ㅌ,ㅍ,ㅊ을 잘 인식하지 못한다고 한다. 그래서 '가, 다, 바, 사, 자'를 '까, 따, 빠, 싸, 짜'와 혼동하여 발음한다. '달', '탈', '딸'의 구별과 '불', '풀', '뿔' 등의 구분이 미치도록 어려운 것이다.

가끔 헐리웃 배우들이 영화 홍보를 위해 "싸랑해요, 코리아!" 외치는 것처럼 알렉스도 연애 초반에는 내게 "싸랑해"라고 속삭였다. 그럴 때는 왠지 나를 향한 그의 사랑이 좀 더 세게, 강렬하게 느껴져서 기분이 좋았다. 그러나 이번처럼 '딸기'를 '달기'라고 하는 것은 도저히 못 참겠다. 이제는 '짜장면'과 '자장면'이 둘 다 표준말이 되었지만, 역시 자장면보다는 짜장면 소리가 싱겁지 않게 들려서 맛있게 느껴진다(그러므로 짬뽕은 잠봉이 아니어야 한다. 절대).

물론 외국인에게 100% 정확하고 유창한 발음을 기대하는 것은 아니다. 나도 한국어 발음이 모두 정확하지 않고, 때때로 부산 사투리가 섞여 나오기도 한다. 외국어인 영어와 독일어는 말할 것도 없다. 김치 악센트에다 비빔밥 발음이라 r과 l, f와 p를 쉽게 섞어 쓰고, 나의 짧고 두꺼운 혀를 뻣뻣하게 굴리며 대충 편하게 이야기한다.

특히나 독일어 발음을 할 때는 가능한 한 입을 크게 벌려 발음하고, 자음도 힘을 주어 발음해야 한다. 입을 앞으로 가능한 한 많이 내밀어야 하는 그 언어는 나를 여전히 쑥스럽게 만든다. 한국인 내게는 너무 과장된 음성으로 들리기 언어이기 때문이다.

지금의 알렉스는 나의 콩글리쉬 발음과 억양에 익숙해졌다. 하지만 나를 처음 만난 독일인들은 내 질문에 자주 "비 비테?Wie bitte? 뭐라고?"로 되묻는다. 정말이지 발음은 외국어 학습에 가장 고쳐지지 않는 어려운 부분인 것 같다.

그러나 이런 발음 차이 탓에 우리는 웃을 일이 많다. 어느 게으른 주일, 우리는 낮잠 한숨 늘어지게 자다가 교회 예배를 땡땡이 쳤다. 양심에 조금 찔린 우리는 거실 바닥에 그대로 엎드려 누워서 성경을 읽기로 했다. 그런데 좀 더 재미있게 읽어보기로 했다. 나는 독일어로, 알렉스는 한국어로 한 구절씩 소리 내어 읽기로 했다. 하나님께는 좀 죄송한 말이지만, 나는 그때까지 성경이 뱃가죽이 당길 만큼 껄껄 소리 내며 재미있게 웃게 만드는 책인 줄은 몰랐다. 은혜로운 성경 말씀에 우리는 서로의 발음을 배꼽 빠지게 비웃다가 데살로니가전서 5장 16절 말씀을 그 자리에서 실천해버렸다.

"Freut euch zu jeder Zeit! 항상 기뻐하라!"

우리는 항상 웃음으로 기뻐할 준비가 되어 있다. 기분이 좀 우울한 날, 화가 좀 나는 날에도 서로의 어눌한 바보 발음은 우리를 웃게 한다. 늘 끊이지 않는 웃음을 선사해주는 알렉스는 하나님이 보내주신 웃음의 천사가 아닐까.

한물간 어려운 발음 예문은 시도 때도 없이 우리에게 폭소를 자아내게 한다.

"알렉스. 간장공장공장장 해봐."

"간장공장공장장."

"어쭈구리! 잘하는데? 그럼 경찰청창살은 쇠창살인가, 철창살인가!"

"경찰성 상창…."

"푸하하하. 역시 저먼은 느끼하게 혀만 길어!"

"Fischers Fritze fischt frische Fische, frische Fische fischt Fischers Fritze."

"…. 뭐야. 저먼. 그렇게 어려운 것부터 시작하는 게 어딨어!(잠시 생각하다가 떠올리고는 큰 목소리로 외쳤다.) 내가 그린 기린 그림은 잘 그린 기린 그림이고, 네가 그린 기른 그림은…."

그날 오후, 우리집 방바닥에서는 한국 대 독일, 독일 대 한국의 두

나라 간 혓바닥 움직임 요절복통 서커스 경진대회가 열렸다.

　이렇듯 외국에서 살거나, 외국어 공부를 할 때 이런 관용적 표현
을 하나 둘 씩 들으며 익히면서 보면 자연스럽게 역사적, 문화적, 언
어적인 배경을 알게 되고 낯선 문화에 좀 더 친숙한 계기가 되었다.
물론 외국인으로서 이 모든 것을 다 습득하여 적용할 수는 없겠지
만, 한두 가지 맘에 드는 표현을 사용하면 외국어가 훨씬 더 재밌고,
친밀한 자연스런 분위기를 이끌어준다.

4

바로 지금, 축제처럼 사랑하라

괜찮아,
가족이야

알렉스와 나는 편부모 가정에서 성장했다. 우리 둘의 부모님은 모두 이산가족이 되셨다. 나의 부모님은 종교 등의 이유로 내가 사춘기 시절에 멀어지셨고, 알렉스의 부모님은 그가 여섯 살 되던 해 엄마가 다른 남자와 눈이 맞아 살림을 차리게 되어 헤어졌다고 했다.

그런 내게는 가슴이 먹먹해지는 단어가 있다. 그 단어는 다름 아닌 '아빠'다. 내가 어릴 적에 아빠는 부산에서 작은 사진관을 운영하셨는데, 틈만 나면 사진기를 목에 걸고서 오토바이에 나를 태우고 동물원과 해운대로 향했다. 큰딸인 나는 어렸을 때부터 엄마보다는 아빠를 더 좋아했고 더 따랐다.

아직도 내게는 필름 카메라로 찍어주신 사진과 필름의 양이 어마어마하게 남아 있다. 나는 가끔씩 그 낡은 사진 앨범을 열어본다. 아빠가 나를 얼마나 사랑했는지는 그 사진들과 글귀들이 증명하는 것이다.

그러나 아빠는 좋게 말해서 자유로운 영혼의 소유자였다. 어렵게 겨우 들어간 회사도 상사와 싸우고 사표를 던지기 일쑤였다. 그때 나는 한창 사춘기였고, 세상 누구보다 아빠를 미워했다. 참을성 없는 아빠 덕에 이사도 자주 다니고 가장으로서 돈도 잘 못 벌어오고 술만 마시는 아빠가 못마땅하기만 했다. 당시 내 기도 제목은 단 하나였다. 아빠가 넥타이 메는 회사에 출근하고 그 회사에 오래 다니는 것이었다.

이와 비슷하게, 내 인생에 후회되는 기억 중에 가장 오래된 기억이 하나 있다.

학교를 마치고 집에 돌아오니, 그날 비가 와서 아빠는 일하러 나가지 않으시고, 혼자 소주잔을 기울이고 계셨다. 혀가 반쯤 꼬인 발음으로 "아고. 우리 예쁜 큰 딸 왔어? 아빠 소주 한잔 따라줄래?" 하고 말씀하셨다. 나는 얼음보다 더 차갑게 "싫어요!"라고 말하고, 그대로 내 방으로 들어가 문을 쾅 닫았다.

나는 그날만 생각하면 마음이 너무 아프다. 지금 그 때로 돌아갈 수 있다면, 힘들어하는 아빠를 마주보고 앉아서 술 한잔 따라드리며 아낌없는 격려와 응원을 해드릴 텐데 말이다.

"아빠. 많이 힘들죠? 사업도 뜻대로 잘 안 되고, 이리저리 힘든 이

사도 많이 하고. 어렵게 들어간 직장에서는 새파랗게 젊은 놈한테 이래라, 저래라 하는 기분 나쁜 명령 듣고 말이에요. 이제는 거친 노가다라는 막노동까지 하면서 우리 가족들 뒷바라지 하려는 아빠 마음 너무 고마워요. 엄마 아빠가 어렵게 애쓰시는 만큼, 나도 공부 열심히 할게요. 아빠 힘내세요. 사랑해요."

이렇게 말했다면 얼마나 좋았을까. 그러나 그때의 나는 너무 철없고, 이기적이기만 했다.

하루이틀 아빠가 집에 들어오시지 않는 날이 많아졌다. 그 하루이틀은 보름, 한 달로 이어졌다. 엄마는 아빠가 지방으로 출장을 가셨다고 했다. 하지만 엄마의 목소리에 알 수 없는 슬픔이 녹아 있었다. 아빠가 걱정이 되었지만 술에 취한 아빠를 보지 않고, 엄마 아빠가 다투는 모습을 보지 않아 한편으로는 이 생활이 편하기도 해서 더 이상 물어보지 않았다.

내 슬픔을 감추려 학교에서는 아무 일 없는 듯 더 활발하고 명랑하게 행동했다. 하지만 집에 돌아오는 길은 나는 너무나 우울했다. 왜 우리 집에 더 이상 웃음소리가 나지 않을까, 나는 불행한 아이일까, 우울은 깊어졌다.

그러던 어느 토요일의 하교 길이었다. 깜짝 놀랐다. 집에 웬 스님이 있지 않은가. 우리의 종교는 기독교이었기 때문에 충격은 더했다.

"아… 아빠?"

그 스님은 바로 아빠였다. 아빠는 머리를 빡빡 밀고, 회색 승려복을 입고 있었다.

"음. 영아 왔구나. 놀랐지. 아빠 이제 절에서 지낼 거야."

이게 어떻게 된 일인지, 아무 말도 못하고 그대로 얼어붙어 있었다. 메고 있는 가방도 벗지 못하고 서 있는 나에게 스님이 된 아빠가 한걸음 다가왔다. 나는 한 걸음 뒤로 물러나 멀리했다. 너무 놀랐고, 벌컥 눈물이 났다. 아빠는 짐을 간단히 챙겨서 그렇게 집을 떠났다. 나에게 몸 건강하게 잘 지내고, 엄마 말 잘 듣고, 동생 잘 보살펴주라는 말만 남기셨다. 아빠는 바가지 긁는 엄마와 쌀쌀한 두 딸이 보기 싫었던 걸까. 그 이후로 아빠는 정말 집에 오지 않으셨다. 가끔 약간의 돈을 보내주고 전화로 안부만 간단하게 물을 수 있었다. 친구들과 동네사람들이 우리를 보고 수근거리는 듯 했다.

"영아 아버지 절로 들어갔대. 스님 됐나봐."

엄마도 그 동네가 힘들었는지, 고향인 부산으로 다시 이사를 했다. 나는 아빠가 보고 싶었다. 아빠의 빈자리는 너무나도 컸다. 그렇게 무책임하게 떠난 아빠를 도무지 이해할 수 없었다. 나는 그 상황을 받아들이기가 힘이 들었다.

나는 이사하던 도중, 반쯤 적힌 아빠의 일기를 발견했다. 아빠가 그동안 얼마나 힘들어하셨는지, 또 우리에게 얼마나 미안해하셨는지 알 수 있었다. 그리고 아빠는 힘에 부칠 때마다 엄마와 두 딸을 생각하면서 기운 내고 계셨다. 아빠는 자는 우리 두 딸의 모습이 한없이 사랑스럽다고, 영원히 사랑한다고 적어두셨다. 나는 펑펑 울었다.

우리는 그렇게 헤어졌다. 아빠에게 하고 싶은 말이 참 많은데….

나는 대학을 졸업하고, 사회인이 되었다. 엄마에게 알리지 않고, 아빠를 찾으러 나섰다. 내 손으로 처음 번 돈으로 아빠께 선물을 해 드리고 싶었다. 서점에 가서 아빠가 읽었으면 좋을 듯 한 책 다섯 권을 샀다. 그 책 중에는 기독교 책도 있었다. 고민을 하다가 그 때 좋아하던 기독교 책을 넣은 이유는 아빠가 스님을 그만두고 우리에게 돌아왔으면 하는 바람에서였다.

아빠는 최근에는 전라북도의 어느 한 절에 주지스님으로 자리를 잡고 계셨지만, 내가 찾아뵈었던 그때에는 서울 강남의 어느 절에 계셨다. 모태신앙이 기독교인 나에게 절이라는 공간은 무척 낯설게만 느껴졌다. 낯선 환경과 낯선 사람들 낯선 분위기. 거기 있던 아빠마저도 너무나 낯설었다.

아빠는 우리가 그동안 만나지 못했던 10년이라는 시간만큼이나 달라져 있었다. 달라졌다는 건, 내가 생각했던 것보다 훨씬 더 편안하고 좋은 모습으로 절에서 잘 지내고 계셨다는 것이다. 나는 오랫동안 아빠가 방황하며, 안정되지 못한 안타까운 모습만을 기억하고 있었는데 아빠는 절에서 나름 행복하게 잘 나가고(?) 계셨던 것이다.

절에서 하루를 잤다. 너무 불편해서 잠도 오지 않았다. 다음날 어색한 아침식사 시간이 끝나고 헤어질 인사를 할 때에, 용기를 내어 간신히 아빠께 하려던 말을 꺼냈다.

"아빠. 나 할 말이 있는데…."

"응. 뭔데?"

"아빠, 지금 하고 있는 일 다 정리하시면 안돼요? 우리 가족 모두 다 같이 행복했던 때로 돌아가요. 나 아빠랑 같이 교회도 가고 싶어."

아빠는 조용히 타이르듯 말씀하셨다.

"아빠는 너무 먼 길을 왔다. 돌아가기에는 너무 늦었어. 우리 딸 건강하게 다 큰 모습 보니까 참 좋구나. 반가웠지만, 그런 말 하려고 여기에 오지 않았으면 좋겠다. 부처님한테 절도 안 하고, 그러면⋯."

나는 알았다고 아빠 하시는 말을 끊었다. 더 이상 듣기 싫었다. 또 눈물이 나서 도망치듯 와버렸다.

나는 알렉스와의 결혼식을 앞두고 있을 때에야 비로소 아빠에게 전화를 했다. 동생 진희 결혼에는 그냥 넘어갔지만, 적어도 내가 결혼한다는 건 알고 계셔야 할 것 같았기 때문이다. 알렉스에 대해 한 번도 들어본 적도 없고, 연락도 없던 내가 독일 사람과 국제결혼을 한다는 것에 아빠는 놀라셨는지 잠시 동안 아무 말도 하지 않으셨다.

"그래. 아빠는 우리 딸 믿는다. 그가 잘해주니?"

"네, 아빠. 정말 최고의 사람이에요."

"이름이 알렉스라고 그랬니?"

"네."

"이름이 맘에 드네. 여기 절에 개가 한 마리 있는데, 그 개 이름도 알렉스란다."

"네? 풋!"

나는 순간 웃음이 나왔다. 수화기 너머로 아빠의 웃음소리도 들렸다. 알렉스의 이름은 오래된 부녀의 어색함을 한 번에 깨어주었다.

"알렉스와 널 위해 기도하마. 결혼 축하한다."

아빠는 결혼식 당일 아침 일찍, 내가 신부화장을 하던 미용실로 오셨다.

"내가 결혼식 올릴 교회로 가면 모두들 불편할 테니까, 여기 미용실이 낫겠다 싶어 이리로 왔다."

아빠는 나를 꼭 안아주었고, 축하한다는 말해주었다. 미용실 언니가 웬 스님이 들어와 나를 안아주니 놀랐다. 그날 알렉스는 말로만 들었던 스님 아빠를 처음 만났다. 놀라 얼어붙은 알렉스에게 악수를 청하던 아빠는 그의 어깨를 한번 툭 치시며 스님이 아닌 장인어른처럼 말씀하셨다.

"알렉스?"

"아! 네!"

그렇게까지 긴장한 알렉스를 처음 보았다. 하기야 결혼식 당일에 '스님 장인어른'을 처음 만났으니 오죽할까.

"우리 딸 영아 울리면, 자네 죽는다. '죽는다' 한국말 알지?"

헐! 초면에 그런 말을…. 그것도 스님이. 하지만 이상하게도 천하의 그 알렉스도 단 한 번에 쫄아붙게 만드는 그런 아빠가 있다는 게 나는 너무 신이 났다. 스님께 협박 받은 새 신랑 알렉스는 90도로 인사를 드렸다.

"네. 알아요. '죽.는.다.' 영아가 많이 말해요. '야! 너 죽을래?' 하고요. 하하. 저 영아 행복하게 하겠습니다. 그리고 만나 뵙게 되어서 반갑습니다. 영아가 진짜 아빠를 많이 닮은 것 같습니다."

아빠는 내게 신랑 하나 정말 잘 구한 것 같다고 하시고 흐뭇하게 웃으시며 행복하게 잘 살아야 한다고 당부하시고 바로 가셨다. 나는 알렉스 손을 잡고 예식장으로 동시입장을 했지만 슬프지는 않았다. 아빠가 바로 전에 다녀가셨으니, 또 이 결혼을 진심으로 축하해주셨으니 말이다.

스님인 아빠는 무소식이 희소식이라시며, 안 좋은 일이 있거든 연락 달라고 하셨기 때문에 나는 전화도 잘 안 드리고 있었다. 그냥 아빠가 마음이라도 편하게 잘 지내셨으면 좋겠다고 생각했다. 아빠가 스님이 된지 20년이 가까워져 간다. 한 집에서 함께 살 때 아빠의 직업은 자주 변했지만, 지금은 아빠가 자신의 일을 찾은 듯하다.

엄마는 교회에서 '권사님'으로 불리고, 아빠는 절에서 '주지스님'으로 불린다. 나는 종교를 떠나 엄마아빠를 누구보다도 존경하고 사랑한다.

이 지면을 빌어 나를 이 세상에 있게 해주신 부모님에게 감사의 말을 전하고 싶다.

"엄마아빠, 저를 예쁘게 낳아서 건강하게 잘 자랄 수 있게 보살펴주셔서 감사해요. 그리고 사랑해요."

● 이 책 원고가 완성되었을 쯤에 아빠는 식도암으로 돌아가셨다 (너무 늦게 발견한 탓에 수술도 하지 못했다.) 아빠는 환갑도 안 되는 나이에 하늘의 별이 되셨다. 나의 결혼식 이후 아빠를 병원에서 처음 만났다. 수척해진 아빠. 아빠는 딸에게 아픈 모습을 보이기 싫으셨는지, 환자복도, 승려복도 아닌, 등산복으로 갈아입고 나를 기다리고 계셨다. 아빤, 큰 딸인 내게 당신의 그 모습으로 기억되고 싶으셨나 보다. 그리고 겨울이 오고 눈이 왔다. 아빠의 장례식 후, 산에 오르던 건강한 아빠의 사진 한 장을 내 책상에 붙여두었다.

어느 날 기타를 잡고 연습을 하고 있던 나를 보며 알렉스가 말했다.

"아, 맞아. 엄마도 기타를 쳤었어."

"엄마?"

나는 순간 우리 엄마를 떠올렸다. 알렉스는 상기된 표정으로 말했다.

"그래, 맞아. 지금 영아 너처럼, 오른손에 팔찌를 끼고 말이야. 그래서 기타에는 팔찌에 긁힌 자국이 세로로 남아 있었어."

"그랬구나. 알렉스 엄마가 기타를 치셨구나."

나는 놀랐지만, 침착해지려고 애를 썼다.

"나 완전히 잊고 있었는데, 너무 신기하다. 어떻게 생겼던 팔찌인지도 다 생각이 나네."

알렉스는 자신의 엄마 이야기를 잘 하지 않았는데, 이렇게 먼저 불쑥 이야기를 꺼내서 놀랐다. 무슨 말을 건네야 할지 몰라 그냥 이렇게 물었다.

"알렉스. 엄마 보고 싶어?"

"아니. 무슨 내가 애도 아니고…."

나는 연습하던 기타를 내려놓고, 알렉스를 말없이 꼭 안아주었다. 알렉스의 내면에 엄마를 잃고 힘들어하는 꼬마아이 알렉스를 꼭 안아주었다.

알렉스의 부모님은 그가 여섯 살 되던 해, 엄마가 다른 남자와 눈이 맞아 살림을 차리게 되어 헤어졌다고 했다. 그의 부모님은 헤어지면서 알렉스 더러 누구를 따라 갈 것인지에 대한 선택권을 주었다. 알렉스는 아버지를 선택했고, 성인이 되기 전까지 아버지와 살게 되었다. 처음 몇 년 동안은 엄마를 가끔 밖에서 만나기도 했다. 하지만 엄마가 재혼을 하고 아이를 가지면서 자연스럽게 연락이 끊겼다고 했다.

알렉스는 아버지가 바빠서 혼자 계시는 할머니 집을 오가면서 자랐다. 알렉스 할아버지는 알렉스가 태어나기도 전에 돌아가셨다. 그래서 할머니 혼자서 아들을 키우며 뒷바라지하셨다고 했다. 할머니는 그 당시 대학교의 사무직원으로 일하고 계셨다. 그래서 알렉스는 혼자 지내는 시간이 많았다. 엄마도 떠나고, 아버지의 집, 할머니의 집을 전전하며 혼자 외로이 지냈을 어린 알렉스를 생각하면 나는 한 구석이 아려온다.

지금의 시어머니는 알렉스의 친엄마가 아니다. 두 분이 같이 사시게 된 것은 12년 전 일이므로 알렉스가 대학에 들어간 이후이다. 알렉스는 그분을 엄마라고 부르지 않고, 그냥 이름을 부른다(독일에서는 그게 자연스러운 일이라고 한다).

한국에 시부모님이 처음 오셨을 때, 알렉스는 사람들에게 이렇게 소개했다.

"This is my father. And this is my fater's girl friend."

그러면 대다수의 한국 사람들은 일제히 당황하는 눈빛으로 나를 쳐다보면서 되물었다.

"Father's girl friend? 아빠? 여… 여자친구?"

그러면 나는 쉽게 상황 파악이 되도록 도와준다.

"새엄마."

그러면 모두들 '아! 그렇구나!' 하며 이해하는 안색을 띄었다.

시간이 조금씩 흐르면서 알렉스는 한국 문화를 알아서인지, 이제는 그냥 "나의 부모님"이라고 소개한다.

시어머니는 퇴직을 곧 앞둔 공무원이신데, 너무나 유쾌하고 쾌활한 성격의 소유자이다. 알렉스는 아버지가 새로운 사랑을 하면서 시어머니와 함께 살게 된 것을 너무나 기쁘게 생각한다. 물론 나 역시 그렇다. 외동아들인 알렉스가 먼 한국 땅에 있어도, 시아버지가 그렇게 외롭지 않으신 이유는 너무나 예쁘고 멋진 좋은 여자 친구를 만나셔서 새로운 사람과 함께 제 2의 인생을 살고 계시기 때문이다. 두 분은 이곳저곳 여행도 많이 다니시면서 우리보다 더 행복하게 잘 살고 계신다.

알렉스 가족은 썰렁했다. 시아버지도 외동아들이라 집안의 행사는 오로지 할머니, 아빠, 알렉스 세 식구뿐이었다. 썰렁할 정도로 단순했던 가족, 늘 혼자였던 알렉스에게 친척이 많이 생겼다. 아버지의 새로운 사랑으로, 또 나와 결혼하면서 생긴 부산의 처가 친척들까지. 알렉스 가족관계가 복잡해지기 시작했다. 새엄마의 가족들, 즉 새로운 외갓집이 생기고, 처갓집이 생겼다. 갑자기 대가족을 얻었다. 알렉스에게 할머니, 이모, 삼촌들이 생겼고, 또 알렉스가 형, 오빠, 삼촌, 이모부가 되었다. 알렉스는 더 이상 혼자가 아니다. 이 세상에서 그를 가장 아끼는 아내인 나도 있고 많은 친척들까지 생겼다.

알렉스는 독일로 갈 때 외할머니가 좋아하시는 한국의 유자차를 제일 먼저 샀다. 독일에서 한국으로 들어 올 때는 장모님에게 선물할 향수와 조카 유미 장난감을 먼저 챙겼다. 선물 사기 바쁘다고 궁시렁거리는 알렉스이지만 나는 이미 눈치를 챘다. 북적이는 인간관계를 그도 상당히 즐기고 있다는 걸 말이다.

독일 친구 티모가 한국에 놀러왔을 때, 알렉스는 티모를 데리고 나도 없이 부산에 내려가 넉살좋게 처갓집 문을 두드렸다.

"엄마장모님, 알렉스 친구랑 왔어요. 밥 사주세요!"

나는 그가 한국의 가족들과 더 끈끈한 정을 느꼈으면 좋겠다.

사랑을 하면 그 사람의 어린 시절이 당연히 궁금하기 마련이다. 사진을 좋아하는 나는 독일 집에 가서 알렉스에게 당장 사진앨범부터 내어오라고 했다. 홀딱 벗은 아기 때 모습도 보고 싶고, 대박 촌스러운 청소년기를 보면서 진탕 놀려도 보고 싶었다.

그러나 알렉스는 사진 앨범을 달랑 하나를 들고 왔는데, 이게 웬일! 사진이 몇 장 없었다.

"에이, 왜 이래 이거. 다 가져와."

"없어. 이게 다야."

"과거를 보여주기 싫은 거야 알렉스? 아니면 혹시 그 얼굴 뜯어 고친거야?"

"나는 사진 별로 없어. 찍어줄 사람도 없었고, 사진 찍는 것도 별로 안 좋아서."

"그랬구나, 알겠어. 미안."

사진집 딸이었던 나와는 다르게 알렉스는 어릴 때 사진이 정말 몇 장 없었다. 몇 장 없는 사진을 보고 또 봤다. 리틀 알렉스. 어쩜 이리 귀엽고 사랑스러운지 모르겠다. 화가 나서 시부모님을 찾아가 따지고 싶을 정도였다. 이렇게 예쁜 아이를 어떻게 사진도 잘 안 찍어 둘 수 있냐고 말이다. 그 이후로 나는 결심했다. 지금이라도 내가 미친 듯이 사진을 찍어 주기로 말이다.

'알렉스. 비록 어릴 때 사진은 아쉽게도 고작 이게 다지만 말이야. 너, 각오해. 이제부터는 사진에 파묻혀 살 거야. 내가 열심히 찍어 줄게.'

내가 들이미는 카메라 앞에서 어색하게 서서 잘 웃지도 못했던 알렉스는 몇 년이 흐른 요즘에는 웃으며 손가락으로 V를 날려주는 건 기본이고, 45도 얼짱 각도로 셀카도 찍는다. 나는 밝게 변해가는 그의 모습이 너무 보기 좋아서 알렉스가 환히 웃는 사진들을 인화해서 집안에 온 방문마다 붙여놓았다. 알렉스처럼 이렇게 잘생긴 얼굴은 자주 봐야 시력이 좋아지는 법이라면서 말이다.

　나는 사진 찍는 기술을 배운 적은 없지만, 내가 찍은 알렉스 사진은 정말이지 하나같이 근사하게 다 잘 나온다. 그 이유는 두 가지이다. 첫째는 한때 사진 작가였던 아빠의 피를 물려받았기 때문이고, 둘째는 카메라를 든 내가 모델을 진심으로 사랑해서. 그 두 가지 이유를 듣던 알렉스는 더 중요한 이유 하나가 빠진 것 같다고 했다. 그것은 단순이 모델이 잘생겼기 때문이라나.

　이혼 가정의 자녀가 받는 스트레스는 부모가 사별한 경우보다도 더 크다고 한다. 엄마 아빠가 아름다운 사랑을 하는 건강한 가정 안에서 좋은 부부란 무엇인지, 행복한 결혼 생활이란 무엇인지 많이 보지 못하고 자라난 나와 알렉스. 우리 두 사람의 내면의 아이는 자주 불안했고, 우울했으며, 때로 죄책감도 느꼈고, 분노하고, 낮은 자존감으로 많이 힘들어 했을 것이다. 이제 우리는 서로의 연인이고, 친구인 동시에 또 서로의 부모이기도 하다.

　비가 온다. 서로에게 우산이 된 알렉스와 나는 이 사랑으로 서로의 상처를 감싸 안으며 살아갈 것이다. 알렉스를 만난 후 진정한 사랑은 상처를 허락하고 보듬어주는 것임을 가슴 깊이 배웠다.

행복한 미혼이
행복한 기혼이 된다

"그 사람이 나를 좀 더 아껴주고 사랑해주면 정말 행복할 텐데…."
"그가 지금보다 더 다정하게 대해주면 얼마나 행복할까?"

대부분 여자들은 사랑하는 그 남자가 바라는 것을 충족시켜주면
행복해질 것이라고 생각한다. 하지만 이는 착각이다. 사랑하는 이의
사랑만으로는 절대 행복해질 수는 없기 때문이다. 행복하다고 하더
라도 그것은 찰나에 불과하다.

행복은 스스로 발명하고 얻는 것이다. 지금 내가 행복하다는 감정
이 드는 것은 사랑하는 알렉스를 비롯해 지금 나의 일상에 만족하기
때문이다. 진정한 행복은 타인으로 인해 생겨나는 것이 아니라 내

안에서 생겨나는 것이다. 내 인생의 주인은 바로 나 자신이다. 나는 내 삶을 주도적으로 살고 있을 때 가장 즐겁고 행복하다.

한 친구가 생각난다. 그 친구는 마치 자신을 데려갈 남자가 자신의 모든 것을 해결해줄 것이라고 기대하며 'A급 남편감'을 고르고 있던 중이었다. 그러나 친구는 삼십대 중반이 되자 슬슬 불안해하기 시작했다. 어느 날 그 친구가 내게 이런 말을 했다.

"영아, 넌 좋겠다. 남편 잘 만나가지고 인생이 활짝 피겠네. 알렉스가 교수가 되고 넌 교수 와이프 되면, 여왕처럼 살 거 아니야. 아, 나도 제대로 걸려야 될 텐데…. 야! 너 혼자만 잘나가지 말고, 소개 좀 해줘봐!"

이런 말을 들으면 다른 여자들은 으스대고 싶어질지 모르지만 난 그 반대였다. 교수 와이프가 되어서 인생이 피겠다는 친구의 말을 들으면서 왠지 모르게 불쾌해졌다. 알렉스가 무슨 '내 인생의 구원자'라도 된단 말인가. 물론 알렉스는 나의 약점을 보완해주며 내가 가진 꿈을 지지해주고 도와주는 든든한 남편이다. 난 그런 그에게 정말 감사함을 느낀다. 하지만 그렇다고 해서 나는 내 인생을 전적으로 알렉스에게 의존하지 않는다. 왜냐하면 알렉스에게는 알렉스만의 인생이 있고, 나에게는 나의 인생이 있기 때문이다. 그래서 나는 내 일을 최선을 다해 하면서 내 꿈을 향해 치열하게 달려가고 있다.

나는 남녀가 아무리 사랑한다고 하더라도 서로에게 지나치게 의존하는 것에 대해선 부정적인 시선을 가지고 있다. 한쪽이 상대에게 의존하게 되면 스스로의 자존감이 낮아지게 된다. 결국 한쪽이 종속되게 되는 관계가 되는 것이다. 불행은 이때부터 시작된다. 그래서 두 사람이 편안하면서도 행복한 관계를 유지하기 위해선 한쪽에 종속되기보다 대등한 관계가 되어야 한다.

알렉스에게는 미안하지만, 만약에 내가 알렉스를 만나지 않았더라도 나는 여왕처럼 살았을 것이다. 알렉스는 나에게 '짜잔!' 하고 나타난 백마를 탄 왕자가 아니다. 나는 그를 만나기 전에도 나 자신의 행복과 성공을 위해 열심히 살았기 때문이다. 여자의 행복은 백마를 탄 왕자에 의해 주어지는 것이 아니라 나 스스로 만들어가는 것이라고 믿는다. 내가 내 인생의 여왕이라는 생각으로 살아왔기에 오히려 나를 만나게 된 알렉스가 '나'라는 공주를 만난 행운의 남자가 된 것이라고 말해주고 싶다.

간혹 주위에 남자친구에게 목을 매는 불쌍한 여자들이 있다. 그녀들은 스스로 자신의 행복을 만들기 위해 노력하기보다 상대에게서 쉽게 받기를 바란다. 그래서 그들 가운데 빨리 결혼해서 달콤한 신혼을 즐기고 싶어 한다. 하지만 그런 마음가짐으로 결혼하게 되면 그토록 원하던 행복과는 오히려 거리가 먼 인생을 살아가게 된다.

자신의 정체성은 자신에게 있다. 아무리 사랑하는 사람이라도 그의 관심과 사랑이 내 정체성마저 지배할 수는 없는 것이다. 스스로 행복할 수 있는 사람이 상대도 행복하게 할 수 있다.

인생의 목적인 진정한 행복과 사랑은 혼자 스스로 홀로설 수 있는 사람에게 주어지는 인생의 선물이다. 스스로 자신의 행복을 발명할 수 있는 사람만이 진정으로 행복한 인생을 살아갈 수 있다. 뿐만 아니라 스스로를 아끼고 사람만이 사랑하는 사람과 함께 진정 행복한 미래를 만들어 갈 수 있다.

여자에서
아줌마로

　한국에서 8년째 살고 있는 알렉스가 가장 두려워하는 것은 바로 대한민국 아줌마이다. 뽀글뽀글 볶은 라면머리, 인심 좋게 옆으로 넉넉히 퍼진 몸매, 늘어진 추리닝과 슬리퍼를 소리 나게 질질 끌며 팔자로 걷는 동네 아줌마. 그 아줌마들은 잘생긴 외국인 알렉스를 보면 부담스럽게 큰 목소리와 넘어가는 웃음으로 급호감을 표시한다. 그러면 알렉스는 억지 미소로 답하며 슬금슬금 자리를 피한다.

　알렉스는 외출 나온 아줌마 집단이 더 무섭다고 한다. 꿈에 나올 법한 진한 화장에 원색 또는 화려한 패턴(호피무늬, 큼지막한 나방무늬 등)의 옷을 입고 나온 아줌마들을 마주치기라도 하면 경악할 정도란다. 그동안 나는 아무리 괴팍한 성질의 남자도 아줌마와 맞붙어서 싸워서 이긴 꼴을 보지 못했다. 기세등등한 아줌마의 포스에 거침없이 나오는 말빨에 여지없이 무너지게 된다. 그래서 가장 무서운 존재가 아줌마라고 해도 과언이 아니다.

그러나 알렉스가 아줌마가 싫다고 말하는 것은 사실 그들의 외모 때문이 아니다. 아줌마들의 행동 때문이다. 아줌마들은 대개 시끄럽고, 무례하며 남을 의식하지 않는 뻔뻔한 행동을 잘하기 때문에 싫어한다. 알렉스뿐 아니라 많은 외국인 친구들도 한국 아줌마에 대해 흉을 본다. 그래서 한국어 능력 수준에 관계없이 '아줌마'라는 단어는 누구나 다 아는 기본 어휘가 되었다.

아줌마의 사전적 의미는 나이든 여성, 아주머니를 정겹게 혹은 가볍게 부르는 뜻이다. 영어로는 '미세스', 불어로는 '마담', 일본어로는 '오바상', 독일어는 '프라우' 정도라고 번역될 수 있다. 하지만 '아줌마'라는 단어의 속성은 그 외국어 단어들과는 많이 다르다. 우리나라 아줌마는 늙고, 여성으로 정체성이 없는 듯한 부정적 느낌이 강하다. 사회적으로 그 의미가 변색되어 호칭을 부르기 조심스러운 경우가 더 많다. 그래서 영업직 사원들은 아줌마를 좀 더 기분 좋게 '사모님'이라고 부르기도 한다.

하루는 알렉스랑 지하철을 타고 가는 길이었다. 언제나 그렇듯이 2호선 안에는 많은 사람들로 붐비고 있었다. 모두가 각자 조심스럽게 최대한으로 서로의 신체 접촉을 피해가며 어깨를 움츠린 채 서 있었다. 그때 노약자석에서 싸우는 소리가 들렸다. 사람들의 시선이 그곳을 향했다.

"왜이래! 나도 낼 모레면 환갑이야!"

"아니, 이 아줌마가!"

"그래, 아줌마다 어쩔래? 이 자리 아줌마가 전세 냈어?"

"이 여자가 말이면 다 말인 줄 알아!"

아줌마 특유의 톤이 높은 목소리가 들렸다. 자리 양보 때문에 나이 드신 두 아줌마가 육두문자를 써가며 다투고 있었다. 아줌마들은 상대의 기선을 제압하기 위해 핏대를 높이며 삿대질까지 일삼았다. 그들의 다투는 소리에 눈살을 찌푸리는 사람도 있었고, 그나마 무료함을 달랠 재미있는 일이 일어났다는 듯이 키득키득 웃는 사람도 있었다.

그 상황을 보던 알렉스는 눈을 감고 고개를 저었다. 그는 어떤 상황이 마음에 들지 않으면 그런 포즈를 취한다. 얼마 후 우리는 지하철에서 내렸고, 그는 내리자마자 물어왔다.

"아줌마들은 왜 그래? 새치기 하지, 또 문 열리면 사람들이 미처 내리기도 전에 먼저 올라타고, 자리가 보이면 멀리서라도 가방을 밀어 넣고 '누구야, 여기 앉아라!' 하며 소리를 지른다던지, 서 있을 땐 손잡이를 잡고 제대로 서 있는 게 아니라 남에게 기대서 서 있고, 그렇게 배려 없이 남을 팔꿈치로 밀거나 하고 말이야.

"어휴! 아줌마들이란…. 영아, 넌, 한국 아줌마 안 될 거지?"

알렉스는 한국 아줌마에 대한 불평을 쏟아내며 연신 자신의 이마를 쳤다. 그는 어쩌면 나 역시 나이가 들면 방금 전에 지하철에서 소란을 피우던 그런 아줌마들처럼 될까봐 불안한 모양이었다.

나는 알렉스에게 안심시켜주기 위해 방긋 웃으며 이렇게 대답했다.

"그럼, 난 절대 그런 어처구니 없는 한국 아줌마 안 될 거야. 난 그럼, 독일 아줌마 될까?"

내 말에 알렉스는 빵 터졌다. 순간 나는 억척같은 한국 아줌마보다 독일 아줌마 되는 게 더 낫지 않을까, 하는 생각도 들었다.

유교 전통이 강한 한국 사회에서 여전히 여성적인 미덕은 다소곳하고, 조심스럽고, 수줍어하는 모습으로 인식되어 있다. 그런데 아줌마로 호칭되는 여성들은 그런 다소곳함과 처녀적인 수줍음은 온데간데없고, 시끄러운 수다에 억척스럽고 부끄러움을 모르는 모습으로 서서히 변하게 된다. 알렉스는 친절한 듯하다가도 갑자기 화를 내는 아줌마들의 모습이 그저 신기하다고 말한다. 경건함과 조심함이 없이 어디에서든 대놓고 소리 지르는 모습에 놀란 적이 한두 번이 아니란다.

나는 알렉스가 나더러 아줌마가 되지 말라고 한 말 뜻은 무엇일까, 하고 곰곰이 생각해봤다. 왜 우리 한국 아줌마들은 부정적 이미지로, 비난받는 존재로 전락해버린 것일까? 분명 처음부터 그런 건 아닐 텐데 말이다. 그들을 그렇게 만든 이유나 상황은 도대체 무엇일까?

예전에 감명 깊게 본 전도연,박해일이 주연을 맡은 영화 '인어공주'가 생각났다. 주인공 딸전도연은 드세고 억척스러우며 미운 욕만

입에 달고 사는 목욕탕 때밀이인 자신의 엄마고두심의 과거로 돌아가게 된다. 제주도에서 펼쳐지는 아버지와의 아름답고 풋풋한 첫사랑의 보게 되면서 그녀는 조금씩 엄마를 이해하며 인식의 변화를 가진다. 그 무식한 욕쟁이 아줌마이던 엄마도 한때는 순수하고 부끄러움이 많은 고운 소녀였던 것이다. 그 영화를 보고, 우리 중 누구도 그 아줌마를 비난만은 할 수 없을 것 같았다. 곱고 순수한 소녀는 빠듯한 살림살이에 자기도 모르게 악바리 짠순이가 되어가고, 부지런함은 악착같은 모진 모습으로, 고생스런 일상은 뻔뻔한 무대포 행동으로 아줌마로 되어버렸다. 어쩔 수 없이 체득한 행동이다.

많은 사람들이 아줌마를 연상하면 돈만 밝히는 늙은 여자라고 생각한다. 하지만 그들이 백화점이나 마트, 시장에서 반짝 세일에 초인간적인 순발력으로 달려가는 것은 그들 자신만을 위해서가 아니다. 자식들과 남편을 위해 창피함을 무릅쓰고 저렴한 가격에 가족이 좋아하는 반찬거리를 사기 위해서이다. 그런 아줌마의 눈물겨운 희생으로 지금의 나와 여러분이 있는 것이다.

엄마를 생각하면 오버랩 되는 것이 있다. 되도록 오래 가는 파마로 머리를 잘게 뽀글뽀글 볶았고, 집안일 하기 위해 추리닝 같은 편한 옷을 입었다. 애들 학원 하나 더 보내고 공부 좀 더 시키려 여성의 아름다움은 포기했다. 시장에서 몇백 원을 깎기 위해 흥정하면서 허리띠를 졸라맸다. 식구들이 먹다 남긴 밥 아까워서 해치우다 보니 자연스럽게 느는 건 뱃살과 팔뚝이었다. 그렇게 팍팍한 육아와 살림을 꾸리면서 엄마는 불행히도 가장 중요한 '나'를 잃었다. 그런데도 불구하고 타인을 배려하지 않고 질서를 지키지 않는 뻔뻔한 인간으로 낙인 찍혔다. 그래서 나는 어떻게 보면 한국 사회에서 아줌마보다 더 불쌍한 존재도 없다고 생각한다.

더군다나 나의 엄마는 더욱 짠하다. 아빠의 빈자리를 대신해서 나와 동생, 두 딸을 위해 외벌이까지 담당 하셨다. 엄마는 사촌인 원자 이모의 소개로 보험회사에 나가 영업을 하기 시작하셨다. 보험영업은 누구나 하지만 아무나 하는 것은 아니라고 하지 않는가. 하지만 엄마는 딸들에게 힘든 내색 한번 하지 않으셨다. 늘 부지런히 노력하고 애쓰는 모습만 보이셨다. 이제는 알 것 같다. 좀 늦은 나이에 사회생활을 시작한 엄마가 얼마나 힘드셨지를. 고객의 수많은 거절을 감당하며 인내하는 그 절절한 마음을. 삼십대가 된 나는 좀 안다. 외벌이의 고단함을, 밥벌이의 신성함을. 그리고 엄마는 어느새 부산 삼성화재에서 잘나가는 일등영업인이 되셨다. 현재까지 활발하게 활동하고 계신다. 그런 엄마가 고맙고 자랑스러운 건 말할 것도 없고, 또 한 여자로서도 존경한다.

나는 알렉스에게 말해주었다.

"알렉스. 내 말 잘 들어봐. 대한민국 아줌마는 나무 뿌리처럼 말이지. 흙 묻어 더러워 보이고, 땅속에서 있어 중요한 것처럼 안 보이지만, 뿌리가 없으면 그 나무는 바로 죽는 것처럼 우리나라에 아줌마가 없었다면 지금의 대한민국도, 나도 없었을 거야. 우리집만 봐도 그렇지. 구질구질하다고 비하했던 엄마의 억척스런 절약정신으로 나를 대학에 보내 공부시키고 너한테 시집 보냈잖아. 한국 엄마들은 대단해. 우리 대한민국을 이렇게 G20 개최국으로 올려놓았어. 아줌마들의 푸근하고 희생적인 면모가 우리의 생활고와 경제의 불안을 덜게 만들었다고. 아줌마들이 포기한 여성 정체성으로 우리의 가정과 한국은 튼튼히 세워졌어. 아줌마는 이 사회의 기둥이야. 그러니 적어도 그대가 한국 여자의 남편이라면, 그 아줌마들에게 손가락질만은 할 수 없을 것 같은데?"

아줌마에 대한 비난만 하는 독일인 알렉스에게 그들의 대한 이해심을 주어 부정적인 시각을 조금이라도 줄여주고 싶은 욕심이 있었다. 아줌마 이야기 하다 보니 갑자기 없던 애국심도 불탔다. 내 말을 들은 알렉스는 어안이 벙벙해져 알았다고, 잘못했다고 급히 사과를 했다. 그리고는 가끔씩 다른 외국인 친구들이 아줌마 욕을 하면, 슬쩍 자기는 아줌마 편이 되어 친구들에게 이해하라며, 너희가 지금 욕하는 아줌마들이 대한민국을 일으켜 세운 엄마들이라고 당당하게 말한다.

나도 얼마 후면 아이를 갖게 될 것이고, 한 아이의 엄마가 될 것이다. 진짜 아줌마가 된다. 나는 아줌마가 되더라도 남의 시선을 의식하지 않고 말하고 행동하는 무례하고 뻔뻔한 아줌마는 되지 않기로 다짐했다. 그 대신 아줌마도 아가씨처럼 예쁘고, 다소곳하고, 다정할 수 있다는 것을 보여주는 멋진 아줌마가 될 것이다.

내 책상은
화장대보다
섹시하다

　나는 언제부터인가 남의 신혼집에 가게 되면 비밀스런 역사가 일어나는 안방을 구경하는 것을 좋아하기 시작했다. 집집마다 그들만의 특별한 반찬 냄새가 있듯이, 안방마다 느껴지는 고유한 다른 분위기가 각별하게 느껴진다. 침대 위에 한 이불과 사이좋은 두 베개를 보며 부부의 공간을 채우고 있는 것들이 저마다 내가 함부로 읽어내지 못할 비밀스런 이야기를 품고 있는 듯 신비롭기까지 하다. 침대와 옷장, 화장대. 가구가 클래식한 공주풍인지, 모던 심플 스타일인지를 보며 이 집의 주인공 부부의 잠자리 스타일을 점쳐보기도 한다. 그러다 마지막으로 내 시선을 잡는 것은 화장대라는 가구다.

나는 번듯한 화장대가 없다. 화장대 들일 마땅한 자리도 없고, 필요 있을까 하며 굳이 그 공간을 만들지 않았다. 그러나 요즘에는 종종 내가 화장대도 없는 여자라서 빛의 속도로 노화되고 있는 건 아닌지, 하는 치기 어린 염려도 해본다. 다음 번 이사를 가면 나도 거울이 달린 화장대에 앉아 천천히 머리도 말리고 싶다(지금은 욕실에서 대충 서서 한다).

"한번 앉아봐도 되요?"

화장대 의자에 앉아 본다. 한층 예뻐 보이게 보여주는 마술 거울 아래 달린 작은 서랍, 그리고 그 위에 다소곳한 모습으로 곱게 놓인 여인의 물건들. 그 집 아내의 외적 성숙도를 보여주는 듯하다. 스킨, 로션 등의 잘빠진 화장품 유리병들은 저마다의 향기를 내며 속닥속닥 이야기 하는 것 같다. 여자의 손길을 잘 받은 것들은 반짝반짝 윤을 내고, 잘 안 쓰이는 것들은 뒤로 물러나 약간의 먼지를 쌓아두고 있다. 다양한 매니큐어 색깔은 그녀가 가진 매력의 숫자라도 말해주는 듯하다.

재활병원에서 일하는 나는 발라봐야 투명 매니큐어다. 병원을 그만두면 나도 제일 먼저 머리를 노랗게 물들이고, 손톱도 빨주노초파남보 알록달록 색깔로 한번 다 칠해볼 참이다. 병원에서 일한다는 핑계로 화려함을 추구하지 않지만, 사실 나는 얼굴에 뭘 바르는 답답한 메이크업 자체를 좋아하지도 않아 맨얼굴로 다니는 경우가 많고, 패션 감각도 바닥이다. 또 열심히 찍어봤자 호박에 줄긋는 것처럼 눈에 띄는 업그레이드가 되지 않는다. 역시 나하고는 거리가 있는 가구인 화장대의 모서리를 한번 만지며 일어난다. 쩝!

화장대 없는 촌스러운 여자. 하지만 나는 화장대보다 포기할 수 없는 것이 있다. 나만의 책상이다. 내가 '책상'에 대해 가장 많이 들은 말들이란 이런 것들이다. 보통 결혼하면서 쓰던 책상은 친정집에 두고, 신혼집에 어울리는 새 화장대를 들여온다. 책상이라고 만든 자리는 컴퓨터 게임을 하는 남편의 차지가 된다. 여자는 인터넷 쇼핑할 때만 앉는다. 그러다가 애가 생기면, 애들 책상 만들어 주다가 결국 여자는 TV 앞 소파나 식탁을 차지하게 된다는 것이다.

'오, 노!' 난 그런 삶을 살지 않을 것이라 다짐했다. 내 공부 책상을 만들어 두었다. 작은 책상 하나가 놓인 이 공간은 절대 고수하고 싶다.

'내 책상'은 나의 정체성을 말해주는 곳이다. 화장대 위에 거울 대신 내 책상 위에는 구식 노트북 스크린이 빛나고, 다양한 매니큐어가 아닌 다양한 색깔의 볼펜들이 서있다. 매끈하게 잘빠진 줄 노트 위에 내 글씨들이 향수병보다 향기롭다. 내가 아끼는 포스트잇과 일기장의 자리를 값비싼 기능성크림을 준대도 바꾸지 않겠다. 화장대에 앉아 곱게 화장하는 여자가 외적으로 섹시하다면, 책상에 앉아 공부하는 여자는 내적으로 섹시하다.

알렉스는 나를 위해 손수 책상 위 스탠드 조명을 만들어주었다. 이 세상에서 하나뿐인 알렉스표 LED 램프의 스탠드 조명은 뭔가 접촉이 잘 되지 않는지, 내가 한번 움직일 때마다 지지직 소리를 내며 꺼졌다 켜진다. 집중도는 물론 떨어진다. 뭐, 값싸고 괜찮은 스탠드 조명하나쯤은 얼마든지 살 수 있지만, 알렉스표 지지직 램프는 그 불량스런 소리와 함께 그의 사랑을 새삼 깨닫게 해주는 공로로 아직 내 책상에게 붙들려 있다. 그의 빛이다.

나는 언제부터인가 공부가 흥미로워졌다. 중고등학교 때는 미치도록 재미없었던 공부가 이제는 즐겁다. 배움의 길이 이렇게 다양한 줄 그땐 왜 몰랐을까? 나는 너무나 오랫동안, 배움과 성공의 길은 하나만 있다고 생각해왔던 것 같다. 과거의 내 공부는 오로지 시험을 위한 공부였다. 자격증을 따기 위해, 취업하기 위해, 성공하기 위해, 아니 살아남기 위해 해야만 했던 호흡이 얕은 공부. 틀 안의 세상의 정해진 답을 반복적으로 달달 암기해야만 했던….

나는 스스로 선택한 '상담심리학'이란 전공으로 갈아탄 뒤, 비로소 학문의 즐거움을 맛보게 되었고, 알렉스를 만나 외국어 공부를 시작하며 좁은 우물을 벗어날 수 있었다. 외국인을 사랑한 죄(?)로 어쩔 수 없이 시작한 외국어 공부지만, 조금씩 하다 보니 자연스레 그들의 문화가 궁금해지면서 서양의 역사와 문학 그리고 철학까지 확장시키게 된 것이다. 화려한 연예인보다 내공 있는 학자와 작가에 관심이 더 생기고, 번쩍거리는 잡지가 아닌 고전이 손에 들리기 시작했다. 화장품, 옷, 가방 등의 패션을 위한 쇼핑의 발걸음은 강의나 세

미나를 들으러 가는 발걸음으로 바뀌고, 자연스레 내 주위에는 공부하는 인맥들이 생겨났다.

그러나 이 공부가 나의 현실과 일상에, 특히 내가 주로 일하는 병원일에 실용적인가 묻는다면 멈칫하게 된다(아마 정형전문도수치료 자격증 따는 게 더 인정받고, 지갑을 부풀리는 짭짤한 재미가 될 것이다).

얼마 전 한 직장 동료도 지나가는 투로 이렇게 말했다.

"뭘 그리 열심히 해요, 피곤하게. 그런다고 월급이 오르는 것도 아닌데…."

그렇다. 내가 지금 있는 공간에서는 이런 인문학 책을 펼치고 있는 것보다, 친절한 표정으로 얌전히 앉아 있는 것을 더 인정해주는 분위기다. 친절정신에 '왜?'라는 생각은 위험하다. 서비스에는 '오케이' 할 수 있는 마음자세가 더 우선이다. 책을 읽는 여자와, 시를 쓰는 여자는 위험하다. 생각을 하기 시작하니까.

나는 이제 알아버렸다. 칸트의 '별이 빛나는 하늘'과 헤겔의 '미네르바의 부엉이'를.

이 공부는 일상의 밥벌이에 그토록 무용하기에 역설적으로 가장 인간적이다. 어찌 보면 진짜 나란 인간은 전혀 쓸모없는 짓도 기꺼이 하면서 혼자 감탄하고, 즐기는 존재이기 때문이다.

나의 공부는 나의 취미가 되었다. 삶은 질적으로 달라졌다. 나는 누가 인정해주지 않더라도, 당장의 이해관계 너머에 있는 나와 세상을, 세상과 나를 바라볼 기회를 가지게 되었다.

화장대에서 속눈썹 한 올 올리는 시간보다 책상에 앉아 새로운 문장을 만나는 시간이 더 귀하다. 책을 읽다 내 머리와 심장을 두드리는 문장에 밑줄을 치고, 그 문장들을 내 독서노트로 고이 모셔 온다. 그어나간 나의 밑줄의 흐름 뒤에 내가 서 있다. 밑줄을 긋다가 밑줄 긋는 문장을 만들고 싶어졌다. 인문학을 배우며 질문하고 답을 구해가는 과정이 즐거웠다. 마치 내면의 마당에 나무를 한 그루 심는 것 같았다. 기꺼이 엎드려 내 마음 밭의 돌을 골라내고, 잡초를 뽑는다. 그리고 언젠가 내 마음에도 다양한 나무들이 많이 자라 건강하고 생명력 넘치는 생태계가 이루어지길 소망한다.

알렉스는 지금 자고 있다. 늘 그랬듯이 그가 일어나면, 앉아 있는 내게로 와서 어깨 위에 손을 올리고, 내 이마에 입을 맞추어줄 것이다. 책을 보고 공부를 하는 아내를 지지하고, 사랑해주는 그가 고맙다. 나의 성장을 돕는 그를 더욱 사랑한다.

나는 내 책상에서 우주를 만난다. 무한히 흩어져 있던 것들 중에 어느 하나를 깨달아 그것은 나의 언어가 되며 내 노트에 한 구석에 적혀질 때, 그것은 또 하나의 불투명하고 공허한 열림이 된다. 그런 내 책상은 나의 '캠퍼스'이다. 그리고 어느 여인의 화장대보다 섹시하고 가치 있다.

화장대보다 섹시한
책상 위,
철학 노트

행복에
소질 있어요

알렉스 비자 문제 때문에 출입국사무관리소를 찾은 날이었다. 창구에 근무하던 한 직원은 서류 처리가 다 끝났다고 우리에게 비자를 건네주며, 갑자기 '축하한다'고 했다. 뭘 축하하는 거지? 영문을 모르는 우리가 의아해하자, 그는 이렇게 말했다.

"와이프분 임신하신…."

눈치를 보며 말끝을 흐렸다. 그러나 '임신'이란 단어는 이미 귀에 또렷이 들어왔다. 임신. 임신. 내 정신은 회오리쳤다.

"네? 임신요?"

"아이쿠! 이런 죄송합니다. 옷이 그래보였네요. 입고 있는 옷이, 옷이…."

옷이 임부복 같아 보인다고 변명은 했지만, 그 직원은 이미 돌아올 수 없는 다리를 건넜다. 내가 그때 입고 있던 그 옷은 하얀색 통뜨개질 스타일로 되어있던 원피스였는데, 알렉스가 독일에서 골라준 것이었다. 결혼 후, 알렉스의 요리 덕에 나의 체중은 꾸준히 '자연 증가세'를 보였고, 그 하얀색 원피스는 눈사람 몸매로 꾸며주었다. 비실비실 웃음을 흘리면서 사과하는 그 직원이 정말 미웠다. 옆에 있던 알렉스도 킥킥거린다. 이 두 남자들 웃겨 죽는다. 물론 나도 웃었다. 쿨한 척 웃었지만, 주먹은 불끈 쥐고 있었다. '아, 누구를 먼저 패줄까.' 물론 그 일 이후 나는 그 편하던 하얀 뜨개질 원피스를 다시는 꺼내 입지 않게 되었다.

나는 심하게 못생긴 덧니를 가지고 있다. 아, 왜 내 입은 이렇게 생겼을까. 나는 거울을 한참을 보았다. 어릴 때 내 별명은 '토끼이빨'이었다. 일단 입은 살짝 돌출되어 있고, 앞니 토끼이빨은 대문처럼 떡하니 크고, 송곳니는 바다코끼리처럼 발달 되어있다. 윗니가 그 정도면, 아랫니라도 예의상 가지런하게 자라 주어야 할 텐데, 이놈의 아랫니들도 각각 개성이 너무 뚜렷한 듯 자유롭게 자라났다.

그래서 나는 사람들로부터 이런 말을 정말 많이 들었다.

"영아는 눈도 큰 편이고, 콧대도 있네. 피부도 희고 좋은데, 아 입이… 이 교정해. 하면 예쁘겠다."

학교 다닐 때 짓궂은 친한 친구 하나는 아예 대놓고 말했다.

"야. 너 웃지 마라. 너는 안 웃는 게 더 나아. 웃으면 확 깨."

잔인하다. 웃지 말라고 하다니.

어렸을 때는 못생긴 이가 늘 콤플렉스였다. 이런 못생긴 치아를 가진 것이 부끄러워 되도록 웃지 않도록 하고, 웃다가도 입을 다물고 말았다. 교정하면 되지 않느냐하고 생각하시는 사람들이 있을 것이다. 물론 나에게 그럴 기회가 몇 번 있었다. 초등학교 졸업을 앞두고, 부모님은 나에게 의미 있는 선물을 해주고 싶어 하셨다.

아빠가 말했다.

"우리 딸. 이제 중학생 되는 구나. 엄마 아빠가 선물해주고 싶은 두 가지가 있는데…. 형편이 안 되서 두 개 모두는 안 되고, 네가 하나를 결정하도록 해라. 우리가 해주고 싶은 선물은 피아노와 치아 교정하는 거야."

그러자 영아 이는 자신을 닮아서 못난 거라고 늘 미안해하는 우리 덧니 엄마도 가세했다.

"에고! 여보, 그냥 영아 이 교정 시키자니까 그러네. 초등학교 다닐 때 해야지. 다 커서 하면 보기 싫어서 안 좋아"라고 하셨다. 엄마는 치아교정을 할 것을 강력히 추천했지만, 아빠는 나에게 선택권을 주셨다.

나는 밤잠을 설칠 정도로 고민을 했다. 그 지겨운 '토끼이빨'이란 별명을 안 들을 기회가 온 것이다. 그런데 상대는 내가 그렇게나 가지고 싶어 했던 피아노였다. 여섯 살 때부터 피아노 배웠던 나는 그 때만 해도 피아니스트를 꿈꿨다. 그래서 늘 집에 피아노가 있는 친구들이 몹시 부러웠다.

또 나는 치과에 대한 트라우마가 있었다. 유치가 빠지고 영구치가 날 무렵, 빠졌던 내 앞니는 자라서 나올 생각을 하지 않았다. 치과 의사선생님은 이는 다 자랐는데, 내 잇몸이 이빨보다 튼튼해서 뚫고 자라나오지 못하니 잇몸을 절개해야 한다고 했다. 그래서 나는 잇몸을 절개하여 지금의 앞니를 억지로 빼내었다. 어린 나는 '치과는 절대 갈 곳이 아니구나'라는 걸 온몸으로 깨닫게 되었다.

이런 고민 끝에 나는 피아노로 결정했다. 그렇게 치아교정 선택권과 바꾼 피아노는 지금까지 20년이 넘도록 내 곁에 있다. 지금도 그 결정을 후회하지 않는다. 나는 외적 미용보다 음악을 택한, 예술성 있는 아이였다고 내심 자랑스럽게 생각한다. 실은 치과가 무서웠기도 이유가 더 크기도 하지만 말이다. 그렇게 내 덧니는 자유롭게 자라났고, 나는 자유롭게 피아노를 칠 수 있게 되었다.

사람들을 만나면서 어느 정도 친해지게 되면, 나는 먼저 입을 벌려서 못생긴 이를 먼저 보여준다. 그런 나의 약점을 부끄러워하며 숨기고 감추는 것이 아니라 당당하게 오픈하는 것이다.

"내 이빨 정말 못났죠. 나는 이가 이렇게 못생겼는데 좀 많이 웃어요, 웃는 게 더 못났다고 하던데 자꾸 웃어서 죄송합니다."

예의 바른 듯한 사과를 한다. 그러면 사람들은 괜찮다면서 오히려 더 그런 당당함과 자신감이 더 예쁘다고 격려와 위로를 해준다.

입 자체가 큰 나는 한번 웃을 때 잇몸이 다 드러나게, 목젖이 보일 만큼 크게 시원하게 웃는다. 알렉스는 나의 그런 웃음에 반했다고 한다. 내가 밝게 웃을 때가 가장 예쁘고, 자기는 그 웃음을 볼 때가 가장 행복하다고 말한다. 오히려 알렉스는 나와 키스를 할 때 혀로 느껴지는 내 덧니가 너무나 즐겁다고 했다. 알렉스의 그런 닭살스런 사랑 표현들은 나를 더 웃게 하고, 나의 움츠린 마음을 더 세워주었다. 나는 이제 내 못생긴 덧니까지도 사랑하게 되었다.

어느날 지하철에서 성형외과 과잉광고를 보던 알렉스는 이건 좀 너무 심한 것 아니냐며 눈살을 찌푸렸다. 특히나 여름이 되면 대한민국은 다이어트 열풍에 더 난리가 난다. 방학을 맞아 성형외과를 찾는 10대 여학생들도 수술 상담을 받는다고 한다. 일부 성형외과들은 중·고등학교 앞에까지 진출해 판촉물을 돌리며 요금할인 등 가격 파괴를 내세워 학생 손님을 유치한다고 했던가. 필러, 보톡스, 리프팅 등 얼굴 윤곽을 교정하는 '쁘띠 성형'은 기본이다. 루키즘에 정신을 못 차린다.

외모가 개인 간의 우열뿐 아니라 인생의 성패까지 좌우한다고 믿으며 외모에 지나치게 집착하는 많은 사람들. 물론 나도 여자이고, 예뻐지고 싶은 여자들의 본능을 나무랄 수는 없는 일이다. 그러나 지나친 외모지상주의의 폐해로 중요한 삶의 질을 가로 막는 일은 너무나 슬픈 것이다. 특히나 우리 청춘들은 그 젊음만으로도, 열정만으로도 충분히 아름답지 않은가.

까짓것, 못생긴 것, 좀 뚱뚱한 것, 키가 작은 것, 머리 숱 없는 것

등. 쿨하게 인정하면 된다. 그런 당당함이 더 자연스럽고 아름답다.

나는 임신으로 착각할 만한 몸매에 삐뚤삐뚤 못생긴 치아, 260mm 왕발이고, 배꼽은 또 불쑥 튀어나온 참외배꼽이다.

나는 외모에 이래저래 단점이 많다. 하지만 나는 그것들로 인해 결코 기죽지 않는다. 세상에는 나보다도 훨씬 더 예쁜 여자들이 많고, 그녀들이 부럽기는 하지만, 나는 나를 부끄러워하지는 않는다. 나는 내 존재 자체를 사랑한다. 어떻게 태어난 인생인데, 결코 이 정도의 콤플렉스로 사람들 앞에만 서면 작아지는 여자가 되지 않을 것이다. 자신감은 나의 잘난 면만 자랑스러워하는 것이지만, 자존감은 나의 못난 면도 기꺼이 수용하는 힘이다. 나는 자존감이 있다. 아무리 외모에 단점이 많아도 내 자존감을 해칠 만큼, 크고 중요한 것은 어디에도 없다. 중요한 건, 건강한 정신으로 내실을 다지는 것, 그리고 당당하게 꿈을 펼치며 사는 것이라 믿는다.

나는 스스로 생각해도 행복에 소질이 있다는 생각이 든다. 내가 만드는 행복은 주위 사람들에게도 향기처럼 전염된다. 오늘도 자신 있게 덧니를 드러내고 만나는 사람들에게 개나리꽃 같은 미소를 날린다.

먹고자고꿈꾸소

"손님 초대하는 게 즐거운 나는 게스트하우스를 차린다. 3층짜리
건물에 간판이 달린다. 〈먹고자고꿈꾸소〉. 1층은 상담실 겸 도서관
이다. 2층은 물리치료실과 손님방이 있고, 3층은 알렉스와 내가 사는
공간이다. 주인장인 나는 10년차 물리치료사이기도 하며, 6년차 상
담심리사이기도 하니 고마운 우리 손님들에게 후한 서비스로 물리
치료도 해주고, 심리상담도 해준다. 교수가 된 알렉스는 이따금씩 지
역주민을 위해 과학 강의도 열고 독일어 회화수업을 하기도 한다."

이것은 내 꿈이다. 5년 뒤에 이루어질 나의 모습이기도 하다. 실제
로 꿈은 조금씩 현실이 되어가고 있다. 나는 매일같이 청사진을 이
렇게 생생하게 그리며 자기암시를 하고 있다.

성공한 누군가가 그랬듯이 나도 머릿속에 담아두었던 꿈을 실제로 적어서 지갑에 넣어 그 문장을 가지고 다니기 시작했다. 그 꿈이 적힌 종이를 볼 때마다 내 심장은 뛴다. 내 앞에 펼쳐질 인생이 기대가 된다. 그러면서 나도 모르게 자연스럽게 그 꿈들을 좀 더 빨리 실현할 수 있는 방법을 떠올린다.

'어떻게 하면 이걸 할 수 있을까. 오늘, 내가 이 꿈을 위해서 할 일은 무엇일까.'

꿈을 이룰 방법에 대한 질문으로 머릿속은 하나 둘씩 바쁘기 시작하고, 나는 그 질문의 답을 찾아가며 꿈에 더 가까워져간다.

많은 사람들이 꿈은 있지만, '바빠서' '형편이 좋지 않아서' 등의 이유를 대면서 자신의 꿈과 멀어질 수밖에 없는 핑계거리만 찾는다. 하지만 그들이 불가능하다고 생각하는 꿈들을 성취할 방법을 찾는다. 하고 싶은 일에는 방법이 보이고, 하기 싫은 일에는 변명이 보이는 법이다.

세계적인 자기계발 작가 매튜 캘리의 《위대한 나》에 나오는 구절이다.

"나는 자칭 '꿈노트'라고 부르는 공책을 갖고 있다. 그냥 보통 공책인데, 거기에다 내 희망과 꿈과 나를 고무하는 말과 생각들을 기록한다. 가끔 한적한 시간에 꿈 노트를 뒤적거리며 3년, 4년, 5년 전에 써놓은 것들을 들여다본다. 어떤 것들은 당시엔 불가능한 듯 여겨졌지만 요즘은 오히려 시시할 정도다. 왜냐하면 나는 계속 꿈을 이루며 전진하고 있기 때문이다."

나 역시 5년이라는 시간이 지난 다음에는 꿈을 적었던 종이가 시시하게 여겨질 것이다. 그런 날이 얼른 오기를 고대하면 오늘도 중얼거린다. "나는 모든 면에서 조금씩 더 나아지고 있다."

같은 직업을 가진 많은 물리치료사 친구들은 이렇게 말한다.
"여자한테 이만한 직장 없다. 월급 꼬박꼬박 나오고, 이 정도면 괜찮지 않냐. 괜히 전문직이 아니야. 주위를 봐. 아픈 사람 천지인데 이만한 직장이 어디 있니? 괜스레 헛바람 들어서 후회하지 마."

대부분의 사람들은 현실에 안주하는 삶을 선택한다. 이보다 나은 직업이 없다고 생각하며, 스스로가 정한 좁은 틀 안에서 벗어나지 못한 채 창살 없는 감옥에 살고 있다. 편안해 보이지만 그것은 안락사나 마찬가지다. 서서히 죽어가는 것이다.
그러나 나는 그들의 말이 내 귓가에 들리지 않는다. 귓가에 들리더라도 즉시 한쪽 귀로 흘려버린다. 나는 현실을 피하고 싶어서가 아닌 나의 꿈, 진정 내가 원하는 내가 되기 위해 노력하며 살고 싶다. 도전은 삶에 있어 산소와 같다. 나를 더 생동감 있게 충전시켜 놓는 충전 어댑터와 같다.

나는 병원 퇴근 후나 휴일에 상담센터에 가서 상담일을 한다. 또 틈틈이 부지런히 책을 읽고, 책을 쓰고 있다. 어느덧 집에 책꽂이에는 천여 권이 모였다.

상담가와 작가의 꿈을 향해 나에게 주어진 시간을 최대한 효율적으로 쓰고 있다. 꿈을 이룬 사람과 평범한 사람의 가장 큰 차이는 마음가짐이다. 삶을 대하는 긍정적인 태도가 우리의 삶을, 운명을 바꾼다. 빌 게이츠는 긍정적인 태도의 힘에 대해 누구보다 잘 알고 있었다. 그래서 매일 스스로에게 두 가지 말을 반복했다고 한다.

"나는 무엇이든 할 수 있어."
"왠지 오늘 나에게 행운이 생길 것 같아."

나는 사람들에 대해 관심이 많다. 그래서 사람들과 이야기를 나누기를 좋아하는데, 그동안 다양한 사람들을 만나면서 꿈이 없는 사람들의 공통점을 발견했다. 그들은 하나같이 무기력하거나 부정적이라는 것이다.

"먹고 살기도 바쁜데 꿈은 무슨 꿈이냐!"
"10대도 아닌데, 다 늙어서 무슨 꿈이냐. 잠 잘 시간도 없는데 꿈을 어떻게 꿔."

나는 먹고 사는 일만을 걱정하며 보낸 시간만큼 어리석은 시간은 없다고 생각한다. 그들은 자신의 환경과 처지를 원망하며 아무것도 시도해보지 않은 채, 그냥 서서히 어두운 늪 속으로 빠져들기만을 기다리는 것과 같았다.

주호민의 만화 《무한동력》에 이런 글이 있다.
'죽기 전에 못 먹은 밥이 생각나겠나, 아니면 못 이룬 꿈이 생각나겠나?'

30대 초반을 보내고 있는 나는 누구보다 미래에 대한 희망으로 가득 차 있다. 나에게는 꿈이 있기 때문이다. 여느 30대들과 달리 집안 배경이 초라하다거나, 남들 다 가진 스펙이 없다거나, 학벌이 뛰어나지 않다고 해서 좌절하지 않는다. 오히려 내가 가진 것이 적고 부족할수록 한 여름의 태양처럼 뜨거운 열정으로 도전하고 있다. 나는 영원히 살 것처럼 꿈꾸고, 오늘 죽을 것처럼 살기 위해 노력하고 있다.

주위에 타인을 자기 인생의 무대에 주인공으로 세워놓고, 정작 자신은 조연에 불과한 삶을 사는 사람도 많다. 하지만 나는 비록 지금 현실은 내세울 것 하나 없지만 내 인생의 무대에 절대 타인을 주인공으로 세우진 않을 것이다. 내 인생은 내 것이다. 지금부터 하나하나씩 성공의 무대를 향해 초석을 다져나갈 것이다. 그리하여 마침내 짜가 인생이 아닌 명품인생을 살 것이다.

이 지면을 빌어 나의 꿈 실현을 방해하는 '보통 사람들'에게 내가 잘 될 수밖에 없는 이유 세 가지를 언급하고 싶다.

첫째, 나는 사실 행복과 성공에 소질이 있다. 누군가 나를 불행하고 포기하게 만들려고 한다면 그게 더 어려운 일일 것이다. 삶이 내게 시어빠진 레몬만 던져준다고 해도 나는 그것으로 레모네이드를 만들 것이다. 나는 준비가 된 사람이다.

둘째, 내게는 전적으로 나를 이 세상 누구보다 믿고, 기대하며, 나의 꿈을 지지해주며 도와주는 남편이 있다. 알렉스는 나의 최고의 치어리더다. 늘 칭찬과 격려를 아끼지 않는 그가 있다.

마지막으로, 나의 하나님은 지금 이 순간에도 나의 삶의 최고의 순간이기를 바라시며, 내 꿈을 팍팍 밀어주고 계신다. 나보다도 나를 더 잘 알고 계시는 그분은 내게 '가능성'을 열어 보여주셨다.

행운은 발뒤꿈치에서 솟아오른다. 운이 좋아 성공했다고 하지만 그 사람을 살펴보면 틀림없이 노력한 흔적이 있었다. 그들의 운은 하늘에서 툭 던져주는 것이 아니었다. 도전하고, 노력하며 살고 있는 내 발 뒤꿈치에서도 행운이 솟아오르리라 믿는다.

카약 돌핀,
새로운 가족

하늘색 카약이 배달되었다. 좁은 거실 바닥을 가득 채워 펼쳐두고 설명서를 읽어가며 몹시 들떴다. 구명조끼도 입어 보았다. 태평양도 건너갈 기세다. 알렉스가 말했다.

"허니. 이 카약 이름은 무엇으로 할까."

"음. 글쎄. 돌핀 어떨까? 그래! 돌핀 좋다. 돌고래같이 영리하고 매끈하게!"

(우리는 아끼는 살림살이마다 이름을 하나씩 붙여준다. 내 자전거는 '핑키', 알렉스 자전거는 '토론', 공기 건조기는 '펭귄', 세탁기는 '우젠'이다.)

뱃머리 앞에서 이 집의 가장인 알렉스가 세례식을 거행했다.

"음. 음(목을 가다듬고)! 우리는 이제 널 '돌핀'으로 부르고, 우리의 가족으로 친히 임명하노니, 돌핀 너는 언제까지나 건강한 모습으로 우리와 함께해줘."

알렉스가 소주 한 컵을 돌핀 머리에 부어주는 장면에 나는 왜인지 모를 찡함이 느껴졌다. 가지고 싶던 살림살이 하나가 채워지면서 꿈꾸던 또 하나의 작은 욕망이 실현되는 것에 감사했다. 그리고 앞으로 이 카약 돌핀과 함께하며 펼쳐질 우리의 미래가 설레었다. 우리에게 카약이라는 멋진 소유물이 생겼다는 것이 눈물겹게 감사했다.

"그런데 여보. 이걸 어떻게 한강까지 들고 가?"
"…. (아!)"

돌핀을 타고 노를 저으며 자연의 낭만과 자유를 느끼기 위해서는 지하철로(혹은 버스로) 이 무거운 놈을 한강까지 끌고 가는 대단한 수고로움이 있어야 했다. 작은 바퀴가 달린 손수레에 돌핀을 태우고 알렉스가 무겁게 끌고 한두 발 앞에서 걸어가면, 그 뒤에 나는 카약 펌프와 페달, 구명조끼 두개까지 들고서 (아주 큰, 진짜 큰 가방이 필요하다) 졸졸 뒤따라간다. 우리의 겉모습은 영락없는 잡상인이다. 그걸 들고 지하철에 들어가면 사람들은 저 외국인이 과연 무엇을 팔까, 하는 눈으로 슬금슬금 쳐다본다. 그 크고 무거운 짐을 끌고 강변으로 이동하다 보면 어느새 우리의 팔은 한 뼘쯤 길어져 있다.

'아고, 힘없어. 휴. 노를 젓기는커녕 펌프질도 못하겠네.'

내가 딴청을 부리는 사이 그래도 알렉스는 남자라고, 두 팔을 걷어 부치고 돌핀을 띄운다.

"가자! 허니! 힘내!"

한강을 거스르지 않기 위해 강변역까지 지하철로 이동했다. 더 멀리가지는 않는다. 잠실대교 기준으로 상류부분은 상수도 보호구역이라 뱃놀이 금지다. 지킬 건 지켜준다. 뚝섬을 지나 남산타워를 정면으로 보며 물결을 가르기 시작한다. 검은 강물위에 띄운 우리의 돌핀. 사실 조금 무섭기도 했다. 무거운 알렉스가 뒤에 앉아 중심을 잡아준다. 배가 뒤집히지 않게 조심스럽게 앞에(보통 좀 더 무게가 가벼운 사람이 앞자리) 앉았다.

"하하! 내가 이 배의 선장이다!"

탁 트인 배경을 만끽하며 내가 외쳤다. 짜릿했다. 노를 저으며 우리는 자연스럽게 몸으로 서로의 호흡을 터득하게 되었다. 빨리 또는 힘차게 허우적거리며, 열심히 혼자 젓는다고 해서 배는 뜻대로 되지 않는다. 스피드보다는 함께 맞추는 박자가, 강한 힘보다는 협동심이 더 중요하다. 노를 동시에 물속으로 담가 물살을 가르고 같이 빼내서 다시 반대쪽으로 옮겨 노를 물속에 담근다. 조금씩 하다 보니 요령이 생겼다. 흔들리던 뱃머리는 균형을 잡으며 앞으로 나아간다. 카약은 사랑하는 커플을 위한 환상의 스포츠였다.

영화 속의 그 괴물이 살고 있을 것 같은 육중한 한강의 다리들을 하나하나 지나가며 마치 로마신전의 기둥을 보는 듯, 진한 감탄을 자아냈다. 이제 서울 사람이 다 된 알렉스는 한강다리 이름들을 다 외울 정도이다. 우리가 가장 좋아하는 다리는 성수대교와 동작대교다. 아래에서 보면 더 아름다운 성수와 동작의 다리.

우리를 보며 신기해하는 새들과 물고기도 만난다. 한강에 그렇게 팔뚝보다 굵은 물고기들이 살고 있는지 미처 몰랐다(수시로 점프한다).

"안녕. 얘들아!"

젓던 노를 멈추고 돌핀의 손으로 흔들어준다. 한강을 둘러싼 생명들을 느낀다. 살아있는 모든 것은 노래한다. 잔잔한 물결의 한강은 고요히 우리를 안아준다.

천만여 명이 살고 있는 이 서울. 그 절반을 가르는 빛나는 물에 우리는 떠있다. 서울의 중심, 한강을 노닐며 또 다른 시각으로 서울을 만난다.

강에 빠진 건 아니지만 노를 열심히 젓다 보니, 축축하게 집으로 돌아왔다. 길어진 듯한 팔은 돌덩이처럼 무겁고, 노를 저었던 손바닥에는 어느새 물집이 잡혔다. 몸은 만신창이가 되어 피곤했다. 그러나 우리는 왠지 모를 뿌듯함에 행복했다. 카약만이 가질 수 있는 시선으로 우리는 한강을 경험했다. 그리고 한 배에서 하나가 되었던 우리를 경험했다.

나는 그날 카약을 가진 벅찬 마음을 못 이겨 엉터리 시를 한 수 지었다. 이 카약과 함께 더 건강하고 아름다운 우리가 되고 싶다.

나는 오늘도
자전거 안장에
오른다

자전거로 출퇴근을 하며 학교와 가까운 공원만을 돌다가 하루는 양수리의 두물머리까지 달렸다. 남한강과 북한강이 만나 얼싸안고 한강으로 서울로 떠나는 그 신비한 경치에 알렉스는 알렉스는 감탄했다.

"아니 이렇게 아름다울 수가 있다니! (서울 반대쪽을 가리키며) 이 길의 끝에는 무엇이 있을까?"

"그러게 말이야. 폐 철로를 자전거 길로 꾸며놓다니. 너무 낭만적인데? 알렉스. 우리 자전거로 대한민국을 한번 다 돌아볼까?"

물론 나는 그냥 해본 말이었다. 한국이 작다지만, 자전거로 돌 정도는 아니다. 그런데 나는 알렉스가 독일 사람이라는 것을 잠시 잊고 있었다. "언제 밥 한번 먹자!" 하며 헤어질 때 하는 인사말을 약속으로 알아듣는다는 그 독일 사람에게 말이다.

그때부터 자전거 국도종주 체력 훈련은 시작되었다. 나는 허벅지만 굵지, 자전거를 잘 타는 편도 아니었고, 또한 내 자전거는 일명 '철티비엠티비가 아닌 철로 만든 묵직한 자전거. 일간신문 받아보면 사은품으로 주기도 하는 생활용 바이크'라 불리던, 싸구려였다.

천천히 서두르지 않고, 큰 욕심내지 않으며 안전하게 차근차근 체력을 길렀다. 훈련한 만큼 나의 두 다리가 조금씩 더 단단해지고, 건강해지는 느낌이 좋았다. 알렉스는 자전거가 고장 났을 때 고칠 수 있는 공구들을 준비하고, 수리 기술을 배우기도 했다.

주변에 우리의 자전거 국토종주 계획을 얘기했다. 가까운 친구와 가족부터 모두들 입을 모아 하는 말이 '고생을 사서 하느냐, 힘이 남아도느냐, 거기 뭐 볼게 있다고 가냐, 그거 한다고 누가 뭘 주냐, 할일 없느냐, 왜 쓸데없는 짓을 하느냐'고 갖은 핀잔을 주었다. 하지만 웬일인지, 그런 안티성 말들이 우리에겐 더 큰 에너지가 되어서 욕구를 자극했다. 그러나 하지 말라고 하면 더 하고 싶은 나였다. 역시 엄마 말대로 나는 전생에 청개구리였나 보다.

외국인 남편과 둘이서만 떠나는 자전거 국토종주. 무모한 도전일수 있었지만, 나는 근사한 추억 하나를 남기고 싶었다. 잊지 못할 개고생을 할 준비가 된 것이다. 어디서 어떻게 출발하고, 어디쯤에서 잘지, 일정을 꼼꼼히 확인하며 구체적으로 여행 계획을 잡아나갔다. 동호회 그룹과 단체로 떠날 수도 있었지만, 우리는 여유롭게 둘만 가고 싶었다. 알렉스에게 대한민국 속살을 다 보여주리라!

숙박비를 아낄 겸, 지방에 사는 친구네 집을 적극 활용했다.

"야! 나 이 근처인데, 하루만 재워주라!"

오랜만에 보는 친구들은 우리 부부를 보더니, 세상에나, 정말 자전거로 여기까지 온 거냐며 놀라움 반, 애처로움 반으로 흙투성이 된 우리를 반갑게 맞아 주었다. 알렉스는 여행하는 동안 한국의 숨은 경치 뿐 아니라 사람들이 베풀어 준 정에 또 한 번 놀랐다. 간만에 친구들도 만나고 즐거웠다(고맙다. 미현아, 호지야, 원내야, 원숙이 이모야!)

문경을 지날 때였다. 문경하면 역시 사과다. 잘 익은 사과들을 따서 박스에 옮겨 담으시던 과수원 아저씨에게 조심스레 물었다.

"저, 아저씨. 저희 배가 고파서 그러는데 사과 두 개만 파시지 않으실래요?"

그러자 아저씨는 인심 좋게 그냥 먹으라며 가장 잘생기고, 예쁘게 생긴 사과 두개를 골라서는 턱하니 손에 쥐어주셨다. 끝까지 돈을 받지 않고 그냥 맛있게 먹으라 하시던 아저씨에게 감동한 알렉스. 그는 비상식량으로 아껴오던 초코렛 바를 다 드렸다. 꿀보다 달았던 사과 맛, 아마 평생 그렇게 맛있는 사과는 두 번 다시 먹어보기 힘들 것이리라. 또 그 우리네 시골 인심에 연발 감탄을 했다. 우리도 그 아저씨처럼 베풀고 나누는 넉넉한 손을 가진 자가 될 거라 다짐했다.

길을 가다가 너무 힘들어서 잠시 누워서 쉬는데, 우리는 그대로 잠이 들어 버렸다. 한낮에 두 사람은 야외 길바닥에서 그대로 자버린 것이다. 말 그대로 하늘을 이불 삼아 침까지 흘리며 깜빡 단 낮잠을 잤다. 누가 먼저 잠에서 깼는지 모른다. 그저 어이가 없어서 서로를 보고 마구 웃었다. 며칠 동안 자전거를 달리면서 알렉스와 나는 완전 거지꼴로 하나가 된 듯했다. 자연 속에서 말이다.

그러다가 이런 생각이 들었다. 우리가 살아가는데, 우리가 생존하는데 절대적으로 필요한 건 '공짜'라는 그 사실! 이 좋은 물과 공기, 햇빛과 바람 그리고 이 흙과 산. 이것들은 자연이 그냥 주는 공짜 선물이었다.

그에 반해, 우리가 살아가는 데 생존에 필요치 않은 것들은 얼마나 무턱대고 비싼가. 명품백과 보석, 고급 브랜드 의류. 높은 가격꼬리표에 그런 것이 오히려 더 가치 있는 것인양 나는 속고 있었던 것이다. 그런 것을 가지지 못한 것에 대해 작아져있던 내 자신을 깨닫는 순간, 거룩한 분노가 일어나기 시작했다. '다시 서울 올라가선 그것들에 대해 속지 않을 테야.' 길바닥에서 맛있는 낮잠 한숨으로 소중한 인생 교훈을 하나 얻었다.

여행하는 동안 매일 날씨가 좋은 것은 아니었다. 한번은 갑작스러운 소나기를 만났다. 그곳은 인적이 드문 산길이었고, 비를 피할 곳도 마땅치 않았다. 추워서 파래진 입술, 거칠어 진 손, 무겁게 다가오는 후회. 안 그래도 배도 고픈데, 비까지 내리니 서러웠다. 집에서 편하게 누워서 재밌는 영화나 볼 걸. 우리가 도대체 왜 이 고생을 하고 있을까 싶었다. 그냥 주저앉아 포기하고 싶었지만, 그대로 있기도, 뒤로 돌아갈 수도 없는 길이었다. 갑자기 알 수 없는 눈물이 났다.

그때였다. 내 등을 밀어주는 고마운 알렉스의 손. 든든한 남편의 손길. 말하지 않아도 등에서 사랑과 감사가 느껴졌다. 나를 단련시키는 확실한 그 무엇이었다.

'그래, 우리 앞으로 살아가면서 오늘보다 더 힘들 때가 있을지도 몰라. 하지만 우리 서로 함께 이겨내자. 지금처럼.'

나는 그를 보며 힘을 내어 페달을 밟았다. 어디서도 쉽게 구할 수 있는 사랑과 인생의 귀한 선물을 여행을 통해서 얻었다.

우리는 가끔 넘어지기도 하고, 깜깜한 산중을 지나가던 중 자전거 타이어가 펑크가 나버리기도 했다.

삶도 이와 같지 않은가. 시련과 역경의 순간은 원하지 않은 때에 불한당처럼 닥친다. 그 때마다 나는 알렉스와 두 손을 맞잡고 슬기롭게 잘 넘겼다. 가파른 산길을 올라갈 때 자전거를 밀어주는 손길, 서로의 물을 아껴 물병을 건네주는 손길, 서로의 땀을 닦아주고 뭉친 다리를 풀어주는 손길…. 자전거를 달리는 동안 우리는 진짜 하나가 되었다. 서로에게 더욱 더 소중한 존재가 되었다. 부부애를 넘어서 전우애마저 느낄 수 있었다.

길이 늘 잘 포장되고 쭉쭉 곧기만 하면 우리는 그리 큰 매력을 느끼지 못했을 것 같다. 좁은 길, 구부러진 길, 울퉁불퉁한 길, 나무 그늘이 깔린 길, 작은 냇물 소리 따라 흐르는 길. 길은 저마다 그리 다 달랐다. 그렇다. 우리 사람도 그럴 거다, 마치 이 세상 위의 모든 길처럼 말이다. 모두 다 다른 생김새와 성격, 취향과 인격. 그래서 어쩌면 세상은 더 재미있고, 더 살만한 건지도 모른다. 나는 내 옆에서 달리고 있는 나와는 다른 알렉스를 보며 찡긋 웃었다. 세상의 모든 길은 또 그렇게 연결이 된다.

인천에서 부산까지, 한강, 낙동강, 영산강, 금강, 섬진강까지 1,000km를 훌쩍 넘는 거리를 동그란 두 바퀴로 달렸다. 알렉스는 한국의 지명을 많이 알게 되었고, 많은 지역 특산품을 맛보았다. 우리는 국토종주의 마지막 도장을 찍고, 낙동강 금빛 노을 앞에서 서로를 와락 끌어안았다. 알렉스는 땀으로 범벅이 된 내 얼굴에 진한 뽀뽀를 해주었다.

국토해양부에서 받은 종주 인증메달은 우리의 보물이 되었고, 우리집의 장식장 한 켠을 채우고 있다. 햇빛과 바람에 한 톤 그을린 우리의 피부, 진한 성취감으로 빛나는 자전거 두 대, 그와 함께 우리의 사랑도 한 단계 성숙해졌다. 우리는 더 건강하게 사랑하고 있었다.

여행은 우리의 삶의 의미를 재구성하는 시간이다. 이번 자전거 여행으로 가장 크게 느낀 것을 전하며 이야기를 마치려 한다. 그것은 바로, '내 자전거는 내가 굴려야 한다'는 당연한 것이다. 알렉스와 서로 의지하며 함께 나아갈 수는 있지만, 결국 내 자전거는 내가 페달을 굴리는 만큼 정직하게 이동한다. 인생도, 사랑도 꼭 자전거처럼 그렇다. 우리는 혼자 갈 수 있어야 또 함께 갈 수 있는 것이다.

그래서 나는 오늘도 자전거 안장에 오른다. 자전거 탈 수 있을 만큼만 건강하고 여유가 있었으면 좋겠다.

나는 기도한다.

우리가 자전거 여행할 수 있을 만큼만
건강하고 여유로웠으면….

Mir Zur Feier, Dir Zur Feier

내 속에는 몇 방울 집시 피가 흐르는 것 같다. 스무 살에 혼자 여행을 했다. 젊은 날에 좀 더 길 위에 서 있고 싶었고, 혼자서 이 세상과 맞장 뜰 수 있는 용기를 얻고 싶었기 때문이다. 먼 해외로 배낭여행까지 떠날 형편은 못 되었지만, 시외버스나 기차를 타고서 혼자서 낯선 지역으로 다닐 수는 있었다.

젊은 여자가 혼자 잠자리를 찾아다닐 때 몹시 어색하기도 하고 쑥스럽기도 했다. 주위에서는 이렇게 말하는 듯 했다. '쟤, 왕따야. 뭐야?' 하지만 나는 그렇게 혼자만의 여행이라는 고독 속에서 인생이 감춰 놓은 값진 추억과 강한 자신감을 얻을 수 있었다. 그래서 나는 웬만한 힘든 일이 닥쳐도 불안하거나 두렵지 않다. 상황에만 함몰되지 않는다면 충분히 극복할 수 있다는 것을 혼자 하는 여행에서 체득했기 때문이다.

지금도 생생하다. 혼자 다시 가본 경주 수학여행, 처음 혼자 사 먹었던 찌개의 비린 맛, 비 오는 날 혼자 올라갔던 광주 무등산의 질펀했던 산 길. 그리고 난생 처음 타보던 오사카로 날아가는 비행기 안에서 느껴지던 나의 떨림이. 그런 의미 있는 작은 순간순간들이 모여 지금의 인생이 되었다.

혼자 낯선 길을 가다 길을 잃은 적도 있었고, 자전거를 타고 가다 크게 넘어져 무릎에 피를 철철 흘린 적도 있었다. 그러나 나는 그럴 때마다 조금 더 강해지고, 조금 더 성숙해졌다. 넘어지고 깨어지지 않은 청춘은 진짜 청춘이 아니다.

얼마 전 친한 친구 하나가 너무 외롭다며 전화를 했다. 근사한 남편과 귀여운 아들 녀석과, 이제 갓 낳은 예쁜 딸까지 있는데 뭐가 외로운지 자기 자신도 모르겠다며 울었다. 친구의 이야기를 들으니 나 역시 마음이 아팠다.

하지만 그때 정작 외로워야 할 사람은 나였다. 알렉스는 독일에 가 있던 중이었고, 나는 이사를 하고 아직 적응되지 않은 새 집에서 일주일간 혼자 지내고 있었기 때문이다. 하지만 나는 외롭지 않았다. 오히려 그 혼자만의 고독의 자유를 즐겼다.

나는 유난히 사람들을 좋아하고, 누군가와 함께 어울리길 좋아하는 외향적인 성격이지만 때로 지독한 고독을 불러낸다. 정말 입에 똥내 날 때까지 아무 말도 않은 채 그 고독함 가운데 거하고 싶다. 그럴 때 비로소 내가 무엇을 두려워하고, 무엇을 얻고자 하는지, 또 내가 해야 할 일은 무엇인지 알게 된다.

사람은 혼자 있기 때문에 외로운 것이 아니다. 혼자 설 수 없어 외로운 것이다. 영어에는 loneness고독와 loneliness외로움라는 단어가 있다. 고독과 외로움은 비슷한 것 같지만 사실은 서로 아주 대립하고 있다. 일본의 수학자 히로나카 헤이스케는《학문의 즐거움》에서 이렇게 말한다. loneliness는 loneness로부터 도망치려고 하는 인간의 감정을 나타낸 말이라고 말이다.

고독은 나를 숨 막히게 마음의 감옥이 아니다. 오히려 나에 대해 제대로 돌아보게 하는 영혼의 쉼표 같은 것이다. 그래서 나는 나 자신을 위해서도, 사랑하는 사람을 위해서도 자신만의 loneness를 기꺼이 껴안아야 한다고 생각한다. 고요히 혼자 있는 시간을 내어 오로지 자신과 함께하는 그 시간을 즐겨야 한다. 나를 가장 잘 알고, 가장 친한 사람은 바로 나 자신이기 때문이다. 그런 자신과의 시간을 불편하게 여긴다면 불행해질 수밖에 없다. 혼자임을 두려워하지 않고, 기꺼이 고독을 즐길 수 있는 내면의 힘을 가질 수 있을 때, 그 때 진정한 사랑을 할 수 있는 자격이 주어진다고 생각한다. 내가 어느 정도의 고독력을 가지게 되었을 때, 나의 인생을 같이 할 알렉스와의 사랑이 시작되었다.

사랑은 너무나 흔한 말이지만 그 어떤 것보다도 위대하다. 사랑에는 '넓이'와 '깊이'와 '힘'이 있다. 나는 알렉스와 사랑을 하면서 진정한 무언가를 서로 공유하면서 인생이 더 넓어지고, 깊어지며, 강해짐을 체험한다. 그의 사랑은 내 인생에 더 진한 만족과 더 큰 포만감을 느끼게 한다. 이 지구의 단 한 사람, 내가 선택한 나의 사람을 사랑하고, 그 사람에게서 사랑받는 것만큼 행복한 재미와 감동은 없다.

혼자만의 여행이 고독안에서 나를 강하게 해주었다면, 사랑하는 알렉스와 함께하는 여행은 몰랐던 나를 발견하게 해준 소중한 시간이었다. 낯선 여행지에서 알렉스는 나의 연인이나 소울메이트를 넘어서서 그야말로 '거울'이 되어주었다. 내 안에 감추어져 있던 것은 그 거울을 통해 확연히 드러났다. 기쁨과 분노, 설렘과 두려움 등 그를 통해서 그 감정들은 내게 고스란히 다시 전해졌다. 여행에서 '진정한 우리가 된 우리'를 느낀다. 내가 재미있으면 그가 재밌고, 또 내가 힘들어하면 그가 힘들어했다. 서로의 거울 같은 존재가 된 그 기적은 마법과도 같았다.

알렉스와 나는 여행을 즐긴다. 약간의 여유시간과 주머니에 얼마의 돈이 있으면 우리는 이번에는 어디로 가볼까 하면서 머리를 맞댄다. 길을 떠나기 전, 설레는 마음과 그 짜릿한 기대감만으로도 우리의 삶은 '블링블링'해지는 듯하다. 이것은 인생이 주는 선물이다. 그와 나는 서로의 거울이 된 우리를 보고 싶어서, 또 일상에서 다 채우지 못한 도전과 성취감을 얻기 위해 여행을 떠난다.

여행은 태어나야 할 곳에서 태어나지 못한 자들의 방랑이라고 했던가. 우리가 어디에서 태어나야 했는지는 몰라도, 세상에 가고 싶은 곳은 너무나도 많다. 이제껏 적지 않은 곳을 다녔다. 내가 꼽은 최고의 여행지는 독일의 암룸 섬이다. 지금도 눈만 감으면 책상 앞에 붙여놓은 그 섬의 사진 속으로 들어간다.

눈물겹게 아름다웠던 곳, 내가 살아 있음에 너무 감사하게 만들던 곳. 그곳은 독일 슐레비히홀스타인 주에 위치한 암룸Armum, 북해 지역의 섬이다. 배를 타고 뵈른섬Föhr을 거쳐 더 들어간 그곳은 내가 가본 땅 중에서 가장 아름답다고 생각하는 장소이다.

지중해 연안도, 로렐라이 언덕도, 만리장성도, 내가 보아온 그 어떤 것도 모두 암룸의 경치보다 아름답지 못했다. 그 작은 섬은 마치 지상의 천국 같았다. 작은 마을과 교회, 조용하고 평온하며 눈부시게 아름다운 곳 해변, 모래언덕, 잔디밭과 숲, 작은 섬 안에는 오밀조밀 모든 게 다 있는 듯했다(바덴 해는 유네스코가 지정한 세계유산이기도 하다).

나는 이 섬에서의 둘째 날 아침 일찍, 모래언덕으로 산책을 갔다. 맨 먼저 엄마를 따라가는 네 마리의 아기 꿩들을 만났다. 내가 무섭지도 않은지 꿩 식구들은 내 발 옆을 아무렇지도 않게 지나갔다. 풀을 뜯어 먹고 뛰어노는 산토끼들도 보았다. 이곳은 지구상의 마지막으로 남은 대규모의 자연적인 조간대潮間帶 생태계 중의 하나이고, 천이백만 마리의 새들이 겨울을 나는 지역이라 한다. 회색바다표범과 쥐돌고래까지 살아가는 온난하고 평화로운 곳이다.

마구 카메라의 셔터를 눌러 찍었으나 작은 카메라 렌즈에 그 바람과 냄새까지 담을 수는 없었다. 내 안의 모든 세포, 감각기관에게 명령했다. 모두 깨어나 이 순간을 기억하라고, 하나도 빠짐없이 기억하라고.

　그리고 나는 눈물을 흘렸다. 이 깨끗하고 아름다운 자연을 만드신 하나님께 감사해서. 또 알렉스와 이 순간을 함께할 수 있음에 감사해서. 나의 눈물을 본 알렉스는 감격하며 나를 그 암룸의 모래언덕에서 꼭 안아주었다. 여행은 이렇게 살아 있는 그 자체로 감사하게 하고, 사랑과 인생의 참 재미를 발견하게 한다.

　아직 청춘이라고 생각하는 우리는 먹고 쉬며 즐기는 휴양지보다는 생고생하려는 배낭 여행을 더 선호한다. 조금은 고단한 여행을 하는 가운데 우리 내면은 더 성숙해지고, 더 깊어지고, 더 단단해질 것이라 믿기 때문이다. 사이판으로 갔을 때도 그렇다. 폼나는 캐리어를 끄는 대신 배낭을 메고, 우리의 카약을 가져갔다. 숙소도 비싼 호텔, 리조트가 아닌 수도꼭지 고장 난 싸구려 모텔을 잡았다. 한강을 벗어나 북태평양 해이하게 풀린 연한 하늘 아래 우리들의 배를, 우리들만의 요새를 띄웠다. 세상을 다 가진 듯한 기분에 부풀었다. 아침부터 저녁까지 출렁이는 바다에 있었다. 달팽이처럼 축축하게 젖은 서로의 촉수로 우리는 서로에게 하늘이 되어주고, 바다가 되어주었다.

　단 한 번의 인생. 나는 죽을 때까지 재미있게 살고 싶다. 지금처럼 때론 내 자신과의 고독을 즐기며, 또 나의 소울메이트 알렉스와 동행을 즐기며. 이보다 더 재미없다고 생각할 만큼 나의 인생 여행을 살아갈 것이다.

우리의 여행은 시작되었다. 한국에서 독일까지. 독일에서 한국까지. 사랑하는 서로의 대륙으로 향해 가는 우리는 지금 최고의 여행 중이다. 기꺼이 더 넘어지고, 기꺼이 더 깨어지리라. 그만큼 우리는 더 많이 웃고, 더 많이 성숙할 것이다.

릴케의 시집 제목처럼, Mir zur Feier, Dir zur Feier나에게 축제, 당신에게 축제로 살고 싶다. 나는 축복한다. 우리의 삶의 순간, 순간들이 결을 맞추는 아름다운 시간이 되기를.

나는 오늘도 축제 같은 사랑을 꿈꾼다

초 판 1쇄 2015년 05월 30일

지은이 김영아
펴낸이 류종렬

펴낸곳 미다스북스
등록 2001년 3월 21일 제313-201-40호
주소 서울시 마포구 서교동 486 서교푸르지오 101동 209호
전화 02) 322-7802~3
팩스 02) 333-7804
홈페이지 http://www.midasbooks.net
블로그 http://blog.naver.com/midasbooks
트위터 http://twitter.com/@midas_books
전자주소 midasbooks@hanmail.net

ⓒ 미다스북스 2015, Printed in Korea.

ISBN 978-89-6637-382-6 03810
값 13,800원

미다스북스는 다음세대에게 필요한 지혜와 교양을 생각합니다.